제3의 사나이

제3의 사나이

그레이엄 그린 │ 안흥규 옮김

문예출판사

The Third Man

Graham Greene

캐롤 리드에게

존경과 애정을, 그리고 빈 시(市) 맥심의 집,

카사노바, 오리엔탈에서 보낸 수많은 이른 아침 시간의 추억을

당신에게 바칩니다.

차례

제3의 사나이

The Third Man

1

인간에게 언제 재앙이 닥쳐올지 아무도 모른다. 처음 롤로 마틴 스를 만났을 때, 나는 비밀 경찰 수사 기록부에 다음과 같이 기록해 두었다.

정상적인 상태에서 그는 명랑해 보이는 바보다. 술을 너무 많이 마시며, 그 때문에 말썽을 피울지도 모른다. 여자가 옆을 지날 때면 으레 추파를 던지면서 그녀에 대한 몇 마디 논평도 빼놓지 않는다. 그런데도 그는 그런 일에 과히 마음 쓰지 않을 사람이라는 인상을 준다. 그는 정말이지 어른스럽지 않으며 그 점이 그로 하여금 라임 을 숭배하게 했을 것이다.

내가 기록부에 '정상적인 상태에서'라고 기록한 까닭은 그를 해리 라임의 장례식에서 처음 만났기 때문이다. 그때는 2월이었으며, 묘지를 파는 인부들은 빈의 중앙 공동 묘지의 얼어붙은 땅을 파내기 위해서 전기 드릴을 사용해야만 했다. 자연조차도 라임을 받아들이지 않으려는 듯 안간힘을 썼지만 결국 우리는 그를 매장했으며, 그의 육체 위에 벽돌을 쌓듯 흙을 덮었다. 라임이 묻히자 롤로 마틴스는 마치 뛰어가고 싶은 듯이 길쭉한 다리로 재빠르게 걷기 시작했다. 서른다섯 살 난 그의 얼굴 위로는 소년처럼 눈물이 흘러내리고 있었다.

롤로 마틴스는 인간 사이의 우정을 믿었다. 때문에 후에 발생한 사건들이 여러분이나 나보다 그에게 더 큰 충격을 안겨주었다(여러분은 그 사건을 환상으로 돌릴 수 있을 것이고, 나로서는 비록 부정확하더라도 즉시 합리적인 설명을 할 수 있기 때문이다). 만일 그때 그가 나를 찾아와서 이야기를 해주기만 했더라도 많은 어려움을 피할 수 있었을 것이다.

여러분이 이 이상스럽고 다소 슬픈 이야기를 이해하려면 적어도 그 배경만은 염두에 두어야 할 줄 믿는다.

산산이 부서져 황폐해진 빈은 4대 강국인 러시아, 영국, 미국, 프랑스의 관할 지역으로 나뉘었고, 그 구분은 오직 게시판에만 표시되어 있었다. 육중한 공공 건물과 의기양양하게 서 있는 조상(彫像)들로 둥그렇게 둘러싸여 있는 '내부 도시(Inner Stadt)'도 자연히 4대 강국들의 관할 아래 놓이게 되었다. 한때 유행의 중심지였던 내부 도시는 4개국이 1개월에 한 번씩 교대로 소위 '의장'의 자격으로 보안을 책임졌다.

만일 여러분이 밤에 나이트 클럽에서 오스트리아 실링 화(貨)를 쓰는 바보스런 짓을 한다면 틀림없이 국제 순찰대의 움직임을 볼 수 있을 것이다. 그들은 4개국에서 각기 차출된 헌병들로 상호 통신 연락을 취하고, 서로 연락이 취해지면 적(敵)의 언어를 공통으로 사용한다.

나는 전쟁 중의 빈을 결코 알지 못했고, 스트라우스의 음악과 거짓말처럼 편안한 매력으로 둘러싸인 옛날의 빈을 기억하기에는 너무나 젊다. 2월의 빈은 나에겐 눈과 얼음의 거대한 빙하로 변해버린 볼품없이 파괴된 하나의 도시로만 느껴질 뿐이다.

다뉴브 강은 러시아의 점령 지역인 '제2 지구'를 가로질러 길게 흐르는 편평한 회색빛 흙탕물에 불과했다. 그 지역의 프라터 공원은 부서져 우거진 잡초 속에 황폐한 모습을 드러내고 있고, 대관람차는 버려진 이정표처럼 천천히 돌아가고, 파괴된 탱크들의 녹슨 철판은 방치되어 있었다. 눈이 엷게 깔린 부분의 잡초들은 서리로 얼어붙어 있었다.

자혜르 호텔만 하더라도 영국인 관리들의 여행용 호텔 정도로밖에 상상할 수 없었고, 케르트너 거리도 대부분 눈 높이 정도의 1층까지만 수리되었을 뿐, 한때 최신 유행의 쇼핑가였다는 것은 상상조차 할 수 없었다. 그러한 상황에서 나는 현재의 빈에서 옛날의 빈을 느낄 수가 없었다.

털모자를 쓴 러시아 병사가 어깨에 총을 메고 지나가고, 몇 명의 매춘부들이 미국 공보 사무실 근처를 서성거리는 것이 예사였으며,

외투를 입은 사나이들이 '옛 빈'이라는 찻집에서 대용 커피를 홀짝 거리는 것이 눈에 띌 정도였다.

밤에는 내부 도시나 다른 3개국 지역을 떠나지 않는 것이 안전했다. 하지만 이들 지역에서도 납치 사건 — 우리에겐 그런 행위가 그저 무분별한 짓으로 보였지만 — 이 전혀 없는 것은 아니었다. 피해자는 우크라이나 출신 소녀나 아무 쓸모도 없는 늙은이들이 대부분이었지만, 기술자나 반역자들도 섞여 있었다. 지난해 2월 7일, 롤로 마틴스가 빈을 찾아왔을 때의 분위기는 대략 그와 같았다.

나는 지금 비밀 경찰 수사 기록부와 마틴스가 진술했던 이야기를 토대로 당시의 사건을 최대한 재현하고 있다. 이것이 내가 할 수 있는 가장 정확한 이야기다. 나는 마틴스의 기억을 정확히 확인할 수는 없지만 한 줄의 대화도 꾸며내지는 않았다.

여러분이 한 소녀의 이야기를 제외시키거나 영국 문화협회의 강사에 관한 우스꽝스러운 에피소드를 듣지 않는다면, 이 이야기는 그저 우울하고, 슬프며, 단조롭고 추한 것에 불과할 것이다.

2

영국 국민들은 해외에서 영국 화폐 5파운드만 사용해야 된다는 제한 조치를 수락할 경우에 한해서 여행을 할 수 있었다. 롤로 마틴스는 국제난민사무국 소속의 해리 라임이 보낸 초청장을 받지 못했더라면 아직도 점령 지구로 간주되고 있는 오스트리아에 입국할 수 없었을 것이다. 라임은 롤로 마틴스에게 국제 난민들의 실태를 시찰하고, 그 업무 결과를 보고하도록 요청했다. 그 업무가 마틴스의 전문 분야는 아니었지만 그는 그 제안을 수락했다.

그 초청은 그에게 휴가를 제공해줄 것이었다. 더블린에서의 사건과 암스테르담에서의 또 다른 사건 이후에 마틴스에게는 휴가가 절실했다. 그는 언제나 자신의 의지와 관계없이 벌어진 여인들과의 관계를, 보험업자의 눈에 비친 신(神)의 행위처럼 그저 우연한 '사건'으로 처리하려 했다.

빈에 도착했을 때 그는 몹시 초췌한 모습이었으며, 어깨 너머로 뒤를 돌아보는 습관 때문에 나는 한동안 그를 의심했다. 나중에야 그런 습관이 자기가 경계하는 사람을 불의에 만날지도 모른다는 두려움 때문이었다는 사실을 알게 되었다. 술 마시는 일에 취미를 붙이고 있다고 마틴스가 어렴풋이 말한 적이 있었다. 그것은 그가 두려움에서 벗어날 수 있었던 또 다른 방편이었다.

롤로 마틴스의 본래 직업은 버크 덱스터라는 필명으로 싸구려 서부극을 쓰는 일이었다. 그는 방대한 분량을 저술했지만 보수는 보잘것없었다. 출처가 모호한 라임의 선전 기금에서 경비를 조달받지 못했더라면 그는 빈에 머무를 수 없었을 것이다. 그는 라임이 뱁스라는 영국 화폐를 제공해주었기 때문에 생활해나갈 수 있었다고 말했다. 뱁스는 영국인 호텔과 클럽에 한해서 1페니 이상부터 사용할 수 있는 5파운드짜리 화폐였다. 그러므로 이 뱁스는 마틴스가 빈에 도착했을 당시 소유할 수는 있었으나 아무 데서나 사용할 수는 없는 5파운드짜리 현금이었다.

런던발 비행기가 프랑크푸르트 공항에 한 시간가량 기착하는 동안 이상한 사건이 발생했다. 마틴스는 미군 매점에서 소시지를 먹고 있었다(친절한 항공사 측에서는 65센트의 값어치가 있는 쿠폰 한 장씩을 승객들에게 나눠주었다). 그때 첫눈에 신문기자로 보이는 한 남자가 6미터쯤 떨어진 곳에서 그의 테이블로 다가왔다.

"당신이 덱스터 씨인가요?"

그 사내가 물었다.

"그렇소."

마틴스는 경계를 풀면서 대답했다.

"사진보다 젊어 보이는군요. 저는 이 지방의 유력한 일간지 대표입니다. 우리는 당신이 프랑크푸르트를 어떻게 생각하고 계시는지 알고 싶습니다."

그 사내가 말했다.

"나는 단지 10분 전에 도착했을 뿐이오."

"그만하면 족합니다. 미국 소설에 대해 어떻게 생각하시죠?"

"나는 미국 소설을 읽지 않는 사람이오."

마틴스가 대답했다.

"흔히 쓰는 심술궂은 유머로군요."

기자는 말하고 나서 덧니 두 개로 빵조각을 씹고 있는 회색 머리의 작은 사내를 가리켰다.

"혹시 저 사람이 카레이라는 것을 아십니까?"

"아니, 모르오. 카레이가 누굽니까?"

"물론 J. G. 카레이죠."

"그런 사람의 이름은 들은 기억이 없소."

"당신네 소설가들이란 세상과는 동떨어져 살고 있으니까요. 저 사람이 내 진정한 취재 대상입니다."

마틴스는 기자가 홀을 가로질러 카레이 쪽으로 다가가는 것을 지켜보았다. 카레이는 씹던 빵조각을 내려놓고 억지 웃음을 지으며 기자를 맞았다. 덱스터는 그 남자의 취재 대상이 아니었다. 그러나 그는 긍지 같은 것을 느끼지 않을 수 없었다. 지금까지 자기를 소설 가로 대우해준 사람은 아무도 없었기 때문이었다.

그런데 그 긍지와 귀빈으로서의 기분은 라임이 공항에 자기를 마중 나오지 않은 것으로 인해 실망으로 바뀌었다. 우리는 타인이 우리를 신통치 않은 존재로 생각하고 있는 것보다 더욱 신통치 않은 존재라는 사실을 모르고 있다.

마틴스는 버스 승강구 옆에 서서 좌절감을 느끼며 차창 밖에 내리는 눈송이를 바라보고 있었다. 부서진 빌딩 사이에 높이 쌓인 눈은 부드러운 눈송이가 쌓여 이루어진 것이 아니라 마치 만년설 위에 내려앉아 형성된 듯한 영원한 인상을 주었다.

그가 버스에서 내려 들른 아스토리아 호텔에서도 라임의 모습은 찾아볼 수가 없었다. 아무런 전언도 없었다. 덱스터 앞으로 크랩빈이라는 들어보지도 못한 사람에게서 이상한 편지가 한 통 와 있을 뿐이었다.

선생님이 내일 비행기편으로 오실 줄 알았습니다. 이곳에서 머물러주십시오. 우리는 용무 때문에 돌아다녀야 합니다. 호텔 방은 예약되어 있습니다.

그러나 롤로 마틴스는 호텔 주위에만 머물러 있을 그런 인간은 아니었다. 만일 호텔 라운지 부근에 머물러 있는다면 조만간에 사건이 발생하게 마련이다. 지루함을 못 견뎌 사람들은 술을 마시게 되기 때문이다.

롤로 마틴스는 매우 심각한 사건 속으로 무모하게 뛰어들기 전에 나에게 다음과 같이 말했다.

"나는 여러 사건에서 버텨왔습니다. 더 이상 큰 사건은 없을 것입니다."

롤로 마틴스에게는 언제나 분쟁이 있었다. 그것은 어색한 세례명과 네 세대를 이어온 완고한 네덜란드 식 성(姓) 사이의 분쟁이었다. 즉 '롤로'의 기질은 거리를 오가는 모든 여자들을 바라보고, '마틴스'의 기질은 그 여자들을 거부한다. 서부극을 쓰는 것은 그중 어느 편인지 나로서는 알 수가 없는 일이다.

마틴스는 라임의 주소를 갖고 있었다. 크랩빈이라는 사나이에 대해선 아무런 흥미도 없었다. 착오가 생긴 게 틀림없었다. 라임은 어떤 나치스로부터 빼앗은 빈 교외에 있는 자기 소유의 큰 아파트에서 마틴스가 지낼 수 있다고 편지로 알렸다. 마틴스는 도착하는 즉시 라임이 택시 요금을 대신 지불할 수 있으리라 믿었기 때문에 영국 관할의 제3 지구에 위치한 그 건물로 택시를 타고 갔다. 그는 3층으로 올라가는 동안 택시를 기다리게 했다.

눈이 차분히 쌓인 빈같이 조용한 도시에서는 얼마나 빨리 정적을 느끼게 되는지 모른다. 마틴스는 2층에 닿기도 전에 이미 라임은 그곳에 없으리라는 확신을 가졌다. 그러나 그 정적은 부재(不在) 자체보다 더 깊고 아득한 것이었다. 그것은 마치 빈의 어느 곳에서도 해리 라임을 찾을 수 없으리라는 그런 것이었다. 3층에 도착하자 이세상 어느 곳에서나 볼 수 있는 커다란 검정색 나비 넥타이가 방문 손잡이에 걸려 있는 것이 눈에 띄었다. 물론 그것은 해리 라임이 아닌 어떤 사람, 죽은 요리사나 집사의 넥타이일 수도 있었다. 그러나 그는 스무 계단 밑에서부터 직감했다. 기도하는 자들을 위해 종이 울리던 엄격한 분위기의 학교 복도에서 처음 만난 이래 20년 동안이나 숭배해온 라임이 죽었다는 것을. 그의 예감은 틀리지 않았다. 그가 여러 번 벨을 누르자, 이웃 아파트에서 침울한 표정의 남자가 얼굴을 내밀고 화난 어조로 말했다.

"아무리 눌러봐야 소용없는 일이오. 산 사람은 아무도 없소. 그는 죽었소."

"해리 라임이요?"

"그렇소."

후에 마틴스는 그의 죽음에 대해 이렇게 말했다.

"처음엔 대수롭지 않은 것처럼 생각했습니다.《타임스》의 간추린 기사 글귀처럼 그저 작은 소식에 불과하다는 느낌이었지요."

마틴스는 그 남자에게 물었다.

"언제, 어떻게 죽었습니까?"

"자동차에 치였소. 지난 목요일에 말이오."

그 남자가 대답했다. 그러고는 그 일이 자기에겐 아무런 관심사가 아니라는 듯 갑작스럽게 덧붙였다.

"오늘 오후 그를 매장한다고 했소. 당신은 지금 막 그들을 놓친 것이오."

"그들이라니 누구를 뜻하는 겁니까?"

"친구들하고 관(棺) 말이오."

"입원도 안 했습니까?"

"그럴 필요가 없었소. 자기 현관 앞에서 죽었으니까. 즉사를 한 것이오. 자동차의 오른쪽 흙받이가 어깨를 들이받아 토끼처럼 치여 죽었소."

그 남자가 '토끼'라는 단어를 사용했을 때, 마틴스의 머릿속엔 죽은 해리 라임이 살아나서 총을 든 소년으로 변했다. 그 총은 해리 라임이 일찍이 마틴스에게 '빌려줄' 생각으로 보여준 총이었는데, 소년은 브릭워드 공원의 기다란 모래 동굴 사이에서 껑충 뛰면서 이렇게 외쳤다.

"쏴, 이 바보야. 쏘란 말이야!"

그러자 토끼는 마틴스의 총탄에 부상을 입은 채 절뚝거리며 달아났다.

"어디에 묻는답니까?"

"중앙 공동 묘지인데, 이렇게 얼어붙은 땅에서는 꽤 힘든 작업일 게요."

마틴스는 어떻게 택시 요금을 지불해야 할 것인지, 또 5파운드짜리 영국 화폐로 빈에서 살아갈 방을 구할 수 있을지 막연했다. 그러나 그 문제는 해리 라임의 마지막 모습을 본 다음으로 미룰 수밖에 없었다. 그는 택시를 타고 시내를 벗어나 중앙 공동 묘지가 있는 영국 관할의 시외로 향했다. 그곳에 가려면 러시아 지역을 통과하는 방법과 미국 지역을 통과하는 지름길이 있는데, 미국 지역은 거리마다 아이스크림 가게들이 있기 때문에 누구나 쉽게 알 수 있었다. 전차들은 중앙 공동 묘지의 높은 담장을 따라 달리고, 레일이 깔린 곳의 반대편에는 1.6킬로미터 정도에 걸쳐 묘석(墓石) 제조자들과 꽃 재배원들이 줄지어 자리잡고 있었다. 그것들은 주인을 기다리는 묘석과 애도하는 자를 기다리는 화환들의 끝없는 줄이었다.

마틴스는 라임과 최후의 만남을 갖게 될 눈에 묻힌 이 거대한 공원의 규모를 짐작할 수가 없었다. 마치 해리 라임이 아킬레스 동상과 랭커스터 문 사이에 어떤 장소도 지적해주지 않은 채 "하이드 파크에서 만나자"라는 메시지를 남겼을 때처럼. 줄지어 선 묘비마다 번호와 문자가 씌어 있으며, 거대한 수레바퀴의 바퀴살처럼 뻗어 있었다. 운전사는 서쪽으로 1킬로미터, 또 거기서 방향을 바꾸어 북쪽으로 1킬로미터, 그리고 남쪽을 향하여 차를 몰았다.

눈이 거대하고 호화스러운 가족 묘지의 묘석에 기괴하고도 희극적인 분위기를 자아내고 있었다. 눈의 가발(假髮)은 천사와 같은 얼굴 위에서 옆으로 비스듬히 미끄러져 있었으며, 성자(聖者)는 무겁고 흰 구레나룻을 기르고 있었다. 눈의 군모(軍帽)는 '볼프강 고트만'이라 불리던 뛰어난 공직자의 흉상 위에 술 취한 모습처럼 뒤집어씌워져 있었다.

이 공동 묘지까지도 열강국들에 의하여 분할되어 있었다. 러시아 지역은 커다랗고 멋없이 무장된 사나이들의 조상(彫像)들로 표시되어 있었으며, 프랑스 지역은 특징 없는 나무 십자가와 찢어진 낡은 삼색 깃발의 대열로 표시되어 있었다.

마틴스는 라임이 가톨릭 신자라는 점을 떠올리고 지금까지 공연히 찾아 헤매던 영국 지역에는 매장되지 않으리라고 생각했다. 그래서 그는 상록수의 그늘 속에서 흰 두 눈을 껌뻑이고 있는 나무 밑의 늑대들처럼 묘지들이 누워 있는 숲의 한가운데를 지나 계속 차를 몰았다. 한번은 나무 밑에서 검은빛이 도는 은빛의 18세기식 이상야릇한 제복과 모서리 세 군데가 뾰족한 모자를 쓴 세 명의 남자가 바퀴가 두 개 달린 손수레를 밀면서 갑자기 나타났다가 묘지의 숲에서 교차되었다가는 다시 사라졌다.

그들이 때맞춰 장례식 장소를 찾은 것은 정말 우연이었다. 삽으로 쌓인 눈을 치운 광대한 묘역의 한 지점에 몇몇 사람이 모여 있었다. 언뜻 보기에는 개인적인 일에 매우 열중하고 있는 듯했다. 목사의 기도는 이미 끝나고, 쉴 새 없이 내리는 가는 눈 사이로 그의 지시가 은밀하게 들려왔다. 관이 땅속으로 막 내려지는 순간이었다. 헐렁한 옷을 걸친 두 남자가 묘지 곁에 서 있었다. 한 남자는 꽃다발을 들고 있었는데, 아마도 그것을 관 위에 떨어뜨리는 것을 잊고 있는 모양이었다. 옆 친구가 그의 팔꿈치를 살짝 밀자 그는 비로소 꽃을 떨어뜨렸다. 조금 떨어진 오솔길에는 두 손으로 얼굴을 감싼 소녀가 서 있었다. 나는 20미터쯤 떨어진 다른 무덤가에서 라임의 최후를 지켜보며 어떤 사람들이 와 있는가를 유심히 살펴보았다. 마틴스의 눈에 방수 외투를 입은 사람으로 보인 것이 바로 나였다. 그는 내게로 와서 말했다.

"저 사람들은 누구의 시체를 매장하고 있는 겁니까?"

"라임이라는 사람이오."

내가 대답하자 그 낯선 남자의 눈에서 눈물이 흐르기 시작했다. 나는 몹시 놀랐다. 그는 눈물을 흘릴 사람처럼 보이지 않았으며, 라임도 자기를 위해 울어줄 조문객이 있을 위인으로는 여겨지지 않았기 때문이다. 그것은 진정한 애도자의 진실한 눈물이었다. 물론 거기에 있던 소녀도 울고 있었지만, 사람들은 여자들을 진정한 애도자로 취급하지 않는다.

마틴스는 장례식이 끝날 때까지 내 곁에 바짝 붙어 서 있었다. 나중에 그가 내게 말하기를, 그는 라임의 유일한 옛친구로서 새 친구 사이에 끼고 싶지 않다고 했다. 라임의 죽음은 그들의 소관이기 때문에 그들에게 맡겨두었다고 했다. 그는 자기와 사귀었던 20년 동안의 라임의 일생에 관하여 감상적인 환상에 빠져 있었다. 장례식이 끝나자마자 마틴스는 휘청거리는 듯한 긴 다리로 성큼성큼 걸어 그가 타고 온 택시를 향해 돌아갔다. 나는 종교인이 아니고, 사망자의 주위에 감도는 소란함을 참지 못하는 성격이기 때문에 그 장소를 떠나려 했다. 마틴스는 아무에게도 말을 걸려 하지 않았으며, 그의 눈에서는 눈물이 계속 흘러내렸다. 우리 또래 사람들은 단 몇 방울도 짜내기가 어려운 눈물이었다.

한 인간에 관한 기록은 절대로 완전치 못하다. 1세기가 지나 지인들이 모두 죽은 후에는 전혀 비슷하지 않을 경우도 있다. 그래서 나는 마틴스의 뒤를 쫓아갔다. 다른 세 사람은 이미 알고 있었으므로 나는 이 낯선 사람을 알고 싶었다. 나는 택시 곁에서 그를 따라잡고 말했다.

"차가 없는데, 시내까지 태워다주실 수 없겠습니까?"

"그럽시다."

그가 선뜻 대답했다. 나는 나의 지프차 운전사가 우리가 같이 그곳에서 빠져나가는 것을 알아차리고 은밀히 뒤따라오리라는 것을 알고 있었다. 차가 달리는 동안 마틴스는 한 번도 뒤를 돌아보지 않았다. 임종을 보고 난 후에나 플랫폼에서 이별을 나눈 후 재빨리 떠나거나 등을 돌리는 대신 손을 흔들며 머뭇거리는 사람들은 대부분 위장된 애도자들이거나 거짓 연인들이다. 그들은 다른 사람들이 보는 앞에서, 또 죽은 자의 면전에서조차 그토록 자신들을 사랑하며, 스스로를 지키기를 원하는 것일까?

내가 말을 꺼냈다.

"나는 캘로웨이라는 사람입니다."

"나는 마틴스입니다."

그가 대답했다.

"당신은 라임의 친구였습니까?"

"그렇습니다."

그가 대답했다. 지난주에 대부분의 사람들은 이렇게 순순히 대답하기를 주저했었다.

"이곳에 오신 지 오래 되셨습니까?"

"영국에서 오늘 오후에 왔습니다. 해리가 자기와 함께 지내자고 부탁을 했었습니다. 그가 죽었다는 소식은 미처 듣지 못했습니다."

"약간 충격을 받으셨겠군요?"

"이보시오, 나는 지금 술을 무척 마시고 싶지만 현금이 한 푼도 없습니다. 5파운드짜리 영국 화폐뿐입니다. 당신이 한잔 사주신다면 대단히 고맙겠습니다."

이번에는 내가 "그럽시다"라고 말할 차례였다. 나는 잠시 생각하다가 운전사에게 케르트너 거리에 있는 조그마한 술집으로 가자고 했다. 그가 영국의 관리들과 그들의 부인들로 득실거리는 번화한 영국 술집에 가고 싶어 하지 않으리라고 생각되었다. 우리가 찾아간 술집은 술값이 엄청나게 비싸기 때문인지 한 번쯤 흡족한 기분을 맛보기 위해 찾아온 한 쌍의 손님 말고는 아무도 보이지 않았다.

이 술집의 결점은 마실 것이 한 가지밖에 없다는 점이었다. 감미로운 초콜릿 리퀴르인데 코냑과 같은 값을 받았다. 하지만 마틴스는 자기의 과거와 현재의 가면을 벗고 진심을 말하려면 어떤 술이든 마셔야만 될 것 같은 인상을 풍겼다. 술집 출입문에는 오후 6시에서 10시까지 영업을 한다고 적혀 있었지만, 한 손님만이 문을 밀고 앞의 방을 거쳐 나갔을 뿐이었다. 옆방에 한 쌍의 손님만이 남아 있었다. 평소에 나를 알고 있던 웨이터는 생선알이 든 샌드위치를 놓고 나가버렸다. 내가 봉급 외의 경비를 쓰고 있다는 것을 그가 아는 것은 다행스러운 일이었다.

마틴스는 두 잔째 마시고 나서 말했다.

"실례가 많습니다. 하지만 그는 나의 둘도 없는 친구였습니다."

나는 내가 알고 있는 것을 말하고 싶었고, 마틴스를 화나게 하고 싶었기 때문에 입을 다물고 있을 수가 없었다. 이런 식으로 우리는 많은 것을 얻어낸다.

"당신 이야기는 싸구려 단편 소설같이 들리는군요."

마틴스는 재빠르게 응수했다.

"나는 싸구려 소설을 쓰고 있습니다."

어쨌든 이 정도는 알아낸 셈이다. 석 잔째 마실 때까지는 그가 말하기 싫어한다는 인상을 받았지만, 넉 잔째를 마시고 나서는 확실히 그의 마음이 불편해지고 있다는 것을 알 수 있었다.

나는 그에게 말했다.

"당신과 라임에 관해 말씀해주셨으면 합니다."

"이보시오, 꼭 한 잔만 더 마시고 싶은데, 이 이상 낯선 사람에게 구걸할 수는 없는 일이오. 1파운드나 2파운드쯤 오스트리아 화폐로 바꾸어주지 않겠습니까?"

"그 점에 대해서는 염려하지 마십시오."

나는 웨이터를 불렀다.

"나중에 내가 런던으로 휴가를 갈 때 한턱 내시면 됩니다. 어떻게 라임을 만나게 되었는지 말씀하시려 했지요?"

초콜릿 리쾨르가 담긴 잔은 크리스털 제품인 것 같았다. 그는 그 유리컵을 이리저리 돌려가며 들여다보다가 입을 열었다.

"무척 오래된 일입니다. 아무도 내가 아는 모습의 해리를 모르리라 생각합니다."

나는 사무실에 보관된 라임에 관한 두툼한 수사 기록들을 생각해보았다. 모든 기록들이 동일한 내용을 담고 있었다. 나는 나의 수사관들을 믿고 있었으며, 그들의 기록을 면밀히 조사했었다.

"얼마나 오랫동안 사귀었습니까?"

"20년 동안이지요. 아마 조금 더 오래 되었을지도 모릅니다. 학교에서 1학기 때 만났죠. 지금도 그 장소가 눈에 선하고 게시판과 그

위에 써 있던 것까지도 생각납니다. 벨이 울리던 소리도 들려옵니다. 그는 나보다 한 살 위였는데, 많은 비결을 알고 있었지요. 나에게 많은 것을 가르쳐주었습니다."

그는 조금씩 빨리 마시고 나서 마치 그 술잔에 무엇이 있는가를 좀 더 자세히 살펴보려는 듯 그것을 다시 한번 돌리며 말했다.

"그런데 우습지요. 나는 여자들과 만난 일들을 이렇게 잘 기억해내지는 못하거든요."

"라임은 학교 다닐 때 영리했습니까?"

"사람들이 바라는 식의 영리함은 아니었습니다. 하지만 무엇을 고안해내고 계획하는 데는 기가 막힐 정도로 뛰어난 기획가였지요. 나는 역사나 영어는 해리보다 앞섰지만, 계획을 실행할 때는 형편없는 바보였습니다."

마틴스는 웃었다. 그는 술을 마셨고 이야기를 나누는 동안에 죽음의 충격에서 벗어나기 시작했다.

그는 계속해서 말했다.

"나는 언제나 그에게 사로잡힌 사람이었습니다."

"그 점 때문에 라임은 아주 편리했겠군요."

"당신은 어째 그처럼 지독한 말씀을 하십니까?"

그는 술 기운에 더욱 흥분되어 말했다.

"글쎄, 그렇지 않았나요?"

"그건 나의 잘못이지 그의 잘못은 아니었습니다. 그는 좀 더 영리한 사람을 선택할 수도 있었지만 나만 좋아했지요. 나에 대하여 한없는 인내심을 가지고 있었던 겁니다."

나는 라임이 분명히 마틴스에게 아버지와 같은 존재였을 거라고 생각했다. 라임이 인내심이 강하다는 것을 나도 알고 있었기 때문이었다.

"라임과 마지막으로 만난 것이 언제였습니까?"

"그는 6개월 전 의학 회의 관계로 런던에 건너왔습니다. 당신도 아시다시피 라임은 의사 자격증을 가지고 있었지만 결코 개업하지는 않았습니다. 그런 점이 해리의 특징이었으니까요. 그는 무엇이든 그가 할 수 있게만 되면 곧 그 일에 흥미를 잃고 말았습니다. 그러나 흥미는 손쉽게 생긴다고 말했습니다."

그 점도 사실이었다. 그가 알고 있는 라임과 내가 알고 있는 라임이 똑같은 것은 이상한 일이었다. 단지 우리는 서로 다른 각도와 견지에서 라임의 이미지를 보았을 따름이었다.

"라임을 좋아한 이유 중 하나는 그의 유머 때문이었습니다."

그가 싱긋 웃으며 말하자 얼굴이 다섯 살은 더 젊어 보였다.

"나는 익살을 부리느라고 어리석은 바보짓을 했지만, 해리는 진정으로 재치가 있었습니다. 만일 그가 그 방면에 힘을 기울였더라면 일류 경음악 작곡가가 될 수 있었을 겁니다."

마틴스가 휘파람으로 어떤 곡을 불렀는데, 이상하게도 귀에 익었다.

"언제나 기억하고 있는 곡입니다. 해리가 그 곡을 직접 작곡하는 걸 보았지요. 단 2분 만에 편지 봉투 뒷면에 쓴 겁니다. 마음속에 무엇을 생각할 때마다 그는 휘파람으로 그 곡을 불렀습니다."

마틴스가 다시 한번 그 곡을 불렀다. 그때 갑자기 그 곡조를 누가 작곡했는지 생각났다. 물론 해리가 쓴 것이 아니었다. 나는 그에게 그 이야기를 할 뻔했지만, 그래 본들 아무 소용이 없을 것이라는 느낌이 들었다. 휘파람 소리는 높았다 낮았다 하다가 끝이 났다. 그는 술잔을 응시하고 있다가 남은 것을 비워버리고 말했다.

"그가 그런 식으로 죽음을 당했다는 것을 생각하니 매우 유감스럽습니다."

"그것은 그에게 일어난 일 중 가장 최선의 일이었지요."

내가 말했다.

그는 내 말의 의미를 즉시 알아채지 못했다. 그는 술에 취해 약간 몽롱한 상태였다.

"최선의 일이었다구요?"

"그렇습니다."

"아무런 고통도 없었다는 뜻입니까?"

"또 그가 그런 방법으로 죽은 것은 다행이었습니다."

마틴스의 주의력을 사로잡은 것은 나의 말이 아니라 목소리의 높이였다. 그는 부드러우면서도 위협적으로 — 나는 그가 오른쪽 주먹을 꽉 쥐고 있는 것을 보았다 — 물었다.

"무엇을 암시하는 말입니까?"

어떤 상황에서든 육체적인 용기를 보여주는 것은 도대체 아무런 의미가 없는 일이다. 나는 그의 주먹이 미치지 않을 거리만큼 의자를 뒤로 움직였다.

"내 말은 경찰 본부에서 완결시켜놓은 그의 행실에 대한 기록을 입수하고 있다는 의미입니다. 만일 이번 사고가 발생하지 않았더라

면 그는 오랜 기간 동안, 정말 오랜 기간 동안 징역살이를 해야 했을
것입니다."

"이유가 무엇이오?"

"그는 빈에서 가장 추악하게 살아온 악질 분자였습니다."

그는 우리 사이의 거리를 어림잡다가 자기가 앉은 곳에서 나에게
까지는 주먹이 미치지 못한다는 것을 판단했다. '롤로'는 때려 부수
기를 원했지만, '마틴스'는 침착하고 조심스러웠다. 나는 마틴스가
위험한 인물이라는 것을 인식하기 시작했다. 결국 내가 완전히 실
수하지 않았나 하는 생각을 해보았다. 나는 '롤로'가 자기를 지적해
말했던 바보를 '마틴스'에게서 찾아낼 수 없었다.

"당신은 경찰입니까?"

그가 물었다.

"그렇습니다."

"나는 언제나 경찰관을 증오해왔소. 경찰이란 누구나 비뚤어져
있거나, 아니면 얼간이들이니까."

"당신이 쓰는 책은 그런 식의 내용입니까?"

나는 그가 나의 출구를 막기 위해 앉아 있던 의자 가장자리를 돌
려놓는 것을 보았다. 웨이터에게 눈짓을 했더니 그는 대번에 내 뜻
을 알아차렸다. 인터뷰를 하는 데 동일한 술집을 이용하는 것은 이
런 점에서 이점이 있다.

마틴스는 의도적으로 미소를 지으며 부드럽게 말했다.

"이곳 주변 사람들을 당신 편 보안관이라 불러드려야겠군."

"미국에 계셨습니까?"

이것은 어리석은 대화였다.

"아니오. 그건 또 나를 심문하겠다는 뜻이오?"

"그저 관심이 있어서."

"해리가 악당이라면 나 역시 악당일 수밖에 없는 겁니다. 우리는 항상 함께였으니까."

"해리가 당신을 자기 단체에 끌어들이려 했던 것을 말해두고 싶습니다. 당신에게 귀찮은 일을 떠맡기려는 계산이었을 겁니다. 그것이 학교에서 그가 쓴 수법이었으니까요. 당신네 교장 선생님도 한두 가지는 알게 되었을 겁니다."

"없는 일을 만들어가는 것 아닙니까? 내 생각엔 보잘것없는 휘발유 횡령이 있었는데 진범을 가려내지 못하자 그 혐의를 죽은 사람에게 덮어씌우는 겁니다. 그것이 바로 경찰이지요. 당신은 진짜 경찰입니까?"

"그렇습니다. 런던 경시청에 소속되어 있지요. 그러나 근무할 때는 대령의 제복을 입지요."

마틴스는 나와 출입문 사이에 있었으므로, 나는 그의 사정 구역을 지나지 않고서는 테이블에서 달아날 수가 없었다. 나는 싸움을 잘 못 할 뿐 아니라 그는 키도 나보다 15센티미터쯤 컸다.

나는 말했다.

"그것은 휘발유가 아니었습니다."

"타이어나 사카린인가요? 왜 당신들은 기분 전환을 위해서라도 살인자들을 잡지 않지요?"

"글쎄요, 하지만 그 범인들이 라임의 일당일 수도 있습니다."

마틴스는 한 손으로 테이블을 밀어젖히고 다른 한 손을 나를 향해 뻗었다. 술이 취한 탓에 그의 겨냥은 빗나갔다. 그가 다시 덤벼들려 할 때 내 운전사가 양팔로 그를 휘어 감았다.

"거칠게 다루지 마. 그분은 작가야. 다만 술을 너무 많이 마셨을 뿐이야."

"진정하십쇼, 선생님."

운전사가 말했다. 그는 지나치게 관료 계급 의식을 가지고 있었다. 그는 아마 라임을 부를 때도 "선생님"이라고 했을 것이다.

"잘 들어주시오, 캘러겐. 그렇지 않으면 당신의 상스러운 이름은……."

"캘로웨이라고 불러주시오. 아일랜드가 아니고 영국 사람이오."

"나는 당신을 빈에서 가장 상스러운 얼간이로 만들 작정이오. 죽은 사람은 당신이 해결하지 못한 범죄를 뒤집어쓰지 않을 것이오."

"알겠소. 당신이 나에게 진짜 범인을 찾아 보이겠다는 것이지요? 마치 당신 소설 속의 한 대목 같군요."

"놔주시지, 캘러겐. 당신의 눈을 멍들게 하느니 바보의 본보기로 만들고 싶군. 당신은 패배감을 안고 며칠 동안 자리에 누워 있으면 그만이지. 그러나 내가 당신과 관련된 일을 끝마치면 당신은 빈을 떠나야 할걸."

나는 2파운드 상당의 교환권을 꺼내 그의 앞주머니에 찔러 넣으며 말했다.

"이것이면 오늘밤은 지낼 수 있을 것이오. 그리고 내일 당신이 런던으로 돌아갈 비행기 좌석을 틀림없이 준비해놓겠소."

"나를 내쫓을 수는 없을걸. 나의 입국 서류는 합법적이니까."

"알고 있소. 그렇지만 이곳은 여느 도시처럼 돈이 필요한 곳이오. 만일 당신이 영국 화폐를 암시장에서 교환할 경우 나는 24시간 안에 잡아들일 수 있소. 페인, 그분을 보내드려."

롤로 마틴스는 옷에 묻은 먼지를 털며 말했다.

"술은 고마웠소."

"그렇게 생각해주시니 고맙소."

"사례할 필요가 없으니 다행이군. 술값은 경비에서 지출될 테니까."

"그렇소."

"정보를 입수하는 대로 1, 2주일 내에 다시 만나겠소."

나는 마틴스가 화나 있다는 것을 알았다. 그러나 그토록 심각해 보이지는 않았다. 다만 그가 자존심을 세우기 위해 연극을 한 것으로만 생각되었다.

"내일 당신을 전송하러 갈지도 모르겠소."

"당신이 시간을 낭비하게 하지는 않을 것이오. 내가 공항에 나갈 것 같소?"

"여기 페인 씨가 당신을 자헤르 호텔로 안내해드릴 거요. 그곳에서 머무시오. 나는 그렇게 알고 있겠소."

마틴스는 웨이터 쪽으로 가려는 듯이 한쪽으로 걸어가다가 갑자기 나에게 덤벼들었다. 나는 가까스로 피했지만 테이블에 걸려 넘어졌다. 그가 다시 덤벼들려고 할 때 페인이 그의 입 언저리를 주먹으로 세게 쳤다. 그는 테이블 사이의 통로에 쿵 떨어졌다가 일어났다. 찢어진 입술에서 피가 흘렀다.

내가 말했다.

"나는 당신이 싸우지 않겠다고 약속한 것으로 생각했소."

그는 소매 끝으로 피를 닦아내며 말을 받았다.

"아니지. 당신을 지독한 얼간이로 만들어주고 싶었지. 당신의 눈 두덩을 멍들게 하지 않겠다는 약속을 한 적은 없으니까."

나에겐 하루가 너무 길었고, 롤로 마틴스한테 시달린 까닭에 피로했다.

나는 페인에게 지시했다.

"저분을 자헤르 호텔까지 안전하게 안내해드려. 말을 듣지 않더라도 다신 주먹을 대면 안 돼."

나는 두 사람을 뒤로 하고 바 쪽으로 걸어갔다.

"이쪽입니다, 선생님. 길모퉁이만 돌아가면 됩니다."

페인이 조금 전 자기가 때려 눕혔던 마틴스에게 정중히 말하는 소리가 들렸다.

3

다음에 일어난 일은 페인에게서가 아니라 오랜 뒤에 마틴스에게서 들은 것이다. 이 사건들을 회상해볼 때 비록 마틴스가 예상했던 대로는 아니었지만 진실로 내가 어리석었다는 것이 증명되었다. 페인은 마틴스를 호텔의 프론트에 데리고 가서 다음과 같이 설명했을 뿐이었다.

"이분은 런던에서 비행기로 오신 분인데, 캘로웨이 대령님께서 숙소를 정해드리라고 하셨습니다."

그 점만을 확인한 다음 그는 그곳을 떠나면서 말했다.

"안녕히 주무십시오, 선생님."

그는 마틴스의 터진 입술에서 흐르는 피를 보고 약간 당황한 듯 보였다.

"선생님께서 미리 방을 예약하셨던가요?"

호텔의 문지기가 물었다.

"아니오. 아마 예약이 돼 있지 않을 것이오."

마틴스는 손수건을 입술에 대며 말했다.

"선생님이 혹시 덱스터 씨가 아닙니까? 덱스터 씨를 위해 1주일 동안 방이 예약되어 있습니다만."

"아, 그래요? 내가 바로 덱스터라는 사람이오."

마틴스가 대꾸했다. 마틴스는 선전 기금을 사용하게 될 사람의 이름이 롤로 마틴스가 아니고 버크 덱스터였기 때문에, 라임이 덱스터란 이름으로 방을 예약해두었을 것이라고 생각했다. 바로 그때 옆에서 어떤 목소리가 들려왔다.

"비행장에서 선생님을 뵙지 못해 죄송합니다. 제 이름은 크랩빈입니다."

목소리의 주인공은 자연스럽게 삭발을 하고, 마틴스로서는 일찍이 본 일이 드문 두꺼운 뿔테 안경을 쓴 체격이 당당한 중년 사나이였다.

그는 변명하듯 말을 계속했다.

"우리 친구 중 하나가 프랑크푸르트에 전화를 걸어 선생님께서 비행기에 탑승하신 것을 알았습니다. 그러나 언제나처럼 본부의 친구들이 바보 같은 실수를 저질러 선생님께서 이곳으로 출발하지 않았다고 타전해왔습니다. 다만 스웨덴에 관한 내용이 들려왔는데, 그 전신마저도 도중에 지독하게 끊어지곤 했습니다. 프랑크푸르트에서 직접 소식을 듣고 비행장에서 선생님을 뵈려 했습니다만…….그런데 제가 적어둔 내용은 받아보셨습니까?"

마틴스는 입에 손수건을 갖다 대며 모호하게 대답했다.

"예. 예?"

"덱스터 씨, 이 자리에서 이렇게 당돌하게 말씀드립니다만, 선생님을 만나뵙게 되어 얼마나 흥분이 되는지 모르겠군요."

"다행이군요."

"저는 어렸을 때부터 선생님을 우리 세기의 가장 위대한 소설가로 생각해왔습니다."

마틴스는 흠칫했다. 그의 말을 반박하려고 입을 연다는 것은 고통스러운 일이었다. 대신 마틴스는 화난 표정으로 그를 뚫어지게 바라보았다. 그러나 그 사내가 농담을 한다고는 생각되지 않았다.

"덱스터 씨, 선생님께서는 원작에서나 번역물에 걸쳐서 수많은 오스트리아 독자를 가지고 계십니다. 특히《구부러진 뱃머리》는 제가 가장 좋아하는 작품입니다."

마틴스는 약간 거북한 생각이 들었다.

"일주일 동안 방을 예약해놓았다고 말씀하셨던가요?"

"그렇습니다."

"정말 친절한 일이로군요."

"이곳의 슈미트 씨가 매일 선생님께서 무엇이든 드실 수 있는 식권을 가져다 드릴 것입니다. 그 외 경비가 다소 필요할 것으로 압니다만, 그건 저희가 알아서 하겠습니다. 내일은 한가롭게 보냈으면 하실 텐데, 시내 구경을 나가시면 어떻겠습니까?"

"그거 좋겠군요."

"물론 선생님께서 원하신다면 저희 중 누구든지 안내를 해드리겠습니다. 그리고 모레 저녁에는 연구소에서 소규모 토론회가 있습니다. 현대 소설에 관한 것이지요. 회의 진행에 앞서 몇 말씀 해주신 뒤 질문에 답변만 해주시면 됩니다."

그 순간 마틴스는 크랩빈을 피하고 1주일 동안의 무료 숙식을 할 수만 있다면 어떠한 제안이라도 수락하고 싶어졌다. 그리고 물론 내가 나중에 알아낸 일이지만, 롤로는 술과 여자, 우스운 분위기와 새로운 흥분을 얻기 위해서라면 언제나 어떠한 제안이라도 받아들이려는 마음의 자세가 되어 있었다.

"물론 그렇게 하지요, 물론."

그는 손수건을 입에서 떼지 않은 채 대답했다.

"실례입니다만 덱스터 씨, 혹시 치통을 앓고 계십니까? 제가 잘 아는 훌륭한 치과 의사가 있습니다."

"아니오. 한 대 얻어맞았을 뿐입니다."

"저런! 선생님에게 강탈을 하려 했습니까?"

"아니오. 그자는 군인이었습니다. 나는 그 건방진 애송이 대령의 눈을 갈겨주려고 했지요."

그는 입술에서 손수건을 떼어 찢어진 부분을 보여주었다.

마틴스는 크랩빈이 할 말을 잃고 어쩔 줄을 몰라하던 일을 내게 들려주었다. 마틴스는 크랩빈이 왜 그러한 태도를 취했는지 이해할 수가 없었다. 그도 그럴 것이 마틴스는 당대의 위대한 소설가 벤자민 덱스터의 작품을 한 번도 읽어본 일이 없었을뿐더러, 그의 이름조차 들어본 적이 없었기 때문이었다. 그러나 나는 벤자민 덱스터의 열렬한 독자였기 때문에 크랩빈이 당황한 이유를 알 수 있었다. 덱스터는 헨리 제임스와 더불어 명문장가로 평가되어 왔는데, 스승인 헨리 제임스보다 더욱 섬세한 여성적인 문체를 지니고 있었다. 그래서 그를 적대시하는 평론가들은 미묘하고, 복잡하고, 동요하는 노처녀 같은 스타일이라고 평했다. 50세로 접어든 남자지만 문장 수식에 열정적으로 도취되어 있었으며, 침착한 습관은 시종 일관되었다. 이것은 그의 제자들에겐 크나큰 매력이 되었지만 다른 사람들에겐 별로 감흥을 일으키지 못했다.

"당신은《산타페의 외로운 기사》라는 책을 읽어보셨습니까?"

마틴스가 크랩빈에게 물었다.

"아니, 읽지 못했습니다."

그러자 마틴스가 설명했다.

"이 외로운 기사의 가장 사랑하는 친구가 로스트클레임 굴치라는 보안관에게 살해되었지요. 줄거리는 이 기사가 복수를 다 할 때까지 보안관을 완전히 합법적으로 추적하는 내용입니다."

"선생님이 서부극을 읽으실 줄은 전혀 몰랐습니다."

크랩빈이 말했다. 그러자 마틴스는 "아니오, 그것은 내가 쓴 것입니다"라고 말하려는 롤로의 충동을 저지하고 이렇게 대답했다.

"그런데 말입니다, 나도 그 작품의 주인공처럼 캘러겐 대령을 추적하고 있는 중입니다."

"그런 이름은 전혀 들어보지 못했는데요."

"해리 라임이란 이름은 들어본 일이 있습니까?"

"예, 있습니다. 그러나 그 사람에 대해서는 잘 모릅니다."

크랩빈이 조심스레 대답하자 마틴스가 말했다.

"나의 가장 친한 친구였습니다."

"그분은 문학에 소질이 있는 인물은 아닐 거란 생각이 듭니다."

"내 친구 중 문학에 소질이 있는 사람은 하나도 없지요."

크랩빈은 뿔테 안경 너머에서 초조하게 눈을 깜박이며 마틴스를 진정시키려는 듯한 표정으로 말을 꺼냈다.

"하지만 해리 라임은 연극에 대단한 취미를 가지고 있더군요. 여배우인 그의 친구 하나가 연구소에서 영어를 배우고 있습니다. 해리 라임이 그녀를 데리러 연구소에 한두 번 찾아온 일이 있었지요."

"그 여배우는 젊습니까, 아니면 늙었습니까?"

"젊지요. 아주 젊어 보였습니다. 그러나 내 생각으로는 그리 훌륭한 배우는 아니었습니다."

마틴스는 무덤가에서 손으로 얼굴을 가리고 있던 소녀를 생각해 냈다.

"해리의 친구라면 누구든 만나보고 싶습니다."

마틴스가 말하자 크랩빈이 대답했다.

"그녀는 아마 선생님의 강의에 참석할 것입니다."

"오스트리아인입니까?"

"본인은 오스트리아인이라고 주장하지만, 제가 보기엔 헝가리인 같습니다. 요셉슈타트 극장에서 일하고 있습니다."

"왜 오스트리아인이라고 주장할까요?"

"러시아 사람들은 헝가리인이라고 하면 주의 깊게 보는 경향이 있습니다. 라임이 그녀의 증명 서류를 구비해주었을 거라는 생각이 듭니다. 그녀는 슈미트라고 자칭하고 있지요. 안나 슈미트라는 겁니다. 영국 태생의 젊은 여배우 이름이 슈미트라니, 상상할 수 없는 일이겠지요? 그리고 예쁘기도 합니다. 그래서 나는 그녀가 언제나 오스트리아인이 아닐 거라는 석연치 않은 기분이 듭니다."

마틴스는 크랩빈에게서 알아낼 수 있는 것은 모두 알아냈다고 느꼈다. 그래서 그는 온종일 피곤한 상태였다고 변명한 후 내일 아침에 전화를 걸겠다고 약속했다. 그는 당장 필요한 비용 명목으로 10파운드 상당의 영국 화폐를 받아들고 자기 방으로 들어갔다. 그는 갑자기 자신이 돈을 벌고 있다는 생각이 들었다. 한 시간도 채 못 되어 12파운드나 되는 돈이 생긴 것이었다.

그는 부츠를 신은 채 침대 위에 몸을 뻗고 누우면서 피로를 느꼈다. 1분도 채 못 되어 그는 빈 시를 멀리 뒤로 하고 발목까지 눈이 쌓인 울창한 숲속을 걷고 있었다. 어디선가 올빼미 울음소리가 들려왔다. 갑자기 고독과 두려움에 사로잡혔다. 그는 그곳의 어느 특정한 나무 밑에서 해리와 만날 약속을 했지만, 이처럼 울창한 숲속에서 그 나무를 식별해내기란 불가능해 보였다. 그 순간 한 사람의 모습이 눈에 비쳤으므로 그는 그에게 달려갔다. 그 사람은 귀에 익은 곡조의 휘파람을 불고 있었다. 숲속에 혼자만 있는 것이 아니라는 생각이 들자 그의 가슴은 안도와 기쁨으로 뛰었다.

앞서 가던 사람이 돌아섰다. 그는 해리가 아니었다. 낯선 사람으로 눈이 녹아 진창길이 된 곳에 서서 그에게 싱긋 웃음을 지었다. 그러는 동안에도 올빼미는 계속 울어댔다.

그때 침대 옆의 전화벨 소리에 그는 갑자기 잠에서 깨어났다. 외국어 악센트가 섞인 목소리가 들려왔다.

"롤로 마틴스 씨입니까?"

"그렇습니다."

마틴스는 이제 덱스터가 아니고 본래의 자기로 돌아와 있었다.

"당신은 저를 모르실 겁니다……."

전화의 목소리가 필요도 없는 말을 하고 덧붙여 말했다.

"하지만 저는 해리 라임의 친구였습니다."

낯선 사람에게서 해리의 친구라는 소리를 듣는 것만도 마틴스에게는 새로운 변화였다. 마틴스는 그에게 따뜻한 감정을 느끼며 말했다.

"만나뵀으면 좋겠습니다."

"저는 지금 '옛 빈' 모퉁이에 와 있습니다."

"내일 만나는 게 어떻겠습니까? 나는 오늘 이일저일로 상당히 피곤한 상태라서……."

"해리는 제게 선생님께 이상이 없도록 보살펴드리라는 부탁을 했습니다. 그가 숨을 거둘 때 저는 함께 있었지요."

"나는……."

롤로 마틴스는 말하려다 말고 입을 다물었다. "나는 해리가 현장에서 즉사한 줄 알았는데요"라고 말하려 했지만 주의를 해두는 것이 좋으리라 생각되었다. 그래서 대신 이렇게 말했다.

"당신은 나에게 이름을 알려주지 않았습니다."

"쿠르츠라고 합니다."

전화의 목소리가 계속 말을 이었다.

"찾아뵙고 말씀드리고 싶지만 오스트리아인들은 자헤르 호텔에 출입이 금지되어 있습니다."

"그러시다면 내일 아침 '옛 빈'에서 만나도록 합시다."

"좋습니다. 하지만 그것은 선생님께 그때까지 이상이 없을 경우에 한해서입니다."

"그게 무슨 말씀입니까?"

"해리는 선생님이 돈을 한 푼도 가지고 있지 않을 거라고 걱정했습니다."

롤로 마틴스는 수화기를 귀에 댄 채 침대에 누워 생각했다. 돈을 벌려고 빈에 왔단 말인가. 그가 이곳에 온 지 다섯 시간도 되지 않는데 돈을 주겠다고 나타난 사람이 이번으로 무려 세 번째다. 마틴스는 조심스럽게 말했다.

"걱정하지 마십시오. 당신을 만날 때까지는 충분히 지탱할 수 있습니다."

상대편의 제안이 어떠한 것인지 알기 이전에는 이익이 되는 제안이라면 거절할 필요가 없지 않을까 하는 생각도 들었다.

"그렇다면 케르트너 거리에 있는 '옛 빈'에서 열한 시에 만나기로

할까요? 저는 갈색 양복 차림에 선생님의 저서를 한 권 들고 있겠습니다."

"그 책은 어떻게 구하셨습니까?"

"해리가 저에게 주었지요."

그 목소리는 굉장히 매력적이고 조리가 있었다. 마틴스는 작별인사를 하고 전화를 끊었다. 해리가 그토록 지각이 있었다면 죽기 전 그가 이곳에 오는 것을 저지시키는 전보를 왜 보내지 않았을까 하는 궁금증이 계속 머리를 떠나지 않았다. 캘러겐 역시 라임이 즉사했다고 하지 않았는가? 고통이 없었다고 했는데, 그것이 사실이었을까? 아니면 라임 자신이 캘러겐에게 그렇게 말하도록 했을까? 그러자 마틴스의 마음속에 라임의 죽음에는 우둔한 경찰로서는 캐낼 수 없는 어떤 것, 무언가 석연치 않은 점이 있다는 생각이 확고하게 자리잡았다. 그는 두 개비의 담배를 연달아 피우면서 그 내막을 알아내려고 애써보았으나 저녁도 먹지 못하고 그 실마리도 잡지 못한 채 잠이 들고 말았다. 매우 긴 하루였지만 문제를 해결하기에는 그리 긴 하루가 아니었다.

4

"그 사람을 처음 만났을 때 싫었던 것은 그의 가발이었습니다."

마틴스가 내게 말했다.

"납작하고 노란색이었는데 뒷머리가 일직선으로 잘라져 그의 머리에 잘 맞지 않았습니다. 자기의 대머리를 순수한 마음으로 받아들이려 하지 않는 사람에겐 틀림없이 어떤 가식이 있게 마련입니다. 그의 얼굴은 단장을 한 것처럼 적당한 곳에 적당한 선을 주의 깊게 그려놓은 듯했습니다. 두 눈썹에도 매력과 별스러움을 나타내기 위해 선을 그려놓았더군요. 그는 낭만적인 여학생들의 마음을 끌기 위해 화장을 하고 있는 것 같았습니다."

이것은 며칠이 지난 뒤 마틴스가 내게 들려준 말이었다. 그는 이번 사건의 여파가 거의 잠잠해질 무렵에 모든 이야기를 털어놓았다. 우리는 그가 쿠르츠와 같이 앉았던 바로 그 '옛 빈'의 테이블에 앉아 있었다. 그가 낭만적인 여학생들에 관한 이야기를 할 때, 나는 무언가 찾는 듯한 그의 눈동자가 갑자기 한 곳을 응시하는 것을 보았다. 그것은 한 소녀였다. 여느 소녀와 다를 바가 없는 평범한 소녀였는데, 눈보라가 몰아치는 거리를 서둘러 지나가고 있었다.

"좀 예쁜 데가 있지요?"

마틴스는 눈길을 돌리며 계속 말했다.

"나는 그런 일에는 영원히 마음을 두지 않을 겁니다. 캘로웨이 씨, 일생에서 그런 종류의 일들은 마땅히 단념해야 할 시기가 온다는 것을 알고 계시겠지요……."

"그럼요. 하지만 당신은 어떤 소녀를 바라보던 것 같은데요."

"바라보았지요. 그녀는 잠깐 동안 안나를 생각나게 했을 뿐입니다. 안나 슈미트……."

"그 여자가 누굽니까? 소녀입니까?"

"아, 어떤 의미에서는 그렇다고 할 수 있겠군요."

"어떤 의미라는 말은 무슨 뜻입니까?"

"그녀는 해리의 여자였습니다."

"당신이 그녀를 인계받았나요?"

"캘로웨이 씨, 그녀는 그런 종류의 여자가 아닙니다. 해리의 장례식에서 그녀를 보지 않았던가요? 더는 술을 취하도록 마시지 않겠습니다. 이미 평생 동안 숙취를 느낄 만큼 마셨으니까요."

"당신은 쿠르츠에 관하여 이야기하던 중이었습니다."

내가 마틴스에게 일러주었다.

쿠르츠는 거기에 앉아서 《산타페의 외로운 기사》를 읽는 척하고 있었다. 마틴스가 그의 테이블에 앉자 쿠르츠는 형언할 수 없는 거짓 열성으로 말을 걸어왔다.

"선생님께서 흥분을 유지시키는 방법은 놀랍군요."

"흥분이라구요?"

"긴장감이죠. 선생님은 그런 방면의 대가이십니다. 모든 장(章)의 끝에 추측을 남겨놓으시며……."

"그러니까 당신이 해리의 친구였습니까?"

마틴스가 말했다.

"나는 그의 가장……."

그러나 쿠르츠는 극히 짧은 사이를 두고 말을 멈췄다. 그 사이에 틀림없이 잘못을 깨달은 모양이었다. 쿠르츠는 이내 덧붙였다.

"물론 당신을 제외하고 말입니다."

"해리가 어떻게 죽었는지 말씀해주십시오."

"나는 그와 함께 있었습니다. 우리는 해리의 집에서 나왔는데 그때 해리가 길 건너편에 있는 친구를 보았던 겁니다. 쿨러라는 미국인이었지요. 그가 쿨러를 향하여 손을 흔들며 길을 건너가려 할 때 모퉁이에서 급히 돌아나오던 지프차가 그를 덮쳤습니다. 그것은 진정 해리의 잘못이었지 운전사의 잘못이 아니었습니다."

"어떤 사람은 그가 즉사했다고 하더군요."

"나도 그러기를 바랐습니다. 어쨌든 구급차가 닿기 전에 그는 죽었습니다."

"그런데 그 상황에서 그가 말을 할 수 있었습니까?"

"그렇습니다. 고통 속에서조차 당신 걱정을 했던 겁니다."

"무어라고 했습니까?"

"글쎄, 그가 한 말 그대로는 기억할 수 없습니다만, 롤로 — 당신을 롤로라고 불러도 괜찮겠지요? 그는 언제나 당신 이름을 우리에게 그같이 불러주었습니다. 그는 당신이 도착하면 내가 당신을 돌봐주기를 간절히 바랐습니다. 당신은 나의 보살핌을 받고 있다는 사실을 알아야 합니다. 런던에 돌아갈 비행기 표를 준비하십시오."

마틴스는 당시 현금 외에도 비행기 표를 구하는 중이었다.

"그런데 왜 당신은 내게 오지 말라는 전보를 치지 않았습니까?"

"전보를 쳤습니다만, 당신에게 미처 도착하지 않은 것이 분명합니다. 검열이라든지 관할 지역 등의 문제 때문에 어떤 경우에는 닷새가 걸리기도 하니까요."

"해리의 시체는 부검을 받았습니까?"

"물론이지요."

"당신은 해리가 어떤 부정한 사건에 연루되어 경찰의 엉뚱한 혐의를 받고 있다는 사실을 알고 있습니까?"

"모릅니다. 하지만 빈에 살고 있는 사람들은 다 그렇습니다. 우리는 모두 담배를 팔거나 실링 화를 영국 화폐로 교환하는 등의 일을 하고 있으니까요. 통제위원회의 어느 누구도 위법을 하지 않는 사람은 없을 겁니다."

"경찰 당국은 해리의 사건을 그보다 훨씬 악질적인 것으로 말하는 것 같더군요."

"그들은 때때로 엉터리 같은 생각들을 하지요."

가발을 쓴 사내가 조심스럽게 말하자 마틴스가 응수했다.

"나는 경찰의 잘못을 밝혀낼 때까지 이곳에 머물 작정입니다."

쿠르츠가 머리를 심하게 흔들자 가발의 위치가 약간 바뀌었다.

"그렇다고 무슨 이득이 있겠습니까? 그 무엇도 해리를 되살릴 수는 없습니다."

"나는 그 경찰관을 빈에서 추방시킬 작정입니다."

"무엇을 하시겠다는 건지 도저히 알 수 없군요."

"해리가 죽었을 때로 돌아가서 조사를 시작하려 합니다. 당신과 쿨러라는 사나이, 그리고 운전사가 해리가 사망한 현장에 있었지요? 그들 주소를 알려주십시오."

"운전사의 주소는 모릅니다."

"그렇다면 검시관의 보고서에서 알아내지요. 그리고 또 해리의 여자도……."

"그녀에게는 고통스러운 일이 될 겁니다."

쿠르츠가 말했다.

"그 여자에게 고통스러운 일이 되든 되지 않든, 거기에는 관심이 없습니다. 관심이 있는 것은 해리뿐입니다."

"롤로 씨, 당신은 경찰이 의심하는 것이 무엇인지 압니까?"

"모릅니다. 그때 나는 너무 일찍 화를 내고 말았으니까요."

"당신이 밝히고자 하는 내용이 해리에게 불명예스러운 일이 되리라는 생각은 들지 않습니까?"

쿠르츠가 부드러운 어조로 물었다.

"그런 위험은 각오하고 있습니다."

"그 같은 일에는 어느 정도 시간이 필요할 겁니다. 그리고 돈도 들지요."

"시간은 있고, 돈은 당신이 빌려주려 하지 않았습니까?"

"나는 부자가 아닙니다. 나는 해리에게 당신이 이곳에 머무는 동안 편하게 해드리고, 비행기편으로 돌아가는 것을 보살펴주겠다는 약속을 했을 뿐입니다."

"돈이나 비행기편에 대해선 염려할 필요가 없습니다."

마틴스는 덧붙여 말했다.

"나와 내기를 합시다. 5파운드 대 2백 실링으로. 해리의 죽음에 기이한 점이 있느냐 없느냐 하는 내기입니다."

그것은 막연한 추측이었다. 그러나 마틴스는 확고한 본능적 의심 속에서, 비록 해리의 죽음이 타살이라고는 말할 수 없다 할지라도 무언가 잘못이 끼여 있다는 느낌만은 떨쳐버릴 수가 없었다. 쿠르츠가 커피잔을 들어올려 입술에 갖다 대는 모습을 마틴스가 지켜보았다. 그의 추측은 확대되어 갔다. 쿠르츠는 무표정한 태도로 컵을 입에 대고 약간 소리를 내면서 길게 마셨다. 그리고 컵을 내려놓으며 말했다.

"기이한 점이란, 무슨 의미죠?"

"해리의 시체를 확보한 것은 경찰로서도 편리한 일이었지만, 진짜 악당들에게도 역시 편리한 일이 아니겠습니까?"

이렇게 말했을 때 마틴스는 쿠르츠가 자기의 거친 표현을 듣고 결국은 동요되고 있음을 깨달았다. 이 작자는 주의력과 침착성을 잃을 만큼 긴장하지 않았단 말인가? 범죄자의 손이라 해서 반드시 떨리는 법은 아니다. 단지 소설 속 범인이나 흥분을 감추지 못하고 유리잔을 떨어뜨릴 것이다. 긴장감은 부자연스러운 행동 속에서 더욱 자주 나타난다. 쿠르츠는 마치 아무 이야기도 듣지 않은 듯 커피를 마시고 있었다.

"글쎄요……."

그는 또 한 모금 홀짝이며 말했다.

"무슨 잘못이 발견되리라고는 믿지 않지만…… 어쨌든 행운을 빕니다. 도움이 필요할 경우엔 언제든지 말씀하십시오."

"쿨러의 주소를 가르쳐주십시오."

"물론 적어드리지요. 여기에 있습니다. 미국 관할 지역입니다."

"그리고 당신의 주소는?"

"이미 써놓았습니다. 그의 주소 밑에 있습니다. 불행하게도 저는 러시아 관할 지역에 살고 있습니다. 밤 늦게는 찾아오지 마십시오. 때때로 주위에서 사건이 발생하니까요."

그는 입과 눈가에 섬세한 선이 조심스럽게 그려진 매력적인 모습을 띤 채, 억지로 가장된 빈 식 특유의 웃음을 지어 보였다.

"연락 주십시오."

쿠르츠가 말했다.

"도움이 필요할 때면······. 하지만 당신의 생각이 현명하지 못하다는 느낌은 여전합니다."

그는 《산타페의 외로운 기사》를 집어들었다.

"긴장감의 거장이신 당신을 만나 뵙게 되어 영광입니다."

그는 한 손으로 가발을 매만지고 다른 손으로 입 언저리를 부드럽게 쓰다듬었다. 그러나 곧 언제 그런 웃음을 지었느냐는 듯 입가에는 웃음의 흔적이 엿보이지 않았다.

5

마틴스는 유셉슈타트 극장의 무대 출입문 바로 안쪽에 있는 딱딱한 의자에 앉아 있었다. 마티니를 한 잔 마신 다음 안나 슈미트에게 '해리의 친구'라고 쓴 명함을 들여보낸 후였다. 전등불이 하나 둘 꺼져가면서 레이스 커튼으로 장식된 작은 창문의 아케이드에 배우들의 모습이 비쳐 들어왔다. 그들은 집으로 돌아가려고 짐을 꾸리는 중에도 저녁 공연에 대비하기 위해서 설탕을 넣지 않은 커피에 버터를 바르지 않은 둥근 빵을 먹고 있었다. 그곳은 작은 거리에 영화 세트용으로 설치한 실내같이 보였다. 그러나 실내까지도 냉기가 감돌았는데, 두꺼운 외투를 입은 사람조차 추위를 느낄 정도였기 때문에 마틴스는 자리에서 일어나 조그마한 창문 밑을 이리저리 거닐었다. 그는 자신이 그 당시 줄리엣의 발코니를 알아보지 못하는 로

미오 같았다고 나에게 말했다.

차분히 생각할 시간의 여유가 있었으므로 마틴스는 기분이 가라앉았다. 그때는 '롤로'가 아니라 '마틴스'가 우세한 상태였다. 창문에 불이 꺼지자 여배우 한 명이 마틴스가 거닐고 있는 통로로 내려왔다. 그러나 그는 고개를 돌려 쳐다보지도 않았다. 이미 그러한 일에는 관심을 잃고 있었다. 그는 쿠르츠가 옳았다고 생각했다. 모두가 옳았다. 그러자 갑자기 그는 자기가 마치 낭만적인 바보 노릇을 하고 있다는 생각이 들었다. 안나에게 한마디 동정의 말을 해준 다음 짐을 꾸려 이곳을 떠나야겠다고 마음먹었다. 그는 이미 크랩빈의 복잡한 사정을 잊고 있었다.

그의 머리 위에서 "마틴스 씨" 하고 부르는 소리가 들려왔다. 올려다보니 머리 위로 몇 발자국쯤 떨어진 커튼 사이로 얼굴 하나가 그를 지켜보고 있었다. 내가 다시 한번 그의 술취함을 나무랐을 때, 그는 그 얼굴은 결코 아름답지 않았다고 나에게 강조해 말했다. 다만 정직한 얼굴에 검은 머리, 불빛에 갈색으로 보이는 두 눈동자, 넓은 이마, 전혀 매력 있을 기미가 보이지 않는 커다란 입의 주인공이었을 뿐이라고. 마틴스는 그녀의 머리 냄새를 맡거나 옆구리에 손을 대는 순간 갑작스럽게 인생을 바꾸어 살고 싶은 무모한 충동을 전혀 느끼지 못했던 것이다. 그녀가 마틴스에게 말했다.

"올라오시겠어요? 오른쪽 두 번째 문이에요."

마틴스는 그때의 상황을 조심스럽게 내게 설명했다.

"첫눈에 친구로 느껴지는 사람들이 있습니다. 그런 사람들과 함께 있으면 마음이 편안해지는 법이죠. 그것은 자신이 절대로 피해를 입지 않으리라는 점을 알고 있기 때문입니다. 안나는 그런 여자였습니다."

나로서는 그가 안나 이야기를 할 때 과거 시제를 쓴 것이 고의적이었는지 아니었는지 여부를 확신할 수가 없었다.

그녀의 방은 대부분의 여배우들이 사용하는 방과는 달리 거의 비어 있었다. 의복을 넣어둘 옷장도 없었고, 화장품이나 배우가 사용하는 화장용 기름도 산란하게 늘어놓지 않았다. 다만 출입문 안쪽에 실내복이 한 벌 걸려 있고, 안락의자 위에는 그가 2막에서 본 스웨터 하나와 페인트에 유성 물질을 섞어 반쯤 사용한 깡통 한 개가 놓여 있을 뿐이었다. 가스불 위에는 주전자가 가볍게 소리를 내며 끓고 있었다. 그녀가 말했다.

"차 한 잔 드시겠어요? 지난주에 누군가가 홍차 꾸러미를 보내왔더군요. 때때로 미국인들이 개막 첫날밤에 꽃 대신 차를 보내주거든요."

"한 잔 주십시오."

마틴스는 대답했지만, 실은 그가 싫어하는 것이 하나 있다면 그것은 홍차였다. 그는 그녀가 차를 끓이는 것을 지켜보았다. 물론 모든 것이 엉터리였다. 물이 충분히 끓지도 않았을 뿐 아니라 찻주전자조차도 뜨거워지지 않았으며, 게다가 찻잎이 너무 적었다.

"저는 영국인들이 어째서 그리도 차를 좋아하는지 이해할 수가 없어요."

그녀가 말했다.

마틴스는 약을 마시듯 한 잔을 재빨리 삼킨 후 그녀가 조심스럽고 신중하게 홀짝이는 모습을 주시했다.

"나는 당신을 무척 만나보고 싶었습니다. 때문에……."

마틴스가 말했다.

몹시 초조한 순간이었다. 그녀의 입술이 굳어지는 것이 눈에 띄었다.

"그래서요?"

"나는 해리의 친구로서 20년 동안 알고 지내왔습니다. 학교도 함께 다녔지요. 헤어진 다음 우리는 여러 해 동안 만나지 못했지만……."

그녀가 입을 열었다.

"선생님의 명함을 받았을 때 저는 거절할 수가 없었어요. 하지만 우리가 할 말은 정말이지 아무것도 없어요. 아무것도."

"듣고 싶습니다."

"그이는 이미 세상을 떠났어요. 그것으로 끝이에요. 모든 게 끝난 거예요. 이야기한들 무슨 소용이 있겠어요?"

"우리 두 사람은 그를 사랑했잖습니까?"

"저는 아무것도 몰라요. 선생님도 그러한 일을 알 수 있을 것 같아요? 저는 아무것도 아는 것이 없어요. 그것 이외에는……."

"그것이라니요?"

"저도 죽고 싶을 뿐이라는 생각 말이에요."

마틴스는 당장 나가버리고 싶었다. 자신의 무모함 때문에 그녀를 괴롭힌들 무슨 이득이 있겠느냐는 생각 때문이었다. 그러나 그는 그곳을 나서는 대신 "아가씨는 쿨러라는 사람을 알고 있나요?"라고 물어보았다.

"미국 사람 말인가요?"

그녀가 물었다.

"해리가 죽고 난 다음에 저에게 돈을 가져다준 사람일 거예요. 저는 돈을 받지 않으려 했지만 해리가 죽어가는 마지막 순간까지 저를 걱정해주었다고 말하기에……."

"그런 말을 한 걸 보면 그가 즉사한 것이 아니잖습니까?"

"아, 물론 아니에요."

마틴스가 내게 "나는 어째서 해리가 즉사했다는 것에 대한 생각을 마음속에 확고히 품고 있었는지 궁금하게 여기기 시작했습니다. 그때 나에게 그 말을 전한 사람이 바로 아파트의 그 남자였다는 생각이 떠올랐습니다"라고 말했다.

"해리는 죽어가는 순간에도 정신이 무척 맑았던 모양이더군요. 나에 대해서도 기억하고 있었으니까요. 이러한 점은 그가 그다지 고통스럽게 죽지 않았다는 것을 보여주는 겁니다."

"제가 언제나 생각하는 점이 바로 그거예요."

"의사를 만나보셨습니까?"

"네, 딱 한 번이었어요. 해리가 저를 의사에게 보낸 적이 있었어요. 해리의 주치의는 이웃에 살고 있었어요."

그녀의 말을 듣던 마틴스의 마음 한구석에 갑자기, 그리고 어처구니없이 사막이 떠올랐다. 사막에 시체 하나가 누워 있고, 시체 위에 새 떼들이 모여 있었다. 그것은 어쩌면 그의 소설의 한 장면이었는지도 모른다. 아직 쓰지는 않았지만 그의 의식의 문(門)에 형성되고 있는 장면이었을 것이다. 그 장면은 이내 사라졌지만 바로 그 순간에 그들이 모두 눈앞에 떠오른 것이 마틴스는 이상하게 느껴졌다. 그들은 모두가 해리의 친구로서 쿠르츠, 의사, 쿨러였다. 해리를 사랑했던 두 사람만이 그의 시야에 나타나지 않았다. 마틴스가 물었다.

"그리고 운전사는? 당신은 그 운전사의 증언을 들어보셨나요?"

"그는 당황하고 놀라 있었어요. 그러나 쿨러와 쿠르츠의 증언은 그 운전사가 무죄라는 것이었어요. 그 사고는 불쌍한 운전사의 과실 때문이 아니었어요. 해리는 운전사가 아주 조심성 있는 사람이라고 말하곤 했어요."

"그 운전사도 해리를 알고 있었던가요?"

또 한 마리의 새가 날개를 퍼덕이며 내려와 얼굴을 땅에 묻고, 조용히 누워 있는 시체 주위의 다른 새들과 어울렸다. 이제 그는 누워 있던 그 사내가 해리라는 것을 알 수 있었다. 옷과 자세 때문이었다. 그의 자세는 뜨거운 여름날 오후 운동장 한구석의 풀밭에 누워 잠들어 있는 소년의 모습처럼 보였다.

누군가 창밖에서 "프로일라인 슈미트"라고 불렀다.

"이곳에 너무 오래 머물러 있으면 저 사람들이 싫어해요. 자기네 전기를 쓰니까요."

그녀가 말했다.

마틴스는 그녀와 어떤 의견을 나누려는 생각을 이미 단념한 후에 말했다.

"경찰이 해리를 체포하려 했다더군요. 경찰은 그에게 암거래 혐의를 갖고 있었던 겁니다.”

이 말에 대해서는 그녀도 쿠르츠와 똑같은 식으로 받아들였다.

“모두들 암거래를 하는 걸요.”

“나는 해리가 그렇게 심각한 사건에 연루되었다고는 믿지 않습니다.”

“맞아요.”

“하지만 어떤 혐의에 걸려들었을지도 모릅니다. 당신은 쿠르츠라는 남자를 아십니까?”

“모르는 사람이에요.”

“가발을 쓰고 다니는 사람입니다.”

“아!”

마틴스는 그 말이 급소를 찔렀다는 생각이 들자 말을 이었다.

“해리가 죽었을 때 모두가 그 장소에 있었다는 사실이 좀 이상하지 않습니까? 모두가 해리를 알고 있었습니다. 운전사와 의사까지도…….”

그녀는 절망적이고 냉정한 태도로 말을 받았다.

“쿠르츠에 대해 잘은 모르지만 저도 그 점에 대해서는 이상하게 생각해왔어요. 그들이 해리를 살해했을지도 모른다는 생각을 했지만 그런 의심만으로 무슨 소용이 있겠어요?”

“내가 그 악당들을 모조리 잡아내고 말겠습니다.”

롤로 마틴스가 말했다.

“그것도 쓸데없는 일일 거예요. 어쩌면 경찰들의 말대로 불쌍한 해리가 그 사건에 관련되어 있을지도…….”

"프로일라인 슈미트."

조금 전의 그 목소리가 다시 들려왔다.

"이만 가봐야겠어요."

"당신하고 좀 걷고 싶군요."

밖에는 이미 어둠이 깔렸고 내리던 눈은 멈춰 있었다. 링의 거대한 조상(彫像)과 도약하는 말, 전차, 독수리의 조상들이 마지막 남은 저녁빛을 받아 회색으로 희미하게 비치고 있었다.

"모든 것을 포기하고 잊어버리는 것이 더 낫겠어요."

안나가 말을 꺼냈다. 달빛을 받은 눈이 보도 위에 그대로 쌓여 발목까지 덮고 있었다.

"의사의 주소를 가르쳐주시겠습니까?"

그녀가 주소를 쓰고 있는 동안 그들은 담에 기대 서 있었다.

"당신의 주소도 써주시겠습니까?"

"왜 그러세요?"

"당신에게 소식을 전할 일들이 생길지도 모르니까요."

"현재로서는 유익한 소식은 전혀 없습니다."

그는 약간 떨어져서 그녀가 전차를 타는 것을 지켜보았다. 그녀는 바람이 부는 쪽으로 고개를 숙이고 있어서 마치 눈 위에 짙은 물음표가 찍혀 있는 것처럼 보였다.

6

아마추어 탐정은 정해진 시간에만 일하는 것이 아니라는 점에서 직업 형사보다 유리하다. 롤로 마틴스는 하루에 여덟 시간이라는 시간 제약을 받지 않았다. 때문에 그에게는 식사 시간에 업무를 중단해야 할 필요도 없었다. 마틴스의 하루 업무량은 내 부하 한 사람이 이틀에 하는 양이었을 것이다. 그는 해리의 친구라는 점에서 우리보다 주도적인 이점을 안고 있었다. 말하자면 우리가 사건의 주위에서부터 조사하는 동안, 그는 사건의 내부에서 시작할 수 있었다.

닥터 윈클러는 집에 있었다. 아마 경찰에게는 집에 없다고 해놓았을 것이다. 거기서도 마틴스는 자신의 명함에 '해리 라임의 친구'라는 문구를 사용하여 문을 열도록 유도했다.

마틴스는 그의 응접실에 들어섰을 때 골동품 가게를 떠올렸다. 종교적인 품목만을 전문으로 취급하는 골동품 가게였다. 그곳에는 헤아릴 수 없이 많은 십자가들이 있었다. 모두 17세기 이전의 것들이었다. 나무나 상아로 만든 조각품과 상당수의 유골함들도 놓여 있었다. 성인(聖人)들의 이름이 새겨진 조그만 뼛조각들이 은박지를 붙인 타원형 그릇 안에 담겨 있었다. 그것들이 진품이라면, 성(聖) 수산나의 손가락 관절이 닥터 윈클러의 응접실까지 와 있다는 것은 정말 기구한 운명이라고 마틴스는 생각했다. 섬뜩하게 높은 등받이 의자들까지도 언젠가 추기경들 곁에 놓여 있었던 것같이 느껴졌다. 방 안은 답답하여 향냄새라도 감돌 것 같았다. 금으로 된 조그만 상자 속에는 진짜 십자가의 조각이 들어 있었다. 재채기가 그를 괴롭혔다.

닥터 윈클러는 지금까지 마틴스가 만나보지 못한 지극히 청결한
의사였다. 키는 작았으며 높고 빳빳한 칼라에 검은색 연미복 차림
이 깔끔해 보였다. 짧은 콧수염은 야회복의 검정 넥타이 같았다. 닥
터 윈클러는 또다시 재채기를 했다. 그는 너무 청결했기 때문에 추
웠을 것이다.

"마틴스 씨입니까?"

닥터 윈클러가 말을 꺼냈다.

롤로 마틴스는 닥터 윈클러를 놀리고 싶은 묘한 충동이 들었다.

"닥터 윈클러이십니까?"

"네, 윈클러입니다."

"흥미 있는 수집품을 가지고 계시는군요."

"그렇습니다."

"이 성인들의 뼈는……."

"닭과 토끼의 뼈들이지요."

닥터 윈클러는 요술사가 국기를 꺼내듯 옷소매에서 커다랗고 흰
손수건을 꺼내 콧구멍을 번갈아 닦아가며 두 번이나 깨끗하고 철
저하게 코를 풀었다. 그렇게 쓴 손수건은 한 번 사용하면 버릴 것 같
았다.

"마틴스 씨, 방문한 목적을 말씀해주시겠습니까? 환자가 기다리
고 있는 중입니다."

"선생님과 저는 해리 라임의 친구였습니다."

"나는 그 사람의 의학상의 고문이었지요."

닥터 윈클러는 마틴스의 말을 정정해주고 십자가 상 사이에 서서 마틴스의 말을 완고하게 기다렸다.

"내가 빈에 도착했을 땐 이미 검시가 끝나 있었습니다. 해리는 무언가를 도와달라고 나를 이곳으로 초청했던 것입니다. 그것이 무슨 일이었는지 지금도 모르고 있습니다. 사실 빈에 도착할 때까지도 해리가 죽은 것을 전혀 몰랐습니다."

"정말 안됐군요."

닥터 윈클러가 말했다.

"네, 정말 그렇습니다. 나는 전후 사정을 모릅니다. 가능한 한 모든 이야기를 듣고 싶습니다."

"당신이 궁금해하시는 점에 대하여 내가 해줄 수 있는 말은 하나도 없습니다. 해리는 자동차에 치여 죽었지요. 내가 현장에 도착했을 땐 이미 죽은 뒤였습니다."

"그때 전혀 의식이 없던가요?"

"그들이 그를 집 안으로 옮길 동안은 의식이 있었던 것으로 알고 있습니다."

"고통이 무척 심했나요?"

"반드시 그렇다고는 볼 수 없지요."

"당신은 이번 일이 사고였다고 확신하시는군요?"

닥터 윈클러는 한 손을 뻗어 십자가 상을 바로 세웠다.

"나는 사고 현장에 없었습니다. 그래서 사인에 대한 내 생각에는 한계가 있지요. 치였다는 것밖에는 아는 게 없습니다. 의심이 가는 점이라도 있습니까?"

아마추어 탐정이 전문가들보다 또 다른 이점을 지니고 있다면 그것은 아마추어 탐정은 개의치 않고 일을 할 수 있다는 점이다. 아마추어 형사는 쓸데없는 사실을 말할 수 있고 터무니없는 이론들도 전개할 수 있다.

마틴스가 말했다.

"경찰 당국은 해리를 어떤 중대한 암거래 사건에 관련시키고 있습니다. 그래서 나는 혹시 해리가 살해당한 것이 아닌가, 그렇지 않으면 자살한 것이 아닌가 하는 생각이 듭니다만……."

"나로서는 무어라 견해를 밝힐 수 없습니다."

닥터 윈클러가 말했다.

"쿨러라는 사람을 아십니까?"

"글쎄요."

"해리가 살해된 당시 그는 현장에 있었습니다."

"그렇다면 물론 보았습니다. 그는 가발을 쓰고 있었습니다."

"그는 쿠르츠입니다."

닥터 윈클러는 마틴스가 만났던 사람 중에서 가장 청결하고 조심성 많은 의사였다. 그의 진술은 극히 한정되어 있었기 때문에 사람들은 잠시 동안은 그 진실성을 의심할 수 없을 것이다. 닥터 윈클러가 말했다.

"그곳에는 제2의 사나이가 있었지요."

닥터 윈클러가 성홍열을 진찰한다면 발진 현상이 보이고, 열은 몇 도라고 말하는 데 그칠 것이다. 그는 결코 과오를 저지르지 않을 것이다.

"해리의 주치의가 되신 지 오래 되었습니까?"

해리가 이런 의사를 선택했다는 게 납득이 가지 않았다. 왜냐하면 해리는 분별력이 없는 사람을, 다시 말해 실수를 저지를 수 있는 사람들을 좋아했기 때문이었다.

"대략 1년쯤 됩니다."

"그렇다면 나를 만난 것은 당신에게 잘된 일입니다."

닥터 윈클러가 고개를 숙였을 때 그의 셔츠가 셀룰로이드로 만들어진 것처럼 아주 희미하게 삐걱거리는 소리가 났다.

"더는 환자들을 기다리게 할 수가 없군요."

닥터 윈클러에게 돌아서면서 마틴스는 또 하나의 십자가 상과 마주쳤다. 십자가의 주인공은 머리 위로 팔을 쳐든 채 매달려 있었다. 엘 그레코의 고통을 연상시키는 얼굴이었다.

"이상한 십자가로군요."

마틴스가 말했다.

"얀센 파에 속하는 겁니다."

닥터 윈클러가 설명을 하다가 갑자기 입을 다물어버렸다. 너무 많은 정보를 누설했다는 자책감을 느낀 모양이었다.

"그런 말은 금시초문입니다. 왜 팔을 머리 위로 쳐들고 있지요?"

닥터 윈클러는 마지못해 대답했다.

"그들의 관점에서, 선택된 사람으로 죽었기 때문이지요."

7

각종 대화나 여러 인물의 진술이 적힌 나의 수사 기록부를 넘기다 보니, 롤로 마틴스가 그 순간 빈을 떠나기만 했어도 그는 무사했을 거라는 생각이 든다. 그는 병적인 호기심을 보였는데 그것은 어디에서나 저지당했다. 어느 누구도 그에게 아무것도 드러내 보이지 않았던 것이다. 기만의 장벽은 너무나 매끄러워, 그는 손가락으로 여기저기 더듬어보았지만 금이 간 곳을 찾을 수가 없었다.

롤로 마틴스가 닥터 윈클러의 집을 떠날 때도 그에게는 아무런 위험이 없었다. 그는 자혜르 호텔로 돌아와 침대에서 편안한 마음으로 잠을 잘 수가 있었다. 그 누구도 심각하게 고통받지는 않았다. 불행하게도 그는— 사람에게는 일생 중에 뼈저리게 후회되는 그런 시기가 언제나 있게 마련이다— 해리가 살던 곳을 다시 한번 찾아가려고 나섰다. 그는 해리의 사고 현장을 목격했다고 말한 그 키 작은 남자와 이야기를 하고 싶었다. 그가 이야기하지 않은 것이 있을지도 모르지 않는가?

곧바로 쿨러를 찾아가고 싶어졌을 때 캄캄하고 얼어붙은 길거리에서 그는 순간 해리의 시체 주위에 몰려 있던 그 불길한 새들에 대한 그의 심상(心像)을 재확인하고 싶어졌다. 그러나 롤로가 아닌 '롤로의 근성'이 머리를 치켜들고 일어나 마틴스는 동전을 던져 결정하기로 했고, 그 동전은 다른 결과를 야기시키는, 즉 두 남자의 죽음을 초래하는 쪽으로 떨어졌다.

코흐라는 키가 작은 그 사내는 와인에 취해 있었다. 사무실에서 좋은 하루를 보냈는지는 모르나, 롤로 마틴스가 초인종을 누른 그

때는 아주 다정한 마음으로 누군가와 이야기할 준비가 되어 있었다. 저녁 식사를 막 끝냈는지 그의 콧수염에는 빵 부스러기가 붙어 있었다.

"아, 당신을 기억합니다. 해리 라임의 친구시죠?"

그는 진심으로 환영하고 몸집이 거대한 자기 부인에게 마틴스를 소개했다. 확실히 그는 부인에게 쥐여사는 모양이었다.

"아, 옛날 같으면 커피 한 잔이라도 대접을 했을 텐데 요즘 같아서는 어디……."

마틴스가 그에게 담뱃갑을 넘겨주자 정중한 분위기는 한층 깊어졌다.

"당신이 어제 초인종을 눌렀을 때는 내가 좀 무뚝뚝했죠."

코흐가 말했다.

"하지만 나는 그때 편두통을 앓고 있었고, 마누라는 외출 중이어서 문간에 선 채 그냥 대답할 수밖에 없었습니다."

"당신은 그 돌발적인 사고를 직접 목격했다고 하셨죠?"

코흐는 자기 부인과 시선을 교환했다.

"여보, 이미 조사는 끝났으니 이젠 해로울 것이 없소. 내 판단을 믿어주구려. 이 신사는 친구니까. 네, 그 사고를 목격했습니다. 아마 선생님이 내가 목격했다는 사실을 알고 있는 유일한 분일 겁니다. 사고를 목격했다고는 하지만 사실은 현장에서 사고 이야기를 들었다고 하는 것이 옳을 겁니다. 자동차 브레이크 밟는 소리와 바퀴가 밀리는 마찰음을 듣고 창문으로 달려가보았더니 마침 시체를 이 집으로 운반하고 있었습니다."

"하지만 당신은 증언을 안 하셨지요."

"그러한 일에는 휘말리지 않는 것이 낫기 때문이죠. 내 사무실에서는 내가 없으면 일을 하지 못합니다. 직원들이 적어서 말입니다. 게다가 내 눈으로 사고 광경을 직접 목격한 것도 아니고……."

"하지만 어제는 사고 광경을 말씀하시지 않았습니까?"

"그것은 경찰이 신문에 발표한 그대로에 불과했습니다."

"해리는 몹시 고통스러워했나요?"

"그는 이미 죽어 있었습니다. 이 창문에서 곧바로 내려다보니 그의 얼굴이 보였습니다. 나는 사람이 죽었을 때의 모습을 잘 알지요. 죽은 것과 살아 있는 것을 구분하는 것은 어떤 의미에선 나의 직업이니까요. 나는 시체 안치소의 수석 서기입니다."

"다른 사람들은 해리가 즉사한 것이 아니라고 하던데요?"

"그것은 그들이 죽은 사람에 대해 나만큼 알지 못하기 때문일 겁니다."

"물론 의사가 도착했을 때는 죽어 있었습니다. 의사가 내게 그렇게 말하더군요."

"즉사했던 겁니다. 전문가의 말을 믿으십시오."

"코흐 씨, 당신은 증언을 했어야 옳았습니다."

"마틴스 씨, 자신을 자신이 돌보지 않으면 누가 돌봅니까. 그리고 그 자리에 있었던 사람은 나뿐이 아니었잖습니까?"

"무슨 말씀이지요?"

"그곳에는 당신 친구를 집 안으로 옮기는 데 거들어준 사람이 셋이나 있었습니다."

"알고 있습니다. 남자 두 명과 운전사였지요."

"운전사는 해리 곁에 있었습니다. 그는 너무 놀라서 벌벌 떨고만 있었습니다. 정말 가엾더군요."

"남자 세 명이라……."

밋밋한 벽을 더듬던 손가락에 갑자기 걸린 것은 갈라진 틈새가 아니라 작고 거친 부분 같은 느낌이었다. 주의 깊은 건축가들이 미처 매끄럽게 손질하지 못한 부분이었을 것이다.

"그 세 사람의 모습을 설명할 수 있습니까?"

그러나 코흐는 살아 있는 사람에 대한 관찰에는 익숙지 못한 편이었다. 가발을 쓴 사람만이 그의 시선을 끌었을 뿐이었다. 나머지 두 사람은 크지도 작지도 뚱뚱하지도 날씬하지도 않은 평범한 인간이었다. 그는 멀리 떨어진 높은 곳에서 그들을 내려다본 것에 지나지 않았다. 원근법으로 그려진 듯 그들은 시체 위에 허리를 굽히고 있었다. 그들은 위를 올려다보지 않았으며, 코흐는 자신이 그곳에 있는 것이 발견되지 않는 편이 현명하다고 깨닫고 순간적으로 시선을 피해 창문을 닫아버렸던 것이다.

"마틴스 씨, 정말이지 내가 증언할 수 있는 것은 아무것도 없었습니다."

증거가 없다. 마틴스는 생각했다. 증거가 없다. 그는 살인 사건이 일어났었다고는 더 이상 생각하지 않았다. 그런데 왜 모두들 죽은 순간의 상황에 대해 거짓말을 했을까? 그들은 돈과 비행기표라는 뇌물을 사용하여 빈에 있는 해리의 유일한 두 친구의 입을 틀어막으려고 했다. 그러면 그 제3의 사나이는? 그는 과연 누구를 말하는 것일까?

"해리 라임 씨가 밖으로 나가는 것을 본 적이 있습니까?"

그가 코흐에게 물었다.

"아니, 보지 못했습니다."

"외마디소리는 들으셨나요?"

"단지 브레이크 밟는 소리만 들었습니다, 마틴스 씨."

바로 그 순간에 해리가 살해되었다는 사실을 증명한 것은 쿠르츠와 쿨러, 그리고 운전사의 말 이외에는 아무것도 없음이 마틴스에게 떠올랐다. 의학적인 증거도 있었지만 그 증거란 해리가 30분 안에 죽었다는 의사의 증언, 바로 그것이었다. 자신의 십자가 상 사이에서 말하던 그 청결하고 자제력 있는 닥터 윈클러의 말이었다.

"마틴스 씨, 방금 떠오른 생각입니다만, 당신은 빈에 묵고 계십니까?"

"그렇습니다."

"혹 숙소가 필요하다면 당국에 신속히 신고하십시오. 라임 씨가 쓰던 방을 얻을 수가 있을 겁니다. 그것은 강제 징발된 재산입니다."

"그 방 열쇠는 누가 가지고 있지요?"

"내가 갖고 있습니다."

"그 방을 좀 볼 수 있을까요?"

코흐는 해리의 소유였던 방 안으로 그를 안내했다. 조그맣고 어두운 홀 안에는 아직도 담배 냄새가 젖어 있었다. 해리가 늘 이용하던 터키제 궐련 냄새였다. 한 인간이 죽고 기체화되고 부패한 후에도 그 남자의 냄새가 커튼 자락에 그토록 오랫동안 남아 있는 것이

참으로 이상하게 느껴졌다. 묵직한 보호망 속에 매달린 전등불 하나가 다른 방으로 통하는 문의 손잡이를 찾아 더듬고 있는 그들을 어슴푸레하게 비춰주고 있었다.

거실은 텅 비어 있었다. 그것이 마틴스에게는 너무도 허전하게 느껴졌다. 의자들은 모두 한쪽 벽에 밀쳐져 있었다. 해리가 쓰던 것으로 보이는 책상 위는 깨끗이 정리된 채 종이 한 장 남아 있지 않았다. 나뭇조각으로 모자이크한 마룻바닥이 거울처럼 불빛을 반사시키고 있었다. 코흐는 문을 열고 침실을 보여주었다. 침대는 깨끗한 시트로 말끔히 손질되어 있었다. 욕실 안에는 심지어 면도날 하나 남아 있지 않았으므로, 며칠 전까지 살아 있는 사람이 그곳을 썼다는 흔적은 조금도 없었다. 오직 어두운 방과 담배 냄새만이 한때 사람이 살았다는 느낌을 줄 뿐이었다.

"보십시오. 새 사람이 언제 들어와도 좋도록 마련되었습니다. 집 사람이 청소를 해두었지요."

부인이 청소를 말끔히 해놓은 뒤였다. 해리가 죽은 직후 이 방은 이보다 많은 잡동사니들이 널려 있었을 것이다. 사람이 예기치 않았던 긴 여행을 갑작스럽게 떠날 때엔 이것저것 남겨놓고 가는 게 보통이다. 돈을 치르지 않은 계산서, 회답해 보내지 않은 공문서, 애인의 사진 등도 있을 것이다.

"코흐 씨, 무슨 서류라도 남아 있지 않았습니까?"

"라임 씨는 언제나 매사를 말끔히 정돈하는 사람이었습니다. 그의 휴지통과 서류 가방은 비어 있는 일이 없었지요. 그러나 그것은 그의 친구가 가져가버렸습니다."

"그의 친구라니요?"

"가발을 쓴 신사 말입니다."

물론 라임이 그렇게 뜻밖의 여행을 하지 않았을 가능성도 있었다. 그리고 라임은 마틴스가 제 시간에 도착하여 자기를 도와줄 것을 바랐을지도 모른다는 생각이 떠올랐다. 그는 코흐에게 말했다.

"나는 그 친구가 살해된 것이라고 믿고 있습니다."

"살해되었다구요?"

이 말과 동시에 코흐의 친절은 사라지고 말았다.

"당신이 그런 터무니없는 말을 할 줄 알았더라면 이곳에 머물러 달라고 부탁하지도 않았을 것이오."

"어째서 터무니없다는 말입니까?"

"이 지역에선 살인이란 상상할 수도 없는 일입니다."

"당신이 뭐라 해도 당신의 증언은 매우 가치가 있을 겁니다."

"증언할 일은 없습니다. 아무것도 본 것이 없으니까요. 나와는 아무 상관도 없는 일입니다. 당장 여기서 나가주십시오. 무척 분별력이 없는 사람이군요."

그는 마틴스를 방에서 떠밀다시피하여 밖으로 내보냈다. 어느덧 담배 냄새가 약해지는 듯했다. 코흐가 자기 집 방문을 꽝 닫으며 내뱉었다.

"이번 일은 나와는 아무런 관련이 없소!"

불쌍한 코흐, 우리가 선택한 게 아니오. 후에 내가 마틴스에게 은밀히 물었다.

"계단에서나 거리에서 아무도 본 사람이 없었습니까?"

"아무도 없었습니다."

그는 문득 행인들을 기억하여 당시의 상황을 떠올리려 했고, 나는 그러한 그를 믿었다. 마틴스는 내게 말했다.

"나는 거리 전체가 죽어 있는 듯 고요한 것을 느꼈습니다. 아시다시피 그 거리 일부는 폭격을 받아 파괴되었고, 눈 쌓인 기슭엔 달빛이 비치고 있었습니다. 너무 조용하여 내 발걸음이 눈 속에서 바스락거리는 소리를 들을 수 있을 정도였으니까요."

"그렇지만 그것만으로는 아무것도 증명할 수 없습니다. 당신의 뒤를 밟던 사람이 지하실로 숨을 수도 있는 일이 아닙니까?"

"그렇겠죠."

"그렇지 않으면 당신의 말이 모두 엉터리일 수도 있습니다."

"그렇죠."

"문제는 당신이 그런 일을 수행한 동기를 찾을 수 없다는 점입니다. 사기 행각으로 돈을 받아내려고 한 것만으로도 당신이 유죄인 것은 사실입니다. 당신이 빈을 찾아온 것은 라임과 합류하여 그를 도와주기 위해서……."

마틴스가 내게 물었다.

"당신이 암시하고 있는 그 중대한 암거래란 대관절 무엇입니까?"

"당신을 처음 만났을 때 당신이 그처럼 성급하게 화를 내지 않더라면 나는 모든 사실을 털어놓았을 것입니다. 지금에 와서 그런 사실을 말씀드린다는 것은 현명하지 못한 행동일 것 같습니다. 공식적인 정보를 누설하는 것과 다를 바 없으니까요. 그리고 아시다시피 당신과 접촉하는 사람들은 신뢰를 주지 못합니다. 라임에게서 받은 가짜 증명서를 지닌 여자와 쿠르츠라는 그 남자……."

"닥터 윈클러……."

"닥터 윈클러를 탓할 만한 근거는 아무것도 없습니다. 그러나 만일 당신이 엉터리라면 당신은 아무런 정보도 필요로 하지 않을 것입니다. 당신의 질문에 대답하는 것은 우리가 조사를 얼마나 진행시켰는가를 알려주는 결과밖에 되지 않을 것입니다. 현재 우리가 밝혀낸 진상들은 완전한 것이 못 됩니다."

"완전한 것이 못 되지요. 목욕탕 속에 들어앉아서도 이보다는 나은 탐정 소설을 고안해낼 수 있을 테니까요."

"당신의 문학 형식이 다른 작가들 것과 격이 같을 수는 없는 법입니다."

영국 문화협회의 대표자인 크랩빈의 무척 딱하고 괴로운 모습을 생각할 때마다 롤로 마틴스는 번민이나 당황, 수치감으로 얼굴을 붉히곤 했다. 나는 그러한 모습을 보고 그를 믿고 싶어졌다.

마틴스가 크랩빈에게 불쾌한 시간을 준 게 사실이었다. 코흐와 이야기를 끝내고 자헤르 호텔로 돌아오자 크랩빈으로부터 온 절망적인 편지가 마틴스를 기다리고 있었다.

크랩빈은 이렇게 써놓았다.

하루 종일 선생님을 찾으려고 노력했습니다.

만나서 선생님에게 참고가 될 적당한 계획을 작성해야겠습니다.

오늘 아침 전화상으로 다음 주에 인스부르크와 잘츠부르크에서 강연회를 열 수 있도록 준비해두었습니다. 그러나 사전에 적당한 프로그램을 인쇄하기 위해서는 연설의 제목에 대해 선생님의 동의를 얻어야겠습니다.

다음의 두 가지 연제(演題)가 어떨까 생각합니다. 그 하나는 '서구 세계에 있어서의 신앙의 위기'입니다. 선생님은 서구에서 기독교 작가로 매우 존경을 받고 있습니다. 그러나 이번 강연은 완전히 비정치적인 것으로서 소련이나 공산주의에 대해서는 언급을 하지 않아야 하겠습니다. 그리고 또 하나는 '현대 소설의 기법'입니다. 같은 내용의 강연을 빈에서 하셔도 무방합니다. 이 문제와는 별도로, 이곳에는 선생님을 만나고 싶어 하는 사람들이 많으므로 다음 주 초에 칵테일 파티를 열 예정입니다. 이런 모든 일 때문에 선생님을 뵙고 몇 말씀을 나누고 싶습니다.

편지는 불안스러운 문구로 끝을 맺었다.

내일 밤 토론회에는 참석해주시리라 믿습니다. 내일 밤 8시 30분에 참석해주시리라 믿고 기다리겠습니다. 정확히 8시 15분에 호텔로 차를 보내드리겠습니다.

롤로 마틴스는 편지를 읽고 난 후, 크랩빈에 대해서 더는 개의치 않은 채 잠자리에 들었다.

8

두 잔째 술을 마시고 나면 마틴스의 마음은 언제나 여인들에게로 향한다. 감성적이며 낭만적인 기분 속에서 성적 대상을 떠올렸다. 석 잔째 술을 비우고 나면 조종사가 방향을 찾아 급강하하듯 손쉬운 여자에게 초점을 맞추기 시작하곤 한다. 만일 쿨러에게서 세 번째 술잔을 받지 않았더라면, 그는 그렇게 빨리 안나 슈미트의 집으로 향하지 않았을 것이다. 그리고 만일 — 나는 문장에 '만일'이라는 말을 너무 많이 사용하는데, 그것은 나의 직업이 여러 가지 가능성, 인간의 가능성들을 균형잡는 것이기 때문이다. 그러므로 운명의 방향은 나의 수사 기록부상에서 결코 어느 한 자리를 찾을 수 없다.

마틴스는 점심 시간을 수사 기록들을 읽으며 보냈다. 이처럼 전문가에 대한 아마추어의 우월성을 또다시 과시하고, 업무 수행 중인 전문가라면 거절했을 쿨러가 준 술을 마셨다. 그가 쿨러의 아파트에 도착한 것은 오후 5시가 조금 안 되어서였다. 쿨러의 아파트는 미국 관할 지역에 있는 한 아이스크림 가게 위에 있었다. 아래층 술집에는 여자들과 어울리는 미군들로 가득 차 있었다. 긴 스푼이 달그락거리는 소리, 호기심에 차 있으면서도 거리낌없이 웃는 웃음소리 등이 계단을 올라가는 마틴스의 귀에 들려왔다.

일반적으로 미국인을 싫어하는 영국인들은 언제나 쿨러와 같은 예외적인 인물에 관심을 가지고 있다. 그는 헝클어진 회색 머리카락, 우수에 찬 친절한 얼굴, 예지가 있어 보이는 눈매를 지닌 인도주의자였다. 그러한 사람은 장티푸스 같은 전염병이나 세계대전, 혹은 중국에 대기근이라도 발생하면 그의 동족들이 지도 위에서 그 지점을 발견하기 훨씬 이전에 그 장소로 향하게 마련이다. 이번에도 역시 '해리의 친구'라고 쓴 명함이 입장권처럼 사용되었다. 쿨러는 의미를 알 수 없는 글자로 된 부대 표시에 계급장이 붙어 있지 않은 장교 복장을 하고 있었다. 그의 따뜻하면서도 솔직한 악수는 마틴스가 빈에서 겪었던 악수 중 가장 우호적이었다.

"해리의 친구라면 대환영입니다. 물론 당신에 관해서 들었습니다."

쿨러가 말했다.

"해리한테서요?"

"나는 서부극 애독자입니다."

쿨러가 말했다. 마틴스는 쿠르츠에 대한 불신의 크기만큼 쿨러를 믿었다.

"사고 현장에 계셨지요? 해리의 죽음에 대해 말씀해주실 수 있겠습니까?"

"비참한 일이었습니다."

쿨러는 말을 이었다.

"나는 그때 마침 길을 건너 해리에게 가려던 참이었습니다. 그와 쿠르츠는 보도에 있었습니다. 내가 길을 건너기 시작하지만 않았더라면 해리는 그 자리에 그대로 있었을 것입니다. 그러나 해리가 나를 보고는 곧장 내게로 건너오려고 했습니다. 그런데 그 지프차가…… 비참한 일이었습니다. 운전사가 브레이크를 밟았지만 사고를 면할 수는 없었습니다. 마틴스 씨, 스카치 한잔 드시지요. 어리석은 일입니다만, 나는 그때 일을 생각하면 소름이 끼칩니다."

그는 마치 소다에 젖은 듯 말했다.

"이런 군복을 입고 있음에도 불구하고 사람이 죽는 것은 처음 봤습니다."

"지프차 안에는 또 다른 사람이 타고 있었나요?"

쿨러는 길게 한 모금 마시고 지친 듯하면서도 다정한 눈빛으로 잔 속에 남은 분량을 가늠했다.

"마틴스 씨, 누구 이야기를 묻는 것입니까?"

"그곳에 다른 사람이 있었다는 이야기를 들었습니다."

"어떻게 그런 생각을 하시게 되었지요? 그때의 상황에 대한 수사 기록을 보면 모두 알 수 있을 겁니다."

그는 두 잔의 술을 더 따랐다.

"그곳 현장에는 우리 세 사람밖에 없었습니다. 나, 쿠르츠 씨, 운전사 이렇게 말입니다. 물론 의사도 있었지요. 내 생각에는 당신이 의사를 두고 하시는 말씀 같은데요?"

"나는 그때 창밖으로 우연히 현장을 목격한 사람을 만났습니다. 그 사람은 해리의 바로 이웃에 사는데 세 명의 사내와 운전사를 보았다고 말하더군요. 그때는 의사가 도착하기 전이었습니다."

"그 사람은 법정에서는 그런 증언을 하지 않았습니다."

"이 사건에 휘말려들기를 바라지 않았기 때문이지요."

"유럽인들을 가르쳐봐야 결코 훌륭한 시민이 되지 못합니다. 증언은 그의 의무였습니다."

쿨러는 술잔 위로 몸을 굽히고 슬픈 듯 곰곰이 생각하고 있었다.

"마틴스 씨, 사고에는 이상한 점이 있는 법입니다. 사고에 대한 두 가지 보고가 딱 들어맞는 일은 있을 수 없을 겁니다. 물론 쿠르츠 씨나 나 자신까지도 세세한 부분까지는 의견이 일치되지 않습니다. 너무나 갑자기 발생한 사고에서는 이것저것 살펴볼 겨를이 없습니다. 정말 사고가 터지고 난 후에야 우리는 그것을 재현하고 기억하게 되지요. 당신이 말한 그 사람은 완전히 혼란에 빠져 우리 네 사람을 식별하는 데 무엇이 먼저 일어나고 후에 일어났는가를 분간하지 못했을 겁니다. 그런데 우리 네 사람을 쉽게 식별해서 기억을 더듬어볼 수 있었겠습니까?"

"네 사람이라고요?"

"해리를 포함해서 말씀드린 겁니다. 그 외에 또 다른 것을 보았다고 하던가요, 마틴스 씨?"

"아닙니다. 관심을 둘 만한 것은 아무것도 없었습니다. 해리가 집으로 운반될 당시엔 죽어 있었다는 이야기 외에는……."

"글쎄요, 그는 죽어가고 있었지요. 여하튼 별 차이 없는 이야기입니다. 마틴스 씨, 한 잔 더 드시겠습니까?"

"아니오, 그만두겠습니다."

"나는 한 잔 더 하고 싶습니다. 마틴스 씨, 나는 당신 친구를 무척 좋아했습니다. 그 사고에 관해서는 이야기하고 싶지 않습니다."

"한 가지만 더, 당신의 친구로 남기 위해서 묻겠습니다. 안나 슈미트를 아십니까?"

혀끝을 얼얼하게 하는 위스키의 감촉을 느끼며 마틴스가 물었다.

"해리의 여자 말입니까? 그녀를 만난 적이 있지만 그것이 전부입니다. 사실은 해리가 그녀의 증명서를 작성할 때 내가 도와준 일이 있지요. 낯선 사람에게 고백할 소리는 아니지만, 우리는 이따금 법률을 위반해야 할 때가 있습니다. 인간적인 의무에서 말입니다."

"무슨 곤란한 일이라도 있었나요?"

"그녀는 헝가리인이고 그녀의 아버지는 나치 당원이었다고 합니다. 그녀는 러시아 사람들에게 체포될까 봐 겁을 먹고 있었습니다."

"러시아 사람들이 무슨 이유로 그녀를 체포하려 했을까요?"

"왜 그러는지 우리도 알 수 없는 일이지요. 아마 헝가리인들이 영국인과 친구가 되는 것은 유익하지 못하다는 점을 보여주기 위해서였을 것입니다."

"하지만 그녀는 영국 관할 지역에 살고 있지 않습니까?"

"그것이 무슨 소용이 있겠습니까. 지프차로 가면 러시아군 사령부에서 5분도 채 안 걸립니다. 거리는 조명이 나쁜 데다 경찰도 별로 순찰을 돌지 않습니다."

"당신은 해리로부터 그녀에게 돈을 전한 일이 있지요?"

"그렇습니다. 난 그것에 대해 말한 적이 없는데, 그녀가 당신에게 말하던가요?"

그때 전화벨이 울렸다. 쿨러는 술잔을 비웠다.

"여보세요. 아, 그렇습니다. 제가 쿨러 대령입니다."

어떤 목소리가 멀리서 전화선을 타고 방 안으로 들어오는 동안 쿨러는 수화기를 귀에 대고 있었는데, 그의 얼굴에는 슬픔을 참는 표정이 역력했다.

"네, 그렇습니다."

쿨러는 다시 한번 대답했다. 그의 시선은 마틴스의 얼굴 위에 머물러 있었지만 저 멀리 뭔가를 바라보고 있는 듯했다. 무기력한데다 피곤하고 유순한 그의 눈동자는 바다 너머 어떤 세계를 응시하고 있는지도 몰랐다.

"아주 잘하셨습니다."

쿨러는 전화에다 대고 칭찬하는 목소리로 말했다. 그러면서도 그의 얼굴엔 난처한 기미가 엿보였다.

"그것들은 물론 배달될 겁니다. 약속을 했으니까요. 안녕히 계십시오."

그는 수화기를 내려놓고 피곤한 듯 손으로 이마를 어루만졌다. 그것은 해야 할 일을 기억해내려고 애쓰는 모습 같았다. 마틴스가 입을 열었다.

"경찰에서 말하고 있는 암거래에 대해 들은 일이 있습니까?"

"실례지만 그게 무엇이죠?"

"해리가 모종의 암거래 사건에 관련이 돼 있다는 겁니다."

"아, 아닙니다. 그럴 리가 없습니다. 그는 책임감이 강한 사람이었습니다."

"쿠르츠는 그럴 가능성이 있다고 하던데요."

"쿠르츠는 앵글로색슨족의 기질이 어떤 것인지 모릅니다."

쿨러가 대답했다.

9

마틴스가 운하의 둑을 따라 걸을 때는 주위가 많이 어두워져 있었다. 운하의 건너편 언덕에는 반쯤 부서진 다이아나 목욕탕이 있었고, 언덕 저편 파괴된 집들 위로 프라터 공원의 시커멓고 커다란 대관람차가 정지된 채 놓여 있었다. 운하의 회색빛 물 위로 보이는 저편이 러시아군이 점령한 제2 지구다. 성 스테판스커치 교회는 중앙 시가지 위로 펼쳐진 하늘을 향해 상처 입은 거대한 뾰족탑을 뻗고 있었다. 마틴스는 케르트너 거리를 따라 걸어서 환하게 불 켜진 헌병대의 문 앞을 지나갔다. 국제순찰대원 넷이 막 지프차에 올라타는 중이었다. 러시아 헌병이 운전사 옆자리에 앉아 있었다(러시아인이 그날부터 4주 동안 의장직을 맡고 있기 때문이었다). 영국인, 프랑스인, 미국인이 뒷자리에 자리잡았다.

석 잔째 마신 위스키가 마틴스의 정신을 혼란시켰다. 그는 암스테르담의 여인과 파리의 여인을 회상했다. 외로움은 인도를 따라 걷고 있는 그의 곁을 떠나지 않았다. 그는 자헤르 호텔이 있는 한길 모퉁이를 지나서 계속 걸었다. 롤로는 마음을 진정시키면서 빈에서 알게 된 유일한 여인을 향하여 걷고 있었다.

나는 마틴스에게 어떻게 그녀가 살고 있는 곳을 알아냈느냐고 물어보았다. 그는 침대 속에서 간밤에 그녀가 적어준 주소를 들여다보고 지도를 확인해보았다고 대답했다. 그는 거리 주변을 알고 싶었으며, 지도를 보는 데 능숙했다. 그는 언제나 한쪽 방향으로만 걸어다녔기 때문에 모퉁이와 거리 이름을 쉽게 욀 수 있었다.

"한쪽 방향이라니요?"

"그 소녀나 혹은 다른 사람을 방문할 때를 두고 하는 말입니다."

마틴스는 물론 그녀가 그날 밤 집에 있었던 것이 요셉슈타트 극장의 연극에 출연하지 않았기 때문이라는 점을 몰랐다. 아마 포스터에서 그 사실을 기억해냈을지도 모른다. 그러한 것을 집에 있다라는 말로 표현할 수 있을지는 모르지만 어쨌든 그녀는 불기 없는 방 안에 홀로 앉아 있었다. 침대는 긴 의자로 대신했고 터무니없이 흔들려 불편한 식탁 위에는 타이프로 찍은 대본의 첫장이 펼쳐진 채였다. 그녀의 생각은 집 안에서 쉰다는 기분과는 너무 멀리 떨어져 있었다. 마틴스는 어색하게 말했다. 어느 누구도, 롤로조차도 그렇게 말할 수 없었을 것이다. 어색한 태도를 보이는 것이 마틴스의 훌륭한 기교 중 하나였다.

"잠깐 들러 당신을 볼까 했습니다. 이곳을 지나던 길이었습니다."

"지나가던 길이었다고요? 어디를 가시던 중이었는데요?"

시내 중앙에서 영국 지역의 변두리까지 걷는 데 적어도 30분이 걸렸지만, 그는 언제나 대답을 준비하고 있었다.

"쿨러 대령과 위스키를 너무 많이 마셨지요. 산책을 하다 보니 우연히 이 길로 걷게 되었습니다."

"술을 드려야 할 텐데 대접할 것이라곤 홍차뿐이로군요."

"아니오, 괜찮습니다. 바쁘신 모양입니다."

마틴스가 대본을 쳐다보며 말했다.

"한 줄도 읽지 못하고 있답니다."

그는 대본을 들고 읽었다.

"'루이스 등장. 루이스: 어린아이 우는 소리를 들었어.' 좀 더 머물러 있어도 되겠습니까?"

부드럽게 묻는 것은 '롤로'보다는 '마틴스' 쪽이었다.

"좋으실 대로 하세요."

마틴스는 긴 의자에 털썩 주저앉았다. 마틴스는 그곳에서 그녀의 진정한 모습을 두 번째로 보았다고 오랜 후 내게 말해주었다(연인들은 자기의 말을 들어주는 사람만 있으면 자신이 겪었던 사소한 부분들까지도 이야기하고 재구성한다).

그녀는 궁둥이에 여러 번 천을 댄 낡은 플란넬 바지를 입고 마틴스처럼 어색한 자세로 서 있었다. 그녀는 마치 어떤 사람에게 대항하여 자기의 입장을 고수하려고 결심한 것처럼 다리를 벌리고 서 있었다. 그것은 자그맣고 다소 단단한 모습으로, 그녀가 여배우로서 직업적인 목적으로 활용하기 위해 쉽게 사용하지 않고 간직해온 우아함이 깃들어 있었다.

"언제나 날씨가 이렇게 나쁩니까?"

그가 물었다.

"이때쯤은 좋지 않아요."

그녀는 설명했다.

"해리가 저에게 들르곤 했기 때문에 당신이 초인종을 눌렀을 때 잠시 동안 저는……."

그녀는 마틴스 맞은편의 딱딱한 의자에 앉아 말을 계속했다.

"말씀해주세요. 당신은 그를 아니까. 저에게 무엇이든 말씀해주세요."

마틴스가 이야기를 하는 동안 창밖의 하늘은 흐려 있었다. 그는 잠시 후 그들이 손을 서로 맞잡은 것을 깨달았다. 그는 내게 이렇게 말했다.

"나는 그때 해리의 여인과 사랑에 빠질 생각은 없었습니다."

"언제 그렇게 된 겁니까?"

내가 이렇게 묻자 마틴스는 다음과 같이 대답했다.

"날씨가 무척 추웠으므로 창문의 커튼을 치려고 일어났던 겁니다. 그때 그녀의 손을 풀어주면서 내 손이 그녀의 손 위에 놓여 있었다는 사실을 깨달았습니다. 나는 서 있었기 때문에 그녀의 얼굴을 내려다보았고, 그녀는 내 얼굴을 올려다보고 있었습니다. 그녀의 얼굴은 아름답지는 않았습니다. 그것이 사고의 원인이었습니다. 그 얼굴은 날마다 같이 살아온 듯한 얼굴이었습니다. 흔히 볼 수 있는 얼굴 말입니다. 나는 말이 통하지 않는 낯선 나라에 온 듯한 기분을 맛보았습니다. 나는 남자와 여자가 사랑을 맺는 것을 항상 아름답다고 생각해오던 터였습니다. 나는 커튼 치는 것을 잠시 멈추고 창밖을 내다보았습니다. 내 얼굴 외에는 아무것도 보이지 않았고, 나는 그녀를 보기 위해서 뒤를 돌았습니다.

'그 시간에 해리는 무얼 했나요?' 그녀가 물었습니다. '제기랄, 우리는 해리를 사랑했지만 죽고 말았잖소. 죽은 사람은 잊히는 법이오.' 나는 이렇게 말하고 싶었지만 다음과 같이 말했습니다. '당신은 무엇을 생각하고 있지요? 해리는 아무 일도 없었던 것처럼 즐겨 부르던 옛 곡조를 휘파람으로 불며 다녔을 뿐이오.' 그러고는 그녀 앞에서 될 수 있는 한 멋지게 해리가 즐겨 부르던 곡조를 휘파람으로 불었습니다. 그녀는 조용히 있었습니다. 나는 주위를 둘러보면서

'이것이 옳은 방법인가? 옳은 카드인가? 올바른 방법인가?'를 생각하려 했지만, 어느 사이에 '해리는 죽었소. 당신은 언제까지나 그의 생각에 잠겨 있을 수만은 없을 겁니다'라고 말해버렸습니다."

그때 그녀가 말했다.

"알아요. 하지만 그를 잊으려면 무슨 일이든 일어나야 해요."

"그게 무슨 말입니까? 무슨 일이든 일어나야만 한다니요?"

"오, 다시 한번 전쟁이 일어나든지 그렇지 않으면 제가 죽든지 아니면 러시아 사람이 저를 체포해 가든지……."

"당신도 시간이 지나면 그를 잊을 겁니다. 다른 사람과 다시 사랑을 하게 될 겁니다."

"알고 있어요. 하지만 저는 그렇게 되는 걸 원치 않아요. 당신도 제가 원치 않는다는 사실을 알고 계시잖아요?"

그녀가 말했다.

롤로 마틴스는 창가에서 돌아와 다시 긴 의자에 앉았다. 얼마 전 의자에서 일어설 때만 해도 그는 해리의 여자를 위로해주려던 친구의 입장이었지만, 지금은 그들 두 사람이 해리 라임이라는 이름으로 알고 있던 남자를 사랑했던 안나 슈미트와 그녀를 사랑하고 있는 한 남자가 되어 있었다.

그날 밤 마틴스는 그녀에게 과거 이야기는 다시 꺼내지 않았다. 그 대신 그가 만나온 사람들에 대한 이야기를 들려주었다.

"윈클러에 관한 한 어떤 일도 믿을 수 있습니다. 그러나 쿨러에 대해서는……. 물론 그를 좋아합니다. 해리를 옹호해주었던 친구는 오직 그뿐이었습니다. 문제는, 만일 쿨러의 말이 옳다면 코흐 씨가 잘못 알고 있다는 것입니다. 나는 거기에 어떤 흑막이 있는 게 분명하다고 생각합니다."

"코흐 씨는 누구지요?"

마틴스는 어떻게 해서 해리가 살던 집을 찾아갔는지와 코흐와 나눈 제3의 사나이에 대한 이야기를 들려주었다.

"만일 그것이 사실이라면 매우 중대한 일이로군요."

그녀가 말했다.

"하지만 증거가 없습니다. 코흐 씨는 결국 심문을 피했던 것입니다. 그 제3의 사나이도 심문을 피했는지 모르는 일입니다."

"그것은 문제가 아니에요."

그녀는 말을 이었다.

"문제는 '그들', 쿠르츠와 쿨러가 거짓말을 했다는 점이에요."

"그들은 제3의 사나이에게 폐를 끼치지 않기 위해 거짓말을 했는지도 모릅니다. 만일 그 사나이가 그들의 친구였다면 말입니다."

"그런데 또 다른 남자가 있어요. 바로 그 현장에 있던 사람 말이에요. 그리고 쿨러에 대한 당신의 신뢰는 어디에서 비롯한 것이죠?"

"어떻게 하면 좋겠습니까? 코흐 씨는 조개처럼 움츠리고 나를 그의 집에서 쫓아냈습니다."

"저라면 쫓아내지 않을 거예요. 적어도 그의 부인은 말이에요."

그녀가 말했다.

두 사람은 코흐의 집을 향해 먼 길을 걸어갔다. 눈이 신발에 달라붙어 그들은 수갑을 찬 죄수들처럼 천천히 걸었다.

"아직 멀었나요?"

안나 슈미트가 물었다.

"이젠 거의 다 왔습니다. 저쪽 길 위에 사람들이 모여 있는 게 보이죠? 바로 그 근처에 있습니다."

사람들의 무리는 백색 위에 떨어뜨린 잉크 방울 같았고, 잉크가 주위로 번져 모양이 변한 것 같았다. 두 사람이 그곳에 좀 더 가까이 이르렀을 때 마틴스가 말했다.

"저곳이 코흐 씨가 사는 구역입니다. 정치적인 시위가 벌어진 것 아닙니까?"

안나 슈미트가 멈추어 서며 물었다.

"다른 사람에게도 코흐 씨에 대한 이야기를 했나요?"

"당신과 쿨러 대령에게만 했습니다. 왜 그러시죠?"

"두려워요. 뭔가 짚이는 게 있어서요."

그녀는 사람들에게서 시선을 떼지 않았다. 마틴스는 그녀의 혼란스런 과거 속에서 어떠한 기억이 되살아나 안나에게 경고를 했는지 알 수 없었다.

"우리 도망가요."

그녀가 애원했다.

"미쳤군요. 우리는 중대한 용건으로 이곳까지 온 겁니다."

"저는 이곳에서 당신을 기다리겠어요."

"하지만 당신은 코흐 씨와 이야기를 나누려고 온 게 아닙니까?"

"먼저 저 사람들이 어떤 사람들인지 알아봐주세요."

그녀는 무대에서 생활하는 배우답지 않게 참으로 이상한 말을 했다.

"저는 사람들이 싫어요."

마틴스는 혼자서 천천히 걸었다. 눈이 발뒤꿈치에서 뭉쳐졌다. 아무도 연설하는 사람이 없는 것으로 미루어 정치적인 집회는 아니었다. 사람들이 얼굴을 돌리고 그가 걸어오는 것을 지켜보고 있었으므로, 그가 마치 그들이 기대하고 있던 사람인 것처럼 느껴졌다. 사람들이 모인 곳에 이르러서야 비로소 그들이 에워싸고 있는 곳이 자기가 방문하려는 집인 것을 확실히 알 수 있었다. 한 사내가 그를 뚫어지게 바라보며 물었다.

"당신도 그들의 일원입니까?"

"무슨 말씀이지요?"

"경찰이냐고 묻는 겁니다."

"아닙니다. 경찰들이 무얼 하는 것이죠?"

"하루 종일 저 집을 들락날락하고 있는 중입니다."

"이 사람들은 모두 무얼 기다리고 있지요?"

"그 사람이 운반되어 밖으로 나오는 걸 보려는 겁니다."

"그 사람이라뇨?"

"코흐 씨 말입니다."

자신 이외에 어느 누군가가 코흐의 잘못된 증언을 밝혀냈다는 생각이 마틴스의 머리에 어렴풋이 떠올랐다.

"코흐 씨가 무슨 일을 저질렀나요?"

마틴스가 물었다.

"아직 아무도 모릅니다. 경찰들도 확정을 짓지 못하고 있습니다. 자살인지 타살인지 말입니다."

"코흐 씨가 말입니까?"

"물론이죠."

한 꼬마가 마틴스와 이야기를 나누고 있던 사나이에게 다가와 그의 손목을 끌어당겼다.

"아빠, 아빠."

아이는 난쟁이처럼 머리에 털모자를 쓰고 있었고, 추위 때문에 얼굴이 움츠러들어 파르스름했다.

"그래, 왜 그러지?"

"아빠, 난 창살 사이로 엿들었어."

"오, 이런 재치 있는 녀석 봤나. 그래 뭐라고 하든, 한셀?"

"아빠, 나 코흐 아줌마가 우는 소리를 들었어."

"그게 전부니, 한셀?"

"아냐. 키가 큰 사람이 말하는 소리도 들었어."

"오, 영리한 한셀. 아빠에게 그가 말한 것을 들려주렴."

"그 사람이 '코흐 부인, 그 외국인이 어떻게 생겼는지 말씀해주시겠어요?'라고 말했어."

"그래, 맞아. 그들은 이 사건을 살인 사건으로 생각하고 있는 거야. 그들이 잘못 생각한 것이 아니야. 지하실에서 자기 목을 자를 필요가 어디 있겠니?"

"아빠, 아빠."

"그래, 한셀."

"창살 사이로 들여다보니까 코카콜라 병에 피가 묻어 있었어."

"대단한 애로군. 그게 피라는 걸 알 수 있었다니……. 눈이 새어

들어 사방이 젖어 있었을 텐데."

사나이는 마틴스에게 돌아서며 말했다.

"이 애는 대단한 상상력을 지니고 있답니다. 아마 자라면 작가가
될 겁니다."

움츠러든 아이의 얼굴이 마틴스를 뚫어지게 응시하더니 외쳤다.

"아빠!"

"왜 그래, 한셀?"

"이 아저씨도 외국인인걸?"

사나이가 호탕하게 웃었다. 옆에 있던 수많은 사람이 얼굴을 그
쪽으로 돌렸다. 그 사나이는 자랑스럽게 말했다.

"이 애의 이야기 좀 들어보세요. 이 애는 당신이 외국 사람이라서
당신을 범인으로 생각하는 모양입니다. 요즈음 이곳엔 빈 시민보다
도 외국 사람이 더 적다는 말투군요."

"아빠, 아빠."

"왜 그러지, 한셀?"

"경찰들이 나오고 있어."

흰 천으로 덮인 들것이 한 떼의 경찰에 에워싸여 있었다. 그들은
밟혀 굳어진 눈 위를 미끄러지지 않도록 조심하면서 계단을 내려오
고 있었다. 아까 그 사나이가 말했다.

"길이 파손되어 패어서 경찰들은 이 길목까지 앰뷸런스를 들여
올 수 없거든요. 그래서 저쪽 모퉁이까지 운반하는 겁니다."

행렬 끝에 코흐 부인이 따라나왔다. 그녀는 머리 위에 숄을 쓰고
거친 마포로 된 외투를 입었다. 그녀의 뚱뚱한 모습은 바람에 밀려

쌓인 한길가의 눈 속으로 들어서자 마치 눈사람처럼 보였다. 어떤 사람이 그녀를 부축했고, 그녀는 희망을 상실한 눈빛으로 낯선 군중을 둘러보았다. 그들 중 설혹 친구들이 있다 해도, 그녀는 이 얼굴 저 얼굴에서 그들을 알아볼 수 없었을 것이다. 그녀가 지나칠 때 마틴스는 앞으로 몸을 숙이고 구두끈을 만지작거리는 체했다. 그리고 몸을 숙인 자세의 그의 눈 높이에서 유심히 살펴보는 어린 한셀의 냉정한 시선을 보았다.

안나 쪽을 향해 거리를 되돌아 걸어나오면서 그는 다시 한번 뒤돌아보았다. 한셀은 아버지의 손을 잡아당기고 있었다. 아이의 입술이 움직이는 모양으로 보아 민요의 지겨운 후렴 같은 "아빠, 아빠"라는 음절을 되풀이하는 듯했다.

마틴스가 안나에게 말했다.

"코흐 씨가 살해되었소. 빨리 이곳을 빠져나갑시다."

그는 마치 눈송이에 밀리듯 이 모퉁이 저 모퉁이를 돌아 재빠르게 걸었다. 그 아이의 의심과 경계의 눈초리가 도시를 덮은 구름처럼 퍼져나가는 것 같았다. 아무리 빨리 걸어도 그 구름의 그림자를 벗어날 수 없을 것 같았다. 그는 안나의 말을 듣고 있지 않았다.

"그러고 보니 코흐 씨가 말한 것이 사실이었군요. 제3의 사나이가 있었던 거예요."

그녀는 계속 말을 이었다.

"분명히 살해당한 거예요. 무언가를 숨기려고 그를 죽였을 거예요."

거리의 끝에서는 전차들이 고드름처럼 번쩍이고 있었다. 그들은 링크 로(路)까지 돌아왔다. 마틴스가 말했다.

"당신 혼자 집으로 돌아가는 편이 낫겠군요. 사건의 시비가 가려 질 때까지는 당분간 당신과 떨어져 있겠습니다."

"하지만 아무도 당신을 의심하지 않을 거예요."

"경찰은 어제 코흐 씨를 방문했던 외국인에 대해 수소문할 겁니 다. 한동안은 불쾌한 일을 당할지도 모릅니다."

"당신은 어째서 경찰을 찾아가지 않는 거죠?"

"그들은 아주 어리석은 녀석들입니다. 나는 그들을 믿지 않아요. 해리에게 혐의를 두고 있는 것을 보세요. 그 때문에 나는 캘러겐이 라는 사내를 때리려고 했던 겁니다. 그들은 내게 앙심을 품고 있습 니다. 그들이 할 수 있는 일이란 고작 나를 빈에서 추방하는 일입니 다. 그러나 내가 만일 조용히 지낸다면, 나를 경찰에 넘길 사람은 쿨 러밖에 없습니다."

"그러나 그분은 당신을 넘기지 않을 거예요."

"그가 죄를 짓지 않았다면 그렇겠지요. 내가 만났을 때 그가 죄를 지었다고는 믿을 수 없었습니다."

그녀는 마틴스와 헤어지기 전에 그에게 말했다.

"조심하세요. 코흐 씨는 그 사건에 관해 아는 것이 거의 없었어도 살해당했을 거예요. 당신은 코흐 씨만큼은 알고 있으니까요."

그녀의 경고는 자혜르 호텔로 돌아오는 내내 그의 뇌리에서 떠나 지 않았다. 밤 9시가 지나자 거리는 매우 한산해졌다. 마틴스는 그 들 일당에게 잔인하도록 보호받는 제3의 사나이가 사형 집행인처 럼 자기 뒤를 밟고 있다는 기분이 들어 뒤를 따라 올라오는 모든 발소리에 귀를 기울였다. 그랜드 호텔 밖에 서 있는 러시아인 보초는 추위로 얼어 죽은 빳빳한 시체처럼 보였다. 그러나 그 러시아인은 살아 있는 인간이었다. 그는 몽골인의 눈을 가진 정직한 시골뜨기의 얼굴을 하고 있었다. 하지만 제3의 사나이는 얼굴이 없었다. 창문으로 머리 꼭대기만 보였을 뿐이었다.

자헤르 호텔에 당도하자 슈미트 씨가 말했다.

"캘로웨이 대령께서 이곳에 들러 당신을 찾으셨습니다. 바에 가시면 만나뵐 겁니다."

"곧 돌아오지요."

마틴스는 이렇게 말하고 즉시 호텔에서 걸어 나왔다. 그는 생각할 시간이 필요했다. 그러나 그가 밖으로 나오자마자 한 사내가 그에게 다가와 모자에 손을 얹으며 인사를 하고 단호하게 말했다.

"자, 어서, 선생님."

사내는 바람막이에 유니언 잭이 있는 카키색 트럭 문을 급히 열어 젖히고 마틴스를 안으로 힘껏 밀어 넣었다. 마틴스는 전혀 저항하지 않고 순순히 따랐다. 그는 조만간 조사를 받게 될 것이라고 느꼈다. 사실 안나 슈미트에게는 낙천주의자인 체했을 뿐이었다.

운전사가 얼어붙은 도로 위를 안전에 위험을 느낄 정도로 속도를 내어 달리자 마틴스는 그의 무모한 처사에 항의했다. 운전사의 무뚝뚝한 불평과 입안에서 투덜대는 태도에 마틴스는 그가 '명령'에 의해 움직인다는 인상을 받았다.

"나를 죽이라는 명령을 받았소?"

마틴스가 익살맞게 물었으나 그는 아무 대꾸도 하지 않았다. 어두운 거리로 들어서자 자동차는 모든 방향 감각을 상실했다.

"아직 멀었소?"

운전사는 그의 말을 전혀 듣지 않았다. 마틴스는 그들이 감시병을 보내지 않은 것으로 보아 적어도 체포되어 끌려간다고는 생각되지 않았다. 진술을 받기 위해 그네들이 상주하는 부서로, 그들의 용어대로라면 '초대'되어 가는 것이라고 믿었다.

드디어 자동차가 멈춰 섰다. 운전사는 마틴스를 안내하며 계단을 올라가 커다란 이중문의 초인종을 눌렀다. 문 안쪽에서 여러 사람들이 지껄이는 소리가 들려왔다. 마틴스는 갑자기 운전사에게 돌아서며 물었다.

"도대체 여기가 어디요?"

그러나 운전사는 이미 계단의 절반 정도를 내려갔고, 어느덧 눈앞의 이중문이 열리는 중이었다. 마틴스는 어둠 속에 있었으므로 안에서 흘러나오는 불빛 때문에 잠시 눈을 제대로 뜰 수 없었다. 모습은 보이지 않은 채 크랩빈의 목소리가 들려왔다.

"오, 덱스터 씨, 우리는 무척 걱정하고 있었습니다. 도착 시간이 늦었지만 안 오신 것보다는 훨씬 좋습니다. 자, 빌브람 양과 메이엘스트로프 백작 부인을 소개하지요."

커피잔이 얹혀 있는 찬장, 김을 내뿜는 물주전자, 짙은 화장으로 얼굴에 윤기가 흐르는 한 명의 여자, 행복하고 이지적인 인상을 풍기는 6년생의 두 젊은이, 그리고 가족 사진 속의 얼굴들처럼 많은 사람들이 그 뒤에서 그를 응시하고 있었다. 그들은 독자들처럼 진지하고 한결같이 명랑한 표정을 짓고 있었다. 마틴스는 뒤를 돌아보았지만 이미 문이 닫혀 있었다.

그는 크랩빈을 향해 절망적인 어조로 말했다.

"죄송합니다만 나는……."

"그 점에 대해서는 더 이상 개의치 마십시오."

크랩빈이 말했다.

"자, 커피를 한잔 드신 다음 토론으로 들어갑시다. 오늘 밤은 매우 훌륭한 모임이 개최될 것입니다. 모두들 선생님을 격려해드릴 것입니다, 덱스터 씨."

한 젊은이가 마틴스 손에 커피잔을 들려주자 다른 젊은이가 그 속에 설탕을 넣어주었다. 마틴스가 커피에 설탕을 타지 않는다는 말을 할 겨를도 없었다. 그중 가장 나이가 어려 보이는 한 사람이 마틴스의 귓가에 대고 속삭였다.

"덱스터 씨, 나중에 선생님의 저서에 사인을 해주시겠습니까?"

검은 비단옷을 입은 뚱뚱한 부인이 마틴스의 기세를 꺾을 듯이 말했다.

"덱스터 씨, 백작 부인이 내 이야기를 들으신다 해도 상관하지 않아요. 나는 당신의 소설을 좋아하지 않아요. 당신 소설의 기법에 찬성할 수 없어요. 나는 소설에는 훌륭한 줄거리가 있어야 한다고 믿어요."

"저도 그렇게 생각합니다."

마틴스가 자포자기하듯 대답했다.

"밴녹 부인, 질문할 시간까지 기다려주십시오."

"제가 너무 노골적인 줄 알지만, 덱스터 씨가 정직하고 건전한 비평을 존중하리라 믿기 때문에 하는 말이에요.”

그러자 백작 부인으로 보이는 나이 지긋한 부인이 마틴스에게 말했다.

“나는 영국 소설을 많이 읽지는 않지만 내가 듣기엔 덱스터 씨의 소설만은……”

“한잔 드시겠습니까?”

크랩빈은 그렇게 말하고 마틴스를 내실로 떠밀었다. 그곳에는 나이가 든 사람들이 기다리다 지친 표정을 지은 채 반원형 의자에 앉아 있었다.

마틴스는 나에게 토론에 대하여 자세히 설명하지 못했다. 그의 마음은 그때까지도 코흐의 죽음 때문에 당황해하고 있었다. 얼굴을 쳐들면 어린 한셀의 모습이 눈앞에 아른거리면서 “아빠, 아빠” 하고 고집 세게 불러대던 후렴 같은 소리가 들리는 듯했다.

크랩빈은 개회사를 했다. 나는 크랩빈이라는 인물을 잘 알고 있었기 때문에, 그 회의에서 그가 현대 영국 소설을 매우 명백하고 정당하며 편견 없이 묘사했으리라 확신하고 있다. 나는 크랩빈이 전에도 그 같은 묘사를 자주 했다고 들었다. 그가 평소대로 묘사하지 않을 경우는 특별한 영국 방문객의 작품을 강조할 때뿐이었다. 그는 소설 기법상의 여러 가지 문제점, 즉 시점과 시간의 경과 등을 약간 언급한 다음 질문과 토론으로 그 회의를 이끌어갔다.

마틴스는 첫 번째 질문에 대해 엉뚱한 대답을 했으나 크랩빈이 그의 결함을 메워 만족스럽게 답변해주었다. 갈색 모자를 쓰고 털목도리를 두른 한 부인이 대단한 관심을 나타내며 물었다.

"덱스터 씨, 새로운 작품을 쓰고 계시나요?"

"네, 그렇습니다."

"제목이 무엇이지요?"

"'제3의 사나이'입니다."

이같이 대답을 하고 나자 마틴스는 순간적으로 한고비를 넘겼다는 자신감을 느꼈다.

"덱스터 씨, 당신에게 영향을 끼친 작가를 말씀해주시겠습니까?"

마틴스는 서슴지 않고 "그레이"라고 대답했다. 물론 그는 《진홍빛 현인(賢人)의 기사Riders of the Purple Sage》의 저자를 두고 한 말이었다. 그의 대답이 그곳에 참석한 모든 사람들에게 만족을 주는 것 같아 기뻤다. 다만 나이가 들어 보이는 한 오스트리아인만이, "'그레이'라니, 도대체 '어떤 그레이'를 말하는 겁니까? 나는 그러한 이름을 들어보지 못했습니다"라고 말했다.

마틴스는 편안한 마음으로 대답했다.

"'제인 그레이' 말입니다. 나는 다른 '그레이'는 잘 모릅니다."

순간 영국인 사이에서 조금 전에 질문을 던졌던 그 오스트리아인에 동조하여 비굴한 웃음이 흘러 나오자 마틴스는 얼떨떨했다. 크랩빈이 그 오스트리아인을 위해 재빨리 끼어들었다.

"지금 말씀드린 것은 덱스터 씨의 농담입니다. 그는 시인인 그레이 씨를 말씀하신 것입니다. 조용하고, 부드럽고, 예민한 천재 시인 말입니다. 누구든지 제인 그레이와 시인 토머스 그레이 사이의 유사성을 느낄 수 있을 것입니다."

"그렇다면 그 시인이 바로 제인 그레이입니까?"

"아닙니다. 그것은 덱스터 씨의 농담이었다니까요. 제인 그레이라는 사람은 서부극을 썼던 사람입니다. 악당이라든가 카우보이를 다룬 값싼 대중소설 작가 말입니다."

"그 사람은 위대한 작가가 아니로군요."

"그렇죠. 엄밀한 의미에서 말하면 위대하기는커녕 전혀 작가라고 일컬을 수도 없는 사람입니다."

크랩빈이 대답했다. 마틴스는 그 말에 처음으로 격렬한 반발심이 일기 시작했다고 내게 말했다. 마틴스는 지금껏 한 번도 자기가 작가라고 생각해본 적은 없었지만, 크랩빈의 자기 과신적인 태도에는 분노를 느꼈다. 크랩빈의 안경에서 반사되는 불빛까지도 분노를 더해 주었다. 크랩빈은 말했다.

"그는 대중을 상대로 오락 소설을 썼을 뿐입니다."

"그런 것을 써서는 안 되는 법이 어디 있습니까?"

마틴스는 격렬한 어조로 대들었다.

"아니, 제 말뜻은 다만……."

"셰익스피어는 어땠습니까?"

누군가 용감하게 나섰다.

"시인이었지요."

"당신은 제인 그레이의 소설을 단 한 권이라도 읽었습니까?"

"읽지 않았습니다. 하지만 제 말은…… 오직 당신을……."

"읽어보지도 않았으면서 이러쿵저러쿵 말할 수는 없습니다."

한 젊은이가 크랩빈의 편을 들었다.

"덱스터 씨, 그렇다면 제임스 조이스를 어떤 위치에 두시는 겁니까?"

"어떤 위치에 두다니, 그게 무슨 말입니까? 나는 그 누구도 어떤 위치에 두고 싶지 않습니다."

마틴스가 대꾸했다.

그날은 매우 바쁜 하루였다. 쿨러 대령과 어울려 과음을 했고, 사랑에 빠지기도 했고, 한 사내가 살해된 것을 목격하기도 했다. 그리고 지금은 자기가 부당한 대접을 받고 있다는 생각이 들었다.

마틴스에게 제인 그레이는 하나의 우상이었다. 그래서 더는 헛소리를 참고 견딜 수 없었다.

"나는 당신이 제임스 조이스를 진정 위대한 작가의 위치에 두는지 묻는 것입니다."

"그것이 그렇게 중요한 것이라고 생각한다면 지금 말씀드리지요. 나는 사실 그 사람의 이름을 들어본 적도 없습니다. 그 사람의 작품에는 어떤 것이 있습니까?"

마틴스 자신은 깨닫지 못했지만 그는 커다란 감명을 주었다. 오직 위대한 작가만이 그렇게 오만할 수 있고, 자기 견해에 독창적인 한계선을 그어놓을 수 있기 때문이었다. 여러 사람이 봉투의 뒷면에 제인 그레이라는 이름을 썼고, 백작 부인이 크랩빈에게 거친 목소리로 속삭였다.

"제인의 철자를 어떻게 쓰지요?"

"솔직히 말씀드리자면 저도 잘 모릅니다."

사람들에게서 수많은 이름이 일제히 터져나왔다. 스타인이라는 짤막하고 날카로운 소리를 가진 이름에서부터 둥근 조약돌 같은 울프라는 이름까지. 검은 앞머리에 지적으로 생긴 젊은 오스트리아인이 외쳤다.

"대푸니 뒤 모리에!"

크랩빈이 주춤하며 마틴스를 곁눈질했다. 그리고 낮은 목소리로 말했다.

"저들에게 부드럽게 대해주십시오."

손으로 짠 드레스를 입은 상냥한 모습의 여자가 심각한 표정으로 말했다.

"덱스터 씨, 버지니아 울프만큼 시적인 감정으로 표현한 사람은 없다는 점에 동의하시나요? 물론 산문 분야에서 말이에요."

크랩빈이 속삭였다.

"의식의 흐름에 대해 말씀해주시면 좋겠습니다."

"무슨 흐름이오?"

크랩빈의 목소리에 실망하는 어조가 들어 있었다.

"덱스터 씨, 이곳에 모인 사람들은 당신 재능에 대한 숭배자들입니다. 모두 당신의 견해를 듣고 싶어 합니다. 모두 그런 열성으로 이 모임에 참여한 것입니다. 그 점을 알아주십시오."

이렇게 말하는 크랩빈의 음성은 절망적이었다.

나이가 들어 뵈는 오스트리아인이 말했다.

"오늘날의 영국에는 작고한 존 골스워디*에 견줄 만한 작가가 있

---

* 1867~1933. 영국의 소설가. 사실주의의 전통 위에서 사회 문제에 대한 글을 썼다.

다고 봅니까?"

흥분한 목소리가 다시 여기저기서 들리기 시작했다. 뒤 모리에, 프리스틀리*, 레이먼 등의 이름이 튀어나왔다. 마틴스는 우울한 표정으로 의자에 주저앉고 말았다. 하얀 눈과 들것, 코흐 부인의 절망적인 얼굴이 다시 떠올랐다. 마틴스는 잠시 생각했다. 그때 그 작은 사내 코흐를 찾아가 질문을 하지 않았더라면 그는 아직 살아 있었을까? 또 다른 한 사람이 희생된다 해도 이미 죽어버린 해리에게 무슨 이익이 될 것인가? 그 희생자는 누구의 공포를 덜어줄 수 있을 것인가? 쿠르츠, 쿨러 대령(이것은 믿을 수 없는 일이지만), 닥터 윈클러일까? 그들 중 어느 누구도 그 지하실 안의 음울하고 소름끼치는 범죄에는 어울리지 않는 인물이었다.

"나는 코카콜라 병에 피가 묻어 있는 것을 보았어."

그 아이의 말이 귓가에서 들려오는 것 같았다. 그리고 누군가 세공용 점토 모양의 특징 없는 얼굴로 자기를 지켜보는 듯했다. 그가 제3의 사나이였다.

마틴스는 그 이후의 회의를 어떻게 마쳤는지 제대로 설명하지 못했다. 아마 크랩빈이 질문에 대한 예봉을 맡았을 것이다. 일부 참석자들이 미국 소설의 영화화에 대해 활기찬 토론을 시작하자 그 덕에 회의가 끝났을지도 모를 일이다. 마틴스는 자신의 명예를 위해 크랩빈이 폐회사를 해주기 이전의 상황에 대해서는 별로 기억을 더듬지 못했다. 폐회사가 끝나자 한 젊은이가 마틴스를 책이 쌓여 있

---

* 1894~1916. 영국의 소설가, 수필가, 극작가.

는 책상으로 데리고 가서 그 책들에 사인해줄 것을 부탁했다.

"이 회의에서는 한 사람이 한 권씩만 갖기로 되어 있습니다."

"내가 어떻게 해야 하는 겁니까?"

"그저 사인만 하시면 됩니다. 모든 사람이 그것을 원하고 있으니까요. 이《구부러진 뱃머리》는 제 것입니다. 무엇이든 조금이라도 써주시면 고맙겠습니다."

마틴스는 펜을 들고 다음과 같이 썼다.

'《산타페의 외로운 기사》의 저자 B. 덱스터로부터……'

젊은이는 읽고 난 후 그 구절을 보이지 않도록 덮어 숨기면서 당황한 표정을 지었다. 마틴스가 의자에 앉아 벤자민 덱스터라는 사인을 시작했을 때 사인을 받은 책을 크랩빈에게 보여주는 그 젊은이의 모습이 보였다. 크랩빈은 가냘픈 웃음을 지으면서 턱을 위 아래로 쓰다듬고 있었다.

B. 덱스터, B. 덱스터, B. 덱스터.

마틴스는 재빠르게 써 내려갔다. 그것은 결코 허위는 아니었다. 그가 사인한 책들은 한 권씩 소유자들에게 돌아갔다. 그들의 입에서는 한결같이 기쁨과 경의의 찬사가 새어나왔다. 이런 것 때문에 작가가 되는가? 마틴스는 벤자민 덱스터에 대한 강렬한 불쾌감을 느끼기 시작했다. 27권의《구부러진 뱃머리》에 일일이 사인을 하면서 벤자민 덱스터는 의기양양하고 건방지고 신물나는 바보라고 생각했다. 고개를 들고 매번 책을 집어들 때마다 걱정스러운 듯한 크랩빈의 사색적인 시선이 그의 눈에 띄었다. 사람들은 저마다 책을 받아 들고 집으로 돌아갔다. 실내가 텅 비었다.

마틴스는 갑자기 거울 속에서 헌병의 모습을 보았다. 그 헌병은 크랩빈의 젊은 측근과 말다툼을 벌이고 있는 듯했다. 마틴스는 자기의 본명이 그들의 입에 오르내리고 있다는 것을 깨달았다. 그래서 그는 침착성과 판단력을 잃고 말았다. 서명할 책이 한 권밖에 남지 않았다. 그는 마지막으로 'B. 텍스터'라고 갈겨 쓰고 문쪽으로 갔다. 입구에는 젊은이와 크랩빈과 헌병이 서 있었다.

"이 신사분은 누굽니까?"

헌병이 물었다.

"벤자민 텍스터 씨입니다."

젊은이가 대답했다.

"화장실, 화장실이 어딥니까?"

마틴스가 물었다.

"롤로 마틴스 씨라는 분이 당신네 차로 이곳에 왔다는 사실을 알고 있습니다."

헌병의 말에 크랩빈이 대답했다.

"무엇이 잘못됐군요. 분명히 잘못된 겁니다."

"왼쪽으로 두 번째 문입니다."

젊은이가 옆에서 마틴스에게 위치를 알려주었다. 마틴스는 밖으로 나가면서 휴대품 보관소에서 외투를 찾아 움켜쥐고 계단을 내려갔다. 2층의 층계참에 이르자 누군가가 계단을 올라오는 소리가 들려 언뜻 보니 페인이었다. 페인은 마틴스를 찾기 위해 내가 보낸 사람이었다. 마틴스는 닥치는 대로 문을 열고 안으로 들어가 문을 닫았다. 페인이 지나쳐 가는 소리가 들렸다. 그가 들어간 방은 캄캄했다. 이상한 신음 소리가 들렸으므로 마틴스는 그쪽으로 고개를 돌렸다. 그리고 방 안을 살폈다.

아무것도 보이지 않았고, 신음 소리도 멈췄다. 마틴스가 다시 몸을 움직이자 또다시 숨막힐 듯한 신음 소리가 들려왔다. 그가 몸을 움직이지 않고 있으면 그 소리도 사라져버렸다. 문 밖에서 누군가 "덱스터 씨, 덱스터 씨" 하고 부르는 소리가 들렸다. 그때 새로운 소리가 또 들려왔다. 누군가 속삭이는 소리 같았다. 어둠 속에서 들려오는 길고 긴 독백이었다.

"거기 누가 있습니까?"

마틴스가 물었다. 소리가 다시 멎었다. 그는 더는 참을 수가 없었다. 라이터를 꺼냈다. 발소리들이 방 옆을 지나쳐 층계 밑으로 내려가고 있었다. 마틴스는 계속 라이터를 켜보았지만 켜지지 않았다. 누군가 어둠 속에서 움직였고, 쇠사슬 소리 같은 금속성 소리가 공기 속에 울려퍼졌다. 그는 무서움에 휩싸여 다시 한번, "거기 누가 있습니까?" 하고 물었다. 그러나 금속성의 철컥거리는 소리만이 들려올 뿐이었다.

마틴스는 필사적으로 처음엔 오른손, 다음엔 왼손으로 전등 스위치를 찾으려 이리저리 더듬어보았다. 그는 이 방에 먼저 들어와 있는 사람을 찾을 수 없었기 때문에 감히 앞으로 나아갈 수 없었다. 속삭임, 신음 소리, 철컥거리는 소리 모두가 이젠 들리지 않았다. 그는 입구를 잃어버렸다는 무서운 생각에 방문 손잡이를 찾아 여기저기 더듬어갔다. 이 어둠에 대한 공포에 비하면 헌병에 대한 공포는 아무것도 아니었다. 그래서 그는 자기가 소리를 지르고 있는 것도 몰랐다.

페인이 계단 밑에서 비명 소리를 듣고 되돌아 올라왔다. 페인은 층계참의 전등 스위치를 켰다. 그러자 방문 밑으로 흘러 들어오는 빛으로 마틴스는 방향을 잡을 수 있게 되었다. 마틴스는 문을 열었다. 페인에게 희미하게 웃어 보이고 고개를 돌려 다시 방 안을 쳐다보았다. 횃대에 쇠사슬로 묶여 있는 앵무새의 두 눈이 번득이는 눈초리로 그를 노려보고 있었다. 페인이 정중하게 말했다.

"우리는 선생님을 찾고 있었습니다. 캘로웨이 대령님이 선생님께 드릴 말씀이 있으시답니다."

"길을 잃었던 터라……."

마틴스가 대답했다.

"그랬군요. 우리도 그렇게 생각했습니다."

10

마틴스가 귀국행 비행기를 타지 않았다는 사실을 알고 난 순간부터 나는 마틴스의 행동을 주의 깊게 기록해놓았다. 쿠르츠와 만났던 일, 요셉슈타트 극장에 들렀던 일 등을 적었다. 나는 그가 닥터 윈클러와 쿨러 대령을 방문했던 것과 해리가 살았던 지역에도 한번 갔다 온 사실 등을 알고 있었다. 어떤 이유에서인지 나의 부하는 쿨러의 집과 안나 슈미트의 아파트 사이에서 마틴스를 놓치고 말았다. 부하의 보고에 따르면 마틴스는 넓은 지역을 헤매고 다녔으며, 우리 둘은 마틴스가 의도적으로 미행자를 따돌렸다고 생각했다. 그래서 나는 그가 머물고 있는 호텔에서 그를 붙잡으려 했으나 놓쳐버리고 말았던 것이다.

사건들이 불안한 선회를 했다. 나는 그와 또 한 번의 인터뷰를 할 시간이 다가온 것을 느꼈다. 그에게는 설명해야 할 사연들이 많이 있었다.

나는 상당히 넓은 책상을 사이에 두고 마틴스와 마주 앉아 그에게 담배를 권했다. 그는 침울한 표정을 짓고 있었지만 엄격하게 제한된 범위 내에서는 이야기를 피하려 하지 않았다. 우선 쿠르츠에 대해 묻자 그는 만족스럽게 대답해주었다. 다음에는 슈미트에 대해 물어보았다. 마틴스의 대답에서 추측한 바로는 그가 쿨러 대령을 방문한 후 안나 슈미트와 함께 있었던 것이 분명했다. 그렇게 해서 한때의 행방불명에 대한 의혹은 풀렸다. 닥터 윈클러와의 관계를 알아내려 했더니 그는 쾌히 대답해주었다.

"주위를 잠깐 돌아보셨군요. 그래, 당신 친구들에게서 무슨 새로운 사실이라도 발견하셨습니까?"

내가 물었다.

"오, 그렇고말고요. 새로운 사실은 바로 당신의 코밑에 있었지만 당신이 발견하지 못했을 뿐이지요."

그가 대답했다.

"그것이 무엇이었습니까?"

"해리가 살해당했다는 점입니다."

나는 놀라지 않을 수 없었다. 나도 한때는 그가 자살을 한 것이 아닌가 하고 생각해보았지만, 그 생각마저도 근거 없는 것으로 간주했던 것이다.

"계속 말씀하십시오."

내가 말했다. 마틴스는 코호에 대한 언급을 피하려고 애쓰면서 사건을 목격한 어떤 제보자에 대해서만 이야기했다. 때문에 그의 이야기를 이해하는 데 오히려 혼란이 생겼다. 처음에 나는 그가 어떤 이유에서 제3의 사나이에 그토록 집착을 하는지 이해가 되지 않았다.

"그 사람은 심문에 응하지 않았습니다. 그러자 그네들은 그를 사건에 관련시키지 않기 위해 거짓말을 했습니다……. 당신의 부하도 사건 현장에는 없었습니다. 나는 그런 것은 별로 중요하게 보지 않습니다. 만일 그것이 진정한 사고였다면 필요한 모든 증거가 그곳에서 확증되었을 것입니다. 다른 사나이에게 말썽이 될 리가 어디 있겠습니까? 그의 부인은 아마 그가 시외에 나가 있던 것으로 생각했을 겁니다. 그는 아무런 연락 없이 공식적인 결근을 했을지도 모릅니다. 사람들은 때때로 클라겐푸르트 같은 지역에서 빈으로 독단적인 여행을 하기도 하니까요. 그것은 대도시에서 맛볼 수 있는 기쁨으로 그들이 취해볼 만한 가치가 있는 것들이지요……. 아닙니다. 그 사람이 증언을 하러 나오지 않는 데는 더 큰 이유가 있었던 것으로 알고 있습니다. 키 작은 사내가 내게 그 이유를 말해주었습니다. 그들이 그를 살해한 것입니다."

"이제야 알아듣겠습니다. 당신은 지금 코호 씨에 대해 말씀하시는군요."

내가 말했다.

"그렇습니다."

"내가 알고 있는 한 당신은 코흐 씨가 살아 있는 것을 최후로 본 사람이군요."

기록한 대로, 나는 그가 코흐의 집을 찾아갔을 당시 내 부하보다 민첩한 자에게 미행을 당하여 몸을 숨기지 않았는지 물어보았다.

"오스트리아 경찰은 당신을 이번 사건의 용의자로 지목하려 하고 있습니다. 코흐 부인은 당신이 찾아왔을 당시 남편의 마음이 아주 괴로운 상태에 있었다고 오스트리아 경찰에게 답변했습니다. 당신 말고 어느 누가 당신의 방문을 알고 있습니까?"

내가 마틴스에게 물었다.

"쿨러 대령에게 이야기를 했지요."

마틴스는 흥분한 어조로 말을 이었다.

"쿨러 대령의 집을 나온 직후 그는 다른 사람, 어쩌면 제3의 사나이에게 전화를 걸어 내 이야기를 전했는지도 모르죠. 그래서 그네들은 코흐 씨의 입을 막으려고 그런 일을 저질렀을지도 모를 일입니다."

"당신이 쿨러 대령에게 코흐 씨에 관한 이야기를 했을 때 그는 이미 죽어 있었습니다. 당신이 다녀간 날 밤, 코흐 씨는 누가 부르는 소리를 듣고 잠자리에서 일어나 아래층으로 내려갔는데……."

"그렇다면 나는 의심받을 필요가 없군요. 그 시간에 나는 자혜르 호텔에 있었으니까."

"그러나 그는 일찍 잠자리에 들었습니다. 당신이 찾아온 것 때문에 골치가 아팠던 겁니다. 그가 잠자리에서 일어난 것은 9시 직후였습니다. 그런데 당신이 자혜르 호텔에 돌아온 것은 9시 30분이었습니다. 당신은 9시 30분 이전에 어디에 있었습니까?"

마틴스는 침울하게 대답했다.

"이곳저곳을 돌아다니며 사태를 파악하려 했습니다."

"당신의 행동을 증명할 증거라도 있습니까?"

"없습니다."

나는 그를 놀라게 해주고 싶었으므로 그가 계속 미행당하고 있었다는 사실을 숨기기로 작정했다. 나는 그가 코흐의 목을 자르지 않았다는 것을 알고 있었지만, 그가 진술했던 것만큼 그가 결백한가에 대해서는 단정할 수가 없었다. 칼을 지니고 있는 사람이 언제나 진짜 살인자일 수는 없는 것이다.

"담배 한 개비 주시겠습니까?"

"그렇게 하십시오."

"당신은 내가 코흐 씨 집에 들렀던 사실을 어떻게 아십니까? 나를 이곳으로 끌고 온 것은 코흐 씨에 대한 일 때문이지요?"

마틴스가 물었다.

"오스트리아 경찰이……."

"그들은 나를 알아보지 못했습니다."

"당신이 쿨러 대령의 집을 떠난 직후 대령이 내게 전화를 걸었습니다."

"그렇다면 쿨러는 제외해야겠군요. 만일 그가 관련되었다면 그는 내가 당신에게 이야기하는 것을 원치 않았을 테니까요. 코흐 씨에 관한 이야기를 말입니다."

"대령은 당신이 지각이 있는 사람이라는 것을 알고 당신이 코흐 씨가 죽었다는 것을 알면 곧 내게 그 이야기를 하러 올 것이라고 생각했을 겁니다. 그런데 당신은 코흐 씨가 죽었다는 것을 어떻게 알았습니까?"

마틴스는 신속하게 이야기해주었고 나는 그의 말을 믿었다. 그때부터 나는 그를 완전히 믿기 시작했다. 마틴스가 말했다.

"나는 아직까지도 쿨러가 관련되어 있다고는 믿지 않습니다. 그의 정직성만은 인정합니다. 그는 진정으로 의무감을 느끼고 있는 미국인입니다."

"그렇습니다."

내가 말했다.

"그는 전화상으로 자신이 미국인이라는 점을 밝혔습니다. 뒤늦게 밝힌 점에 대하여 사과를 하더군요. 그는 자신이 미국인이라는 사실 때문에 불리한 상황에 처해 있었다고 전했습니다. 그리고 외국인이라는 이유로 자신이 좀도둑처럼 느껴진다고 했습니다. 사실을 말씀드리자면, 쿨러는 나를 화나게 했습니다. 물론 그의 타이어 거래 관계를 내가 안다는 사실을 쿨러는 모릅니다."

"그러면 그도 암거래에 관여합니까?"

"대단히 심각한 것은 아닙니다만, 그가 2만 5천 달러를 빼돌렸다는 사실은 자신있게 말할 수 있습니다. 하지만 나는 훌륭한 시민이 못 되니까 고발할 생각은 없고, 미국 사람들 일은 미국 사람들에게 맡겨두자는 것입니다."

"빌어먹을……."

마틴스는 생각에 잠겨 말했다.

"해리가 관련된 사건도 그런 종류의 일입니까?"

"아닙니다. 해리가 한 일은 그처럼 순진한 일이 아닙니다."

이 말에 마틴스가 대답했다.

"코흐 씨가 죽은 사건은 내 마음을 흔들어놓았습니다. 해리는 상당히 좋지 않은 사건에 관련되어 있었는지도 모릅니다. 그는 그 일을 깨끗이 청산하려 했을 것입니다. 때문에 그들이 해리를 살해한 것이겠지요."

"그렇지 않다면 아마……."

내가 말을 계속 이었다.

"그들은 훔친 장물의 더 큰 몫을 노렸을지도 모릅니다. 범인들 사이에 알력이 생겨난 것이겠지요."

마틴스가 이번에는 전혀 화를 내지 않고 말했다.

"우리는 이 사건의 동기에 대해선 의견이 일치하지 않지만, 당신의 증거 수집은 훌륭하다는 생각이 듭니다. 지난번 나의 실수에 대해선 미안하게 생각합니다."

"괜찮습니다."

사람들에겐 순간적으로 결심을 내려야 할 경우가 종종 있는데, 이 순간이 바로 그런 경우였다. 그가 제공해준 정보의 대가로 나는 뭔가 답례를 하기 위해 말했다.

"라임의 경우에 대해 당신이 이해할 수 있도록 충분한 사실들을 보여드리겠습니다. 하지만 냉정을 잃지 마십시오. 당신에게 충격적인 일이 될 겁니다."

그것은 충격적인 일이 아닐 수 없었다. 전쟁과 평화(만일 여러분이 그것을 평화라 부를 수만 있다면)는 많은 범죄를 낳게 하지만 이 사건처럼 비열한 범죄를 낳은 적은 없었다. 식료품의 암거래 상인들은 누구에게나 최소한의 식품만을 공급했으며, 그러한 현상은 모든 범죄자들에게도 똑같이 적용되었다. 그래서 그들은 공급이 부족할 때 터무니없이 비싼 가격으로 자신들이 구입한 물품을 일반인들에게 공급했다. 그러나 페니실린 범죄는 전혀 다른 성격을 띠었다.

오스트리아에서는 페니실린이 오직 군대의 병원에만 공급되었다. 민간인 의사나, 심지어 민간인 병원에서조차도 합법적인 방법으로는 그것을 구입할 수 없었다. 페니실린 암거래가 시작되던 초창기에는 비교적 해로움이 적은 편이었다. 군 병원에 종사하는 사람들이 페니실린을 훔쳐다가 오스트리아 의사들에게 아주 고가로 팔아 넘겼다. 페니실린 한 병에 70파운드까지 받았다. 이러한 방법을 분배의 형태라고 말할지 모르나, 이는 부유한 환자에게만 혜택을 주었기 때문에 불공평한 분배의 형태라고 할 수밖에 없었다. 그러나 애초의 유통 방식으로는 공평함을 요구할 수 없었다.

이 암거래는 얼마 동안 매우 순조롭게 진행되었다. 가끔 병원 보조원이 체포되어 처벌을 받았지만, 그러한 위험은 페니실린 가격을 올려놓는 결과만 가져왔을 뿐이었다. 그때부터 암거래는 조직화되기 시작했다. 거물들은 조직 내에서 거금을 벌 수 있다는 것을 알았다. 처음 장물을 훔친 도둑은 적은 액수의 돈을 받았지만, 대신 확고한 안전 보장을 얻어냈다. 때문에 사고가 생겼을 때엔 그는 보호를 받았다.

인간의 본성은 마음으로는 분명히 파악할 수 없는 이상야릇하게 뒤틀린 추리력을 갖고 있는 법이다. 그러한 본성 때문에 대부분의 사람들은 자신들이 마치 고용주를 위해 일하는 것처럼 착각하고 만다. 스스로 봉급 생활자처럼 당당하게 느껴지는 이유가 바로 그것이다. 그들은 집단의 일원이기 때문에 만일 죄가 될 것이 있다면 그 죄과는 지도자들의 것이 된다. 그런 면에서 암거래상의 조직은 전체주의 정당과 흡사한 점이 있다.

여기까지를 나는 종종 2단계라고 불렀다. 3단계가 시작되는 것은 범죄의 조직자들이 그들에게 떨어지는 이익이 만족스럽지 못하다고 판단을 내릴 때부터 시작된다. 페니실린을 합법적으로 구입하는 것이 항상 불가능한 일만은 아니었다. 조직자들은 사업이 잘 되는 동안에 더 빨리 더 많은 돈을 바라게 되었다. 그들은 페니실린에 물감을 들여 농도를 묽게 했으며, 페니실린이 분말인 경우에는 모래를 섞어 분량을 늘렸다. 나는 책상 서랍 속에 그들이 사용하던 페니실린을 모두 수집해놓았으므로 그 견본들을 마틴스에게 일일이 보여주었다. 그는 말을 많이 하지 않았으며 아직도 이야기의 요지를 파악하지 못했다.

"그렇게 하면 약은 무용지물이 되겠군요."

그의 말에 대해 내가 설명했다.

"그런 결과가 사건의 전부라면 우리는 그토록 심각하게 걱정하지는 않을 겁니다. 하지만 생각해보십시오. 페니실린의 약효에 내성이 생길 수도 있습니다. 이런 제품의 사용은 고작해야 특별한 환자에 대한 앞으로의 페니실린 치료를 무익하게 만들 뿐입니다. 만일 당신이 성병에 걸렸다면 어떻게 하시겠습니까? 페니실린이 필요한 부위에 모래를 사용한다면……. 글쎄요, 그것은 위생적인 일은 못 되지요. 사람들은 그렇게 해서 팔다리를 잃고, 결국은 목숨까지도 잃게 되었지요. 그 중에서도 가장 소름끼쳤던 것은 이곳 소아과 병원을 찾아갔을 때의 일이었습니다. 그곳 어린이들의 뇌막염을 치료하는 데 그 같은 페니실린을 사서 사용했던 것입니다. 수많은 어린이가 간단히 죽었고, 또 머리가 돌아버렸지요. 지금도 정신병 요양소에 가면 그 애들을 볼 수 있습니다."

찌푸린 얼굴을 두 손으로 감싼 채 마틴스는 책상 맞은편에 앉아 있었다.

"생각만 해도 끔찍한 일입니다. 그렇지 않습니까?"

내가 말했다.

"하지만 당신은 아직 아무런 증거도 보여주지 않았습니다. 해리가……."

"지금 보여주려는 참입니다. 조용히 앉아서 들어보십시오."

나는 해리에 관한 기록부를 꺼내 읽기 시작했다. 처음에 기록된 증거는 단순한 상황 설명이었으므로 마틴스는 초조해했다. 많은 내용이 지나치도록 우연의 일치를 이루었다. 해리 라임이 어떤 시각에 어떤 장소에 나타났으며, 여러 차례 특정인과 교제했던 상황을 수사관들이 보고한 내용이었다.

"나에게도 현재 똑같은 증거가 적용된다는 말입니까?"

마틴스가 다시 항의했다.

"조금만 기다리십시오."

내가 말했다.

어찌 된 일인지 해리 라임은 부주의해지기 시작했다. 아마도 우리가 그의 행동에 의심을 품었다는 것을 눈치채고 당황했는지도 모른다. 그는 구호단에서 아주 훌륭한 위치를 확보했으므로 그 같은 인물은 쉽게 눈에 띈다는 사실을 알고 당황했는지도 모른다. 우리는 영국 육군병원에 정보원 한 명을 의료보조원으로 잠입시켰다. 그러므로 그즈음 우리에게 정보를 제공해준 중개인의 이름을 알고 있었다. 그러나 그 정보제공자와 직접 접선하는 데는 실패했다. 하여튼 나는 당시 그 많은 과정에서 마틴스를 괴롭혔던 방식으로 독자 여러분을 괴롭힐 생각은 없으므로 줄거리는 대충 생략해두겠다. 우리는 오랜 악전고투 끝에 하빈이라는 중개인의 비밀을 얻어내는 데 성공했으며, 그에게 압력을 가해 마침내 자백을 받아내고 말았다. 경찰이 맡은 이런 종류의 업무는 첩보 업무와 매우 흡사해서 우리는 우리 편에 설 이중간첩을 찾고 있었으며 하빈이 바로 그 역할을 맡은 것이다. 그러나 하빈 역시 우리가 쿠르츠를 알아내는 것 이상의 도움은 되지 않았다.

"쿠르츠라고?"

마틴스가 소리쳤다.

"그런데 왜 당신은 그를 체포하지 않았습니까?"

"체포 행동 개시 시각이 거의 다가오고 있었던 겁니다."

내가 말했다. 쿠르츠까지 알아낸 것은 한 단계 크게 앞선 것이었다. 그것은 쿠르츠가 라임과 직접 연락을 취하고 있었기 때문이었다. 쿠르츠는 국제구호단에 관련된 극히 미미한 직책을 맡고 있었다. 라임은 자신이 궁지에 몰렸을 당시 때때로 쿠르츠와 지면상으로 연락을 했다. 나는 마틴스에게 직접 복사한 편지 한 통을 보여주었다.

"필적을 확인할 수 있겠습니까?"

"해리의 것이로군요."

마틴스는 내용을 끝까지 읽어 내려갔다.

"이상한 점은 찾아볼 수 없군요."

"물론입니다. 하지만 하빈이 쿠르츠에게 보낸 이 편지를 보십시오. 이것은 우리가 구술한 것입니다. 날짜를 보십시오. 문제를 알게 될 겁니다."

마틴스는 두 통의 편지를 두 번씩이나 읽었다.

"내 말 뜻을 알겠습니까?"

세상의 종말이 오고, 비행기가 항로에서 곤두박질하는 장면을 목격한다면 어느 누가 쓸데없는 말을 지껄이고 한가로이 앉아 있을 수 있을 것인가.

20년 전 학교의 복도에서 출발한 자연스러운 우정, 영웅을 숭배하는 마음, 그리고 믿음을 지닌 그 모든 세계가 마틴스의 면전에서 무너지고 있었다. 모든 추억 ― 기다랗게 펼쳐진 잔디밭의 오후, 브릭워드 공원에서의 불법 사냥, 미래에 대한 수많은 꿈, 산책, 해리 라임과 공유했던 모든 경험이 원자폭탄으로 부서져 흩어진 오물처럼 오염되고 말았다.

마틴스는 자기의 손을 내려다보며 아무 말도 하지 않은 채 앉아 있었다. 나는 찬장에서 값비싼 위스키 한 병을 꺼내 두 잔을 가득 따랐다.

"듭시다."

내가 말했다. 그는 환자가 의사의 말을 따르듯 내 말에 순종했다. 나는 한 잔 더 따라 부었다.

마틴스가 천천히 입을 열었다.

"당신은 해리가 진짜 두목이라고 확신합니까?"

"우리가 지금껏 알아낸 바에 의하면……."

"아시다시피 그는 언제나 앞을 보기도 전에 뛰는 경향이 있었습니다."

나는 마틴스가 내린 이러한 진단이 그가 전에 라임에게서 받았던 인상과는 다르다는 것을 알았지만, 구태여 그의 말을 반박하지는 않았다. 그는 위안을 찾고 있었다.

"당신이 하빈에게 억지로 이중간첩 노릇을 시킨 것처럼 누군가가 라임에게 접촉을 한 후 암거래에 관여시킨 것이 아닐까요?"

"그럴 수도 있는 일입니다."

"라임이 체포된 후 모든 것을 털어놓을 때에 대비하여 그를 살해한 겁니다."

"그럴 수도 있습니다."

"그를 죽인 게 잘한 겁니다."

마틴스는 계속해서 말했다.

"나는 해리가 진상을 털어놓는 것보다 살해된 편이 낫다고 생각합니다."

마틴스는 무릎 위에 올려놓은 손으로 먼지를 털어내는 이상한 동작을 했다. 그것은 마치 "그렇게 되었군요"라는 뜻을 나타내는 듯했다. 그러고 나서 마틴스는 말했다.

"나는 영국으로 돌아가겠습니다."

"아직 떠나지 않는 편이 나을 겁니다. 이런 상황에서 빈을 떠나면 오스트리아 경찰이 문제 삼을 겁니다. 아시다시피 쿨러는 책임감이 강하기 때문에 오스트리아 경찰에 전화를 걸 겁니다."

"알겠습니다."

마틴스는 절망적으로 대답했다.

"우리가 제3의 사나이의 정체를 밝혀낼 때엔……."

"그 작자의 자백을 듣고 싶습니다. 개자식, 더러운 자식."

내 말이 채 끝나기도 전에 마틴스가 힘주어 말했다.

11

나와 헤어진 후 마틴스는 바보처럼 술에 취하기 위해 곧바로 술집으로 향했다. 그가 찾아간 곳은 오리엔탈이라는 곳으로 외관을 동양적으로 치장한 음산하고 거무칙칙한 나이트 클럽이었다. 층계 벽에 걸려 있는 사진 액자 속의 여인들은 한결같이 반나체의 모습이었다. 좌석에는 미국인들이 거나하게 술에 취해 앉아 있었다. 손님들이 마시는 술은 불량 포도주이거나 이상야릇한 진들이었다. 이 곳은 유럽의 보잘것없는 수도에 위치한 삼류 유흥업소에 지나지 않을 것이다. 국제순찰대가 예고 없이 들어서자 러시아인 한 명이 들쥐새끼처럼 머리를 움츠리고 층계 쪽으로 달아났다. 미국인들은 태연하게 앉아 있었으며 순찰대원들도 그들에게는 간섭하지 않았다.

마틴스는 계속 술을 마셨다. 여자가 필요했을지도 모르지만 카바레에 소속된 여자들은 모두 집으로 돌아간 지 오래였다. 그곳에는 아름답고 빈틈 없어 보이는 프랑스 여기자 한 사람 외에는 사실상 여자를 구경할 수가 없었다. 그녀는 같이 온 사람에게 무어라 한마디를 던지고 나서 사람들을 경멸하듯 이내 졸기 시작했다.

마틴스는 여러 술집을 전전했다. 맥심의 집에서는 몇 쌍의 연인들이 춤을 추고 있었다. 어딘지 우울해 보이는 춤이었다. 체즈빅토에서는 난방 장치가 작동되지 않았기 때문에 모두들 외투를 걸치고 앉아 칵테일을 마시고 있었다. 바로 이 시각에 스포트라이트가 마틴스의 눈앞을 어른거려 그는 외로움에 휩싸이고 말았다. 그의 마음은 더블린과 암스테르담의 젊은 소녀에게 돌아가 있었다. 자신을 속이지 않는 것이 있다면 그것은 강한 술과 단순한 육체적 행위일 것이다. 그때엔 여자에게서 정조를 바라지 않을 것이다. 마틴스의 생각은 원을 그리고 빙글빙글 맴돌았다. 감상(感傷)에서 관능적인 욕구로, 그리고 신뢰에서 냉소로.

이미 전차 운행이 끝난 지 오래였다. 마틴스는 해리의 여인을 찾아 단호히 발을 내디뎠다. 그녀와 사랑을 맺고 싶었던 것이다. 의미 있고 감상적이지 않은 사랑이었다. 그는 뭔가 난폭한 일을 저지르고 싶은 충동에 사로잡혀 있었다. 호수의 물결처럼 굴곡을 이루고 있는 눈 덮인 길은 어딘지 그의 마음을 비애와 영원한 사랑, 그리고 체념을 향한 새로운 길로 안내하는 듯했다. 방호벽 모퉁이의 눈 속에 들어서자 그는 메스꺼움을 느꼈다.

마틴스가 안나의 방에 이르는 계단을 올라가고 있을 때는 새벽

3시경이었다. 이때는 술도 거의 다 깨고 머릿속엔 그녀에게 해리가 어떤 사람인지 알려야겠다는 생각으로 꽉 차 있었다. 안나가 이 사실을 알게 되면 해리에 대한 옛 추억이 다소라도 사라지게 되고, 이 기회에 그녀와의 관계가 더욱 좋아지리라고 생각되었다. 사랑에 빠지면 여인은 자연히 그 마음을 알게 된다. 목소리의 억양이라든가 손의 감촉으로 마음이 명백히 전해진다.

안나가 문을 열었다. 그녀는 마틴스가 머리칼을 헝클어뜨린 채 문간에 선 것을 보고 놀라는 표정을 지었다. 그러나 마틴스는 그녀가 낯선 사람을 대할 때의 표정을 지었다고는 결코 생각하지 않았다. 마틴스가 말했다.

"안나, 이젠 모든 것을 알아내었소."

"들어오세요. 이 집 사람들을 모두 깨울 작정은 아니시겠지요."

안나는 실내복을 입고 있었다. 긴 의자를 침대로 사용하고 있었다. 침대 위의 시트가 뒤범벅이 된 것으로 짐작컨대 그녀는 잠을 못 이루고 있었던 것이 분명했다.

"그래서요?"

그동안 마틴스는 말을 더듬거리면서 할 말을 찾고 있었다. 그녀가 재차 물었다.

"대체 웬일이죠? 이곳으로 피신해 온 건가요? 경찰이 뒤쫓고 있나요?"

"아닙니다."

"분명히 당신이 코흐 씨를 죽이지 않았나요?"

"물론 죽이지 않았지요."

"몹시 취하셨군요?"

"약간."

마틴스는 뾰로통하게 대답했다. 이야기가 엉뚱한 방향으로 흘러가고 있는 듯했다.

"미안합니다."

그는 화가 난 듯이 덧붙였다.

"뭘요, 저라도 한잔 하고 싶었을 거예요."

마틴스가 말을 받았다.

"영국 경찰관과 함께 있었지요. 그들은 내가 살인을 하지 않았다는 사실을 알고 만족하고 있습니다. 하지만 나는 그들에게서 모든 사실을 알아냈지요. 해리는 암거래에 관계했던 겁니다. 악랄한 암거래였습니다."

그는 절망적으로 말을 이었다.

"해리는 결코 선량한 인간이 아니었습니다. 우리는 모두 잘못 판단하고 있었습니다."

"좀 더 자세히 말씀해주세요."

안나가 말했다. 마틴스는 침대 위에 앉은 그녀에게 이야기를 들려주었다. 그 동안 마틴스의 상체가 타자기로 친 안나의 연극 대본의 첫 페이지가 펼쳐진 식탁 옆에서 약간 흔들리고 있었다. 당시 마틴스는 그녀에게 꽤 장황하게 이야기를 했던 것으로 추측된다. 그의 마음속에 가장 깊숙이 자리잡고 있었던 것은 뇌막염으로 죽은 어린애들과 아직도 정신병원에 남은 어린애들이라고 그는 강조했다. 마틴스가 이야기를 멈추자 그들 사이엔 침묵이 흘렀다. 이윽고 안나가 물었다.

"그것이 전부예요?"

"그렇습니다."

"그 이야기를 들을 때 당신은 술이 깨어 있었나요? 그들이 그 사실을 입증했나요?"

"그렇습니다."

그리고 마틴스는 서글픈 목소리로 덧붙였다.

"결국 해리는 그들이 들려준 그대로였습니다."

"저는 이제 그가 죽은 것이 기뻐요. 감옥에서 몇 년 동안 해리의 체력이 쇠진되어 가는 것은 원치 않아요."

"하지만 해리가, 당신과 나의 해리가 어떻게 그런 범죄에 가담하게 되었는지 이해할 수 있겠습니까?"

마틴스의 절망적인 목소리는 계속 이어졌다.

"나는 해리가 이 세상에는 전혀 존재하지 않고 오직 꿈속에서만 보았던 인물로 느껴집니다. 그는 우리 같은 바보들을 항상 비웃고 있었을까요?"

"그랬을지도 모르지요. 하지만 그것이 무슨 상관이에요? 진정하고 자리에 앉으세요."

그녀가 말했다. 마틴스는 그녀를 위로할 방법을 마음속에 그려왔었다. 그러나 이런 식은 아니었다. 안나가 말했다.

"만일 해리가 살아 있다면 우리에게 설명을 해주었을 거예요. 하지만 우리가 보았던 그대로의 해리를 기억할 수밖에 없지 않아요? 사람에게는 우리가 알지 못하는 일들이 많이 있는 법이에요. 좋은 일이든 나쁜 일이든 말이에요. 그것은 사랑하는 사람에게도 마찬가지예요. 우리는 그것들을 수용할 수 있는 마음의 여유를 지녀야 해요."

"하지만 그 어린애들을 생각해본다면……."

안나가 화난 듯이 말했다.

"제발 사람들을 당신의 상상대로 조작하려 들지 마세요. 그는 어디까지나 해리였어요. 암거래를 하고 나쁜 일을 저질렀던 거예요. 그것이 어쨌다는 거예요? 그는 우리가 알던 그런 인간이었어요."

마틴스가 말을 막았다.

"어처구니없는 명언을 늘어놓고 있군. 내가 당신을 사랑한다는 것을 모르십니까?"

"당신이?"

안나는 놀란 얼굴로 그를 바라보았다.

"그렇습니다. 나는 가짜 약품으로 사람들을 죽이지는 않았습니다. 내 자신이 위대하다고 사람들이 믿게끔 하는 위선자도 아닙니다. 나는 그저 형편없는 작가로서 과음하고 여자들과 사랑을 나누는……."

그녀가 말을 받았다.

"하지만 저는 아직 당신의 눈 색깔조차도 모릅니다. 당신이 지금 당장 전화로 당신의 피부 색깔이 검은지 흰빛인지 또 콧수염을 길렀는지 물어본다 해도 저는 어느 것 하나도 대답할 수 있는 처지가 못 돼요."

"당신은 해리를 잊어버릴 수가 없다는 말입니까?"

"잊을 수가 없어요."

"경찰이 코흐 씨의 살인 사건을 밝혀내는 즉시 나는 빈을 떠날 작정입니다. 쿠르츠가 해리를 살해했든, 아니면 제3의 사나이가 범인이든 이제 아무런 흥미도 없습니다. 누가 그를 살해했든 그것은 정의로운 행위였습니다. 내가 그러한 여건에 처했더라면 나도 해리를 죽였을 겁니다. 하지만 당신은 여전히 그를 사랑합니다. 사기꾼, 살인자를 말입니다."

"저는 단순히 한 사내를 사랑했을 뿐이에요."

그녀가 말했다.

"그 사람의 결점이 더 많이 드러난도 해도 그 사람은 변할 수 없는 거예요. 그는 여전히 같은 사람이니까요."

"당신의 이야기 방식이 마음에 들지 않습니다. 머리가 쪼개지듯 두통이 심한데, 당신은 계속 그를……."

"제가 당신에게 와달라고 부탁한 것은 아니잖아요."

"당신은 나에게 짓궂게 대하고 있습니다."

갑자기 그녀는 크게 웃었다. 그러고는 말을 이었다.

"당신은 아주 익살스러운 분이시로군요. 새벽 3시에 찾아와서 불쑥 사랑한다고 말하고, 그것도 낯선 사람에게 말이에요. 그러고는 화를 내고 싸움을 거는군요. 제가 무엇을 말하고, 어떻게 하기를 기대하시는 거죠?"

"예전에는 당신이 웃는 모습을 본 일이 없습니다. 다시 한번 웃어 보십시오. 웃는 모습이 사랑스럽군요."

"제게는 두 번 웃을 수 있는 여력이 없어요."

122

그녀가 말했다. 마틴스는 그녀의 어깨를 붙들고 가볍게 흔들며 말했다.

"나는 하루 종일 우스운 표정을 지을 수도 있습니다. 물구나무를 서서 나의 두 다리 사이로 당신에게 웃어 보일 수도 있습니다. 책을 통해서 저녁 식사 후의 대담에 관한 여러 이야기를 배워둘 생각입니다."

"창문께로 가까이 가지 마세요. 커튼이 쳐 있지 않으니까요."

"엿볼 사람은 아무도 없어요."

그러나 마틴스는 문득 자기가 한 말을 다시 생각하고 불안감에 사로잡혔다. 조금 전까지 움직이던 그림자가 순간 멈춰버렸기 때문이었다. 달을 가린 채 흘러가던 구름도 멈춰 있었다. 마틴스가 말했다.

"당신은 지금도 해리를 사랑하나요?"

"그래요."

"나도 그럴 겁니다. 아니, 모르겠군요."

그는 그녀의 어깨에 얹었던 손을 떨어뜨리며 말했다.

"이만 돌아겠습니다."

마틴스는 빠른 걸음걸이로 걷고 있었다. 그는 누가 뒤를 밟고 있는지, 조금 전의 그림자가 무엇인지 확인하려고 신경쓰지도 않았다. 그러나 거리의 끝을 지나치면서 우연히 뒤를 돌아다보았다. 저쪽 모퉁이를 막 돌아서는 곳에 뚱뚱하고 땅딸막한 형체가 사람의 눈길을 피하기 위해 담벼락에 바싹 붙어 있었다. 마틴스는 걸음을 멈추고 뚫어지게 노려보았다. 그 사나이의 모습에는 어딘지 낯이

익은 데가 있었다. 아마 그와 지난 24시간 동안 은연중 같은 생활권에 있었거나, 아니면 자신의 행동을 주도면밀하게 조사했던 사람일 것이라고 마틴스는 생각했다. 마틴스는 20미터쯤 떨어진 곳에 서 있는 그 사나이를 응시했다. 경찰의 첩보원일지도 모르며 아니면 그들 일당의 대리인, 처음에 해리를 타락시키고 필경엔 살해했던 대리인일지도 모른다. 아니면 제3의 사나이일 가능성도 있다.

턱의 생김새조차 알아볼 수 없었기 때문에 그 사나이의 얼굴은 낯이 익지가 않았다. 마틴스는 그 사나이의 거동을 전혀 볼 수 없었으므로 그림자로 인한 환상일지도 모른다고 믿기 시작했다. 마틴스는 날카롭게 소리쳤다.

"당신이 원하는 게 뭐죠?"

그러나 상대편에게서는 아무런 응답이 없었다. 마틴스는 조급한 마음에서 다시 한번 소리쳤다.

"대답하시오."

이번엔 응답이 있었다. 그러나 그것은 그의 목소리를 듣고 잠에서 깨어난 누군가가 성급히 창문의 커튼을 걷는 소리였다. 창문에서 흘러 나온 불빛은 좁은 길을 가로질러 해리 라임의 모습을 드러내주었다.

12

"당신은 유령이 있다고 믿습니까?"

마틴스가 나에게 물어왔다.

"당신은 어떻습니까?"

"지금은 믿고 있죠."

"나 역시 술 취한 사람들이 목격했다는 것을 믿고 있습니다. 쥐나 그보다 지독한 것들을 말입니다."

마틴스가 나를 찾아온 것은 당장 할 이야기가 있기 때문이 아니라, 단지 안나 슈미트의 신변에 밀어닥칠 위험 때문이었다. 그는 바닷물에 쓸려버린 물체처럼 자신이 이해하지도 못하는 어떤 사건에 휘말려 텁수룩한 머리와 면도조차 하지 못한 모습으로 나의 사무실을 찾아왔다.

"그것이 만일 얼굴 자체였더라면 걱정하지 않았을 것입니다. 해리에 대해 항상 생각하고 있었기 때문에 낯선 사람을 잘못 보았는지도 모릅니다. 창문의 등불이 이내 다시 꺼져버렸으니까요. 나는 단 한 번 번쩍이는 섬광만을 목격했을 뿐이고, 그 사나이는 이내 저편 길로 도주해버렸습니다. 그가 인간이었을 경우 말입니다. 길게 뻗은 거리에는 모퉁이도 없었습니다. 나는 당황했기 때문에 그가 30미터쯤 달려간 뒤에야 겨우 제정신이 들었습니다. 그는 신문 판매점에 들르는가 싶더니 잠깐 사이에 시야에서 사라지고 말았습니다. 나는 뒤를 좇아 달렸지요. 그 매점에 도착하는 데는 10초 정도밖에 걸리지 않았습니다. 그는 틀림없이 내가 달려가는 소리를 들었을 겁니다. 하지만 이상한 일은 그가 다시 나타나지 않았다는 점입니다. 나는 그 매점에 도착했지요. 아무도 없었습니다. 거리는 텅 비어 있었습니다. 그 사나이는 나의 시선을 벗어나서 출입문을 빠져나올 수는 없었습니다. 결국 간단히 사라져버리고 만 것입니다."

"다른 물체를 유령으로 착각했겠지요. 아니면 환상이었든가."

"하지만 그렇게까지 취하지는 않았습니다."

"그런 다음 무엇을 했습니까?"

"또 한잔 할 수밖에 없었습니다. 온 신경이 산산이 흐트러져 있었으니까요."

"그래, 술을 마시니까 그를 다시 찾아내야 하겠다는 생각이 들던가요?"

"아니오, 그 대신 안나의 집에 갔습니다."

안나 슈미트를 확인하기 위한 시도가 없었더라면 그 같은 우스꽝스러운 이야기를 하려고 나를 찾아오기엔 너무나 수치스러운 일이었을 것이다. 그의 이야기를 듣고 있으면서 나는 누가 그에게 감시인을 붙여놓았을 거라는 생각을 했다. 그 감시인의 얼굴에 해리 라임의 모습이 비쳤던 것은 술과 정신착란증 때문이었을 것이다. 감시인은 마틴스가 안나를 방문한 것을 알아차리고 페니실린 암거래의 한 패거리에게 전화로 그 사실을 통고해주었을 것이다.

그날 밤의 사건은 빠른 속도로 진행되었다. 독자 여러분은 쿠르츠가 러시아 관할 지역에 살고 있었다는 것을 기억하리라 믿는다. 정확하게 말하면 그곳은 제2 지구 안의 넓고 텅 빈 황량한 거리로서 프라터 광장으로 이어진다. 그 같은 처지에 살고 있는 사람이라면 영향력 있는 접촉을 해왔을 것이다. 러시아인이 미국인이나 영국인과 우호적인 관계를 유지하면 치명적인 파멸을 당하지만 오스트리아인들과는 잠정적인 동맹 관계에 있었으므로 별다른 지장이 없었다. 사실 사람들은 어느 경우든 패배하여 쇠퇴해버린 자들의 영향력은 두려워하지 않는 법이다.

독자 여러분은 이 시기의 서방 동맹국들과 러시아 사이의 협동관계가 비록 완전히는 아니지만 실질적으로 깨진 상태였다는 점을 기억해야 한다.

빈의 동맹국들이 서로 맺은 경찰 협정에 따르면 동맹국 요원들을 포함한 범죄자들을 취급하는 헌병들은 다른 동맹국 관할 지역의 출입 허가를 부여받지 않는 한, 그들이 담당하는 지역 내에서만 활동하도록 제한되어 있었다. 이러한 협정은 서방 3개국 간에는 별다른 어려움 없이 이행되었다. 그러므로 범인의 체포나 수사를 수행하기 위해 수사 요원들을 미국이나 프랑스 지역에 보낼 필요가 생기면 나는 사전에 나와 대등한 지위에서 활동하는 그곳 경찰관에게 전화를 걸기만 하면 되었다. 점령 후 처음 6개월 동안에는 이 협정이 러시아와의 사이에서도 잘 지켜졌다. 때문에 그들에게서도 48시간 정도 지나면 출입 허가를 얻을 수 있었으며, 사실상 그보다 신속히 일할 필요도 거의 없었다. 오히려 그들 관할 지역 상급자들에게서 보다 신속하게 용의자를 구속하는 수색 영장이나 출입 허가증을 받아낸다는 일이 어려웠다.

후에 48시간이 1주일이나 2주일로 변했다. 기억으로는 미국인 동료 하나가 우연히 그의 수사 기록부를 들여다보다가 그가 요청했던 것에 승인이 내려지기까지 무려 3개월 이상 걸린 일이 40여 건이나 되는 것을 발견한 사실이 있다. 그때부터 말썽이 생겼다. 우리는 러시아 측의 요구 사항을 거부하거나 응답해주지 않기 시작했고, 그들은 때때로 허락도 받지 않고 우리 지역 내로 헌병들을 들여보냈으며, 따라서 충돌이 일어났다. 이 시기 서방 국가들은 러시아 측에게 신청서를 제출하거나 그들의 요청에 응답해주는 행위를 중지하고 있었다.

어쨌든 안나 슈미트의 경우는 일종의 충돌 사건이었다. 롤로 마틴스가 해리의 유령을 보았다는 말을 전하려고 안나에게 돌아간 것은 새벽 4시였다. 마틴스는 간밤의 사건으로 놀라 아직 잠자리에 들지 못한 수위를 통해 안나가 국제순찰대에 연행되었다는 말을 들었다. 간밤에 일어난 사건은 다음과 같았다.

그때는 마침 내부 도시에 대해서 러시아가 의장을 맡고 있었으며, 러시아가 주도권을 쥐고 있을 때는 불법 행위가 자행되곤 했다. 이번 경우 러시아 헌병은 순찰 도중 동료 중에서 재빠른 경찰 한 명을 차출해 안나 슈미트가 거주하고 있는 거리를 향해 곧바로 차를 몰았던 것이다. 그날 밤의 영국 헌병은 자기 직무를 처음 맡은 사람이라 동료들이 귀띔해주기 전에는 자기들이 러시아 헌병을 태운 채영국 지역에 들어와 있다는 사실을 깨닫지 못했다. 그는 독일어는 약간 할 수 있었으나 프랑스어는 전혀 못했다. 냉소적이며 고집 센파리 출생의 프랑스인 동료는 그에게 설명해주려는 시도조차 포기했다. 그들과 함께 업무를 수행하던 미국 헌병이 말했다.

"나에게는 괜찮은 일이지만 당신에게도 괜찮은 일이오?"

영국 헌병은 러시아 헌병의 어깨를 툭툭 쳤다. 그러자 러시아 헌병은 얼굴을 돌리고 그에게 알아들을 수 없는 러시아어로 욕설을 퍼부었다. 순찰차는 계속 달렸다.

안나 슈미트가 살고 있는 지역에 이르자 미국 헌병이 이 문제에 직접 끼어들었다. 그는 독일어로 용무가 무엇이냐고 물었다. 프랑스 헌병은 엔진 덮개에 상체를 기댄 채 냄새가 지독한 카포랄 담배에 불을 붙였다. 프랑스는 이번 일에 관계가 없었으며, 프랑스와 관계 없는 일은 어느 것도 그에게 중요하지 않았던 것이다. 러시아 헌병은 독일어로 몇 마디 대꾸하고 난 후 몇 장의 서류를 꺼내 보였다. 러시아 경찰의 수배를 받는 러시아인 한 사람이 합법적인 서류 없이 이곳 영국 지역에 산다는 내용이었다. 그들은 층계로 올라갔다. 러시아 헌병이 안나의 방문을 열려고 했지만 빗장이 단단히 걸려 있었다. 러시아 헌병은 어깨로 힘껏 밀어 빗장을 부수어버렸다. 순식간에 벌어진 일이라 안에서 그를 맞이할 준비도 못했다. 안나는 침대에 누워 있었다. 마틴스가 왔다 간 후였기 때문에 아직 잠이 들지는 않았을 것이다.

당사자가 아니라면 이러한 상황 속에서 우스꽝스러운 점을 많이 찾아낼 것이다. 그러나 중부 유럽의 공포적인 분위기, 싸움에서 패배한 측의 아버지, 가택 수색과 살아 있는 사람이 감쪽같이 없어지고 마는 상황들을 종합해서 생각해본다면 웃음보다는 공포심에 짓눌리고 말 것이다.

안나가 옷을 입는 동안 러시아 헌병은 그녀의 방을 떠나려 하지 않았으며, 영국 헌병은 방 안에 머물러 있으려 하지 않았다. 미국 헌병은 보호받지 않은 상태의 그녀를 러시아 헌병과 함께 방 안에 방치해두려 하지 않았다. 프랑스 헌병은 그러한 상황을 우스운 장면으로 생각하고 있었다. 러시아 헌병은 성적인 감정을 전혀 느끼지 않은 채 계속 그녀를 감시하면서 직무를 수행했다. 미국 헌병은 등을 돌리고 기사처럼 서 있었지만 그녀의 행동 하나하나를 의식했으며, 프랑스 헌병은 담배를 피워 문 채 옷장의 거울을 통하여 그녀가 옷을 갈아입는 모습을 초연한 유흥의 기분으로 지켜보았다. 영국 헌병은 통로에 서서 다음에 할 일을 생각했다.

그러므로 영국 헌병이 그 사건에 너무 무관심했다고만은 볼 수 없는 일이다. 그는 비록 기사도 정신에 몰두되어 있지는 않았지만 통로에서 생각할 여유를 가지게 되었다. 그는 이웃 아파트의 전화를 사용해 깊은 수면에 빠져 있는 나를 깨웠다. 때문에 마틴스가 한 시간 후 내 집의 초인종을 울렸을 때 나는 그가 왜 그렇게 흥분해 있었는지를 잘 알았다. 이러한 사실을 알게 되자 마틴스는 나의 능력을 과분하리만큼 믿게 되었다. 그날 밤 이후로 나는 그에게서 경찰관이나 보안관에 관한 험담을 듣지 못했다.

여기에서 경찰의 사건 처리 절차에 관해 한 가지 알아둘 필요가 있다. 국제순찰대가 범인을 체포하면 24시간 동안 본부에 구치시키도록 되어 있다. 그 시간 동안 어느 국가가 그 범인을 인도받을지 결정한다. 이 협약은 주로 러시아 측이 위반하고 있는 실정이다. 우리 측에서 러시아어를 할 수 있는 사람은 거의 없을 뿐만 아니라, 러시아인들의 견해를 듣지 못했기 때문에(자신의 견해를 잘 알지 못하는 언어로 설명하는 것은 음식을 주문할 때처럼 쉬운 일이 아니다) 우리는 러시아 측의 협정 불이행을 계획적이며 악의적인 것으로 간주하기 쉬웠는지도 모른다. 또 러시아인들은 이러한 협정을 분쟁의 여지가 있는 죄인에 한해서만 적용시키는 것으로 생각했는지도 모른다. 하기야 그들이 체포해온 거의 모든 죄수가 분쟁의 상대라는 것은 자명한 일이지만 그들의 마음속에는 어떠한 분쟁도 있을 수 없었다. 그러므로 러시아인들보다 독선적인 관념을 지닌 사람은 아무도 없었다. 러시아인은 자신의 고백에서조차 독선적인 태도를 취했다. 러시아인은 비밀을 폭로하면서도 자신을 변명하지 않았고, 변명할 필요도 느끼지 않았다. 이러한 모든 상황을 사전에 알게 되면 개인이 결정을 내릴 때 분명히 도움이 된다. 나는 스탈링이라는 하사에게 지시를 해두었다.

스탈링 하사가 안나의 방으로 달려갔을 때는 한참 논쟁이 진행 중이었다. 안나는 미국 헌병에게 자신이 오스트리아인 증명서를 지참하고 있으며(그것은 사실이었다), 그 증명서는 합법적(그것은 진실을 과장하고 있었다)인 것이라고 설명했다. 미국 헌병은 러시아 헌병에게 서투른 독일어로 오스트리아 시민을 체포할 권리가 없다고 말했다. 러시아 헌병이 안나에게 증명서를 제시하도록 요구했다. 그녀가 그것을 내보이자 러시아 헌병은 그것을 낚아채버렸다.

"헝가리인이다."

러시아 헌병은 안나를 손가락으로 가리키면서 말했다. 그리고 증명서를 흔들어 보이며 덧붙였다.

"나쁜 사람이야, 악질이야."

미국 헌병은 오브라이언이란 사람이었는데, 그 증명서를 아가씨에게 돌려주라고 소리쳤다. 그러나 그 뜻이 러시아 헌병에게 통할 리가 없었다. 미국 헌병은 총에다 손을 갖다 댔다.

"여보게, 그냥 놔두게나."

옆에서 스탈링 하사가 부드럽게 끼어들었다.

"이 증명서가 합법적인 게 아니라면 우리에겐 조사할 권리가 있네."

"그냥 놔두게나. 본부에서 확인할 수 있을 테니까."

"본부에 가게 될지 누가 안단 말인가? 러시아 운전사들은 믿을 수 없네. 십중팔구 곧장 제2 지구 자기들 구역으로 몰고 갈 걸세."

"그것은 앞으로 두고 볼 문제지."

스탈링이 말했다.

"당신들 영국 사람의 결점은 항복한 자세에서 다시 싸움을 전개할 시기를 전혀 모르고 있다는 점일세."

"아, 그렇군."

스탈링이 대답했다. 그는 필사적으로 양보를 하고 있었지만 입을 다물어야 할 시기가 어느 때라는 것을 알고 있었다.

그들은 안나를 데리고 순찰차로 돌아갔다. 안나는 앞좌석의 두 러시아 헌병 사이에 끼어 앉았는데, 겁이 나서 입도 열지 못했다. 차가 출발하여 어느 정도 달리고 난 후에야 미국 헌병이 러시아 헌병의 어깨를 두드리며 말을 걸었다.

"길을 잘못 들었어. 본부는 저쪽 길일세."

러시아 헌병은 그들을 회유하려는 몸짓을 사용하며 러시아어로 지껄였다. 그러는 중에도 차는 계속 달렸다.

"내가 말한 것이 바로 이 점일세."

오브라이언이 스탈링에게 말했다.

"저들은 아가씨를 러시아 관할 지역으로 끌고 가는 중일세."

안나는 공포에 질린 듯한 표정으로 바람막이 유리를 통해 그들을 처다보았다.

"아가씨, 걱정하지 말아요. 내가 저 녀석들을 해치워버릴 테니까."

오브라이언이 말했다. 그의 손은 다시 권총을 어루만졌다. 스탈링이 말했다.

"여보게, 이것은 영국 지구에서 일어난 사건일세. 자네는 개입하지 말게나."

"자네는 이런 사건을 처음 당해보는 것 같군. 녀석들이 어떤 인간들인지 모르고 하는 소리야."

"사건을 만들어내는 것은 바람직하지 못한 일이야."

"무슨 말을 하고 있나?"

오브라이언이 외쳤다.

"바람직하지 못하다니……. 저런 여자가 보호를 받을 필요가 없다는 말인가?"

미국인의 기사도 정신은 마치 수로(水路)처럼 거침없이 흐르는 듯했다. 나병 환자의 부르튼 종기에다 키스를 하는 미국인 성자라도 나타났단 말인가.

운전사가 갑자기 브레이크를 밟았다. 길 위에 장애물이 있었다. 만일 그들이 내부 도시에 위치한 국제 본부로 향하는 길을 택하지 않았다면 현재의 이 검문소를 지나야 한다는 사실을 나는 알고 있었다. 나는 창문으로 얼굴을 들이밀고 러시아 헌병에게 러시아어로 떠듬떠듬 말했다.

"당신들은 영국 관할 지역에서 무엇을 하고 있지?"

"명령입니다."

러시아 헌병이 투덜거렸다.

"누구의 명령인가? 그 명령서를 보여주게나."

그는 명령서의 서명을 내보였다. 그것은 합법적인 고발장이었다. 내가 말했다.

"이 명령서에는 가짜 증명서를 소지하고 영국 지구에서 사는 헝가리 국적의 전쟁 범죄자를 체포하라고 써 있군. 그 증명서를 좀 보자구."

러시아 헌병은 장황하게 설명을 늘어놓았으나 그의 호주머니에 증명서가 꽂힌 것이 보였으므로 나는 지체없이 그것을 뽑아버렸다. 그는 권총을 움켜잡았고 나는 순간 그의 얼굴을 후려 갈겼다. 구타는 정말 유치한 수단이지만, 러시아 헌병은 장교가 화를 내면 잠자코 구타를 당하는 데 익숙했으므로 그는 이성을 찾았다. 나는 세 명의 영국 헌병이 자동차의 헤드라이트를 향해 다가오는 것을 보며 말했다.

"이 증명서는 매우 합법적인 것 같군. 하지만 이것을 자세히 조사해서 결과를 자네의 대령에게 통보하겠네. 물론 자네의 대령도 도망 범인 인도라는 명목으로 이 여인의 신변을 인도받을 수 있지. 우리가 필요로 하는 것은 다만 그녀의 범죄 행위에 대한 확실한 증거일세. 무조건 러시아인이라고 간주할 수는 없는 일 아닌가."

러시아 헌병은 나를 보고 낄낄 웃었다(나의 러시아어를 아마 반쯤 이해한 듯 보였다). 나는 안나에게 차에서 내리도록 지시했다.

그녀는 러시아인들 틈에 끼어 빠져나올 수가 없었다. 그 때문에 나는 대화를 나누던 러시아 헌병을 먼저 내리도록 한 다음 그의 손에 담배 한 갑을 쥐여주며 말했다.

"맛있게 피우게나."

나는 나머지 헌병들에게 손을 흔들어 보이며 안도의 한숨을 내쉬었다. 이것으로 이 사건은 끝이 났다.

13

마틴스가 안나에게 돌아와보니 그녀가 이미 헌병에게 끌려가 보이지 않았다는 이야기를 들려주는 동안, 나는 여러 가지 생각에 잠겼다. 해리 라임의 환상이 나타났던 것은 너무 술에 취했기 때문이었을 것이라는 생각을 해보았으나 거기에는 어딘지 석연치 않은 점이 있었다. 나는 빈 시의 지도를 두 장 꺼내놓고 서로 견주어보았다. 마틴스가 위스키 잔을 기울이며 침묵을 지키는 동안 나는 조수에게 전화를 걸어 하빈의 거처를 알아냈느냐고 물었다. 그는 하빈이 인접 지구에 사는 가족을 방문하기 위해 1주일 전에 클라겐푸르트를 떠났다는 사실만을 알았다. 사람은 언제나 매사를 스스로 수행하기를 원한다. 그러므로 부하를 질책하는 것은 가급적 삼가야 한다. 나같으면 하빈을 우리 손아귀에서 절대로 벗어나지 못하게 했을 것이라고 확신하지만, 반면에 내 부하들이 피할 수도 있었을 실수를 범했을는지도 모른다.

"좋아, 그를 놓치지 않도록 계속 노력해."

내가 부하에게 말했다.

"정말 죄송합니다, 대령님."

"잊어버려. 있을 수 있는 일이니까."

부하의 젊고 열성에 찬 목소리가 전화선을 타고 들려왔다. 일상적인 직업에 대해 그같이 강렬한 열정을 느낄 수만 있다면……. 직업을 단순히 직업이라고만 생각하기 때문에 사람들은 얼마나 많은 기회와 순간적인 통찰력을 놓치고 마는 것일까.

"대령님, 우리는 해리가 살해되었을 가능성을 너무나 쉽게 배제해버린 모양입니다. 이 사건에는 두어 가지 중요한 점이 있습니다."

"카터, 그 중요한 점들을 종이 위에 써보게나."

"제가 드리는 말씀에 개의치 않으신다면 그렇게 하겠습니다. 우리는 해리의 시체를 파내야만 합니다. 현장에 있던 사람들이 말했던 바로 그 시각에 해리가 죽었다는 확실한 증거는 전혀 없습니다."

"나도 동감이야, 카터. 관계 당국에 의뢰해보게나."

마틴스의 생각이 옳았다. 나는 완전히 바보짓을 하고 말았던 것이다. 그러나 점령 지역에서의 경찰 업무는 국내에서의 업무와는 다를 수밖에 없었다. 모든 것이 생소할 뿐이다. 외국인 동료들의 행동 양식, 증거의 관리, 심지어 조사 절차까지도 그러했다. 사람이 자기의 개인적인 판단을 과신할 때는 감정적이 된다. 나는 라임이 죽자 무한히 해방감을 느꼈던 것이다. 나는 그의 교통 사고에 만족했었다.

"당신은 신문 판매대의 내부를 살펴보았습니까? 그렇지 않으면 판매대의 자물쇠가 걸린 것을 확인이라도 해두었습니까?"

내가 마틴스에게 물었다.

"오, 정확하게 말한다면 그것은 신문 판매대가 아니었습니다. 그것은 어디에서나 볼 수 있는 견고한 철제 광고탑으로 여러 종류의 포스터들이 붙어 있었습니다."

"그 장소를 나에게 안내해주는 편이 낫겠군요."

"안나는 무사합니까?"

"경찰관들이 그녀의 집을 감시하고 있습니다. 그들이 다른 짓은 하지 못할 겁니다."

경찰차를 이용하면 이웃 사람들에게 소란을 피울 것 같아 우리는 전차를 타고 갔다. 여러 번 전차를 갈아 탄 뒤에 그 지역에 도착한 후부터는 직접 걸어 들어갔다. 나는 제복을 입지 않고 있었다. 안나의 납치 기도에 실패한 후 그들이 혹시 망을 보고 있지 않나 하는 의심 때문이었다.

"이곳이 바로 그 모퉁이였습니다."

이같이 말한 후 마틴스는 샛길로 안내했다. 우리는 이윽고 광고탑 앞에서 멈추었다.

"그는 이곳을 돌아간 후 전혀 보이지 않았습니다. 아마 땅 밑으로……."

"무슨 말씀입니까?"

일반 통행인이라면 이 광고탑에 문이 부착되어 있다는 사실을 전혀 모를 것이다. 물론 그 사나이가 사라졌을 때는 어두웠다. 나는 문을 잡아당겨 열어젖히고 땅 밑으로 뻗어 들어간 조그마한 나선형 철제 층계를 마틴스에게 보여주었다.

"아, 그거였군. 내가 환상을 본 게 아니었군."

마틴스가 소리쳤다.

"이것은 중앙 하수도로 통하는 길입니다."

"누구든지 내려갈 수 있나요?"

"물론이지요. 어떤 이유 때문인지 러시아군 측에서는 이 문에 자물쇠를 채우는 것을 반대하고 있습니다."

"이곳으로 내려가면 어디까지 갈 수 있죠?"

"빈 시를 가로지릅니다. 이곳 사람들은 공습 대피용으로 이용합니다. 우리가 체포한 놈들 중에는 이곳에서 2년이나 숨어 살던 놈이 있었죠. 도망자나 탈주병, 도둑도 이곳을 이용합니다. 당신이 가고 싶은 길을 안다면 이와 같은 맨홀이나 출입구를 통하여 시내 어느 곳에서든 다시 나올 수 있을 겁니다. 오스트리아인들은 이곳 하수도를 순찰할 특수 경찰대를 보유해야 합니다."

내가 출입구를 닫으면서 계속 말했다.

"당신의 친구 해리도 그러한 방법으로 사라졌던 것입니다."

"당신은 그 사나이가 진정으로 해리였다고 믿습니까?"

"모든 상황으로 미루어보아 그렇게 생각할 수밖에 없습니다."

"그럼 그 자들은 누구를 매장했을까요?"

"아직 그것까진 모르지만, 그가 묻힌 곳을 다시 파내고 있으니까 조만간 알게 될 것입니다. 하지만 그들이 살해해야 할 만큼 불편했던 인물이 비단 코흐 씨만은 아니었다는 점이 나의 확고부동한 신념입니다."

"정말 충격적인 일입니다."

마틴스가 말했다.

"그렇습니다."

"당신은 이 일을 어떻게 처리하실 계획입니까?"

"아직 확신할 수 없습니다. 러시아군과 결부시키는 것은 좋지 않지만 그가 러시아 관할 지역 안에 숨어 있는 것은 틀림없습니다. 현재 하빈에 대해선 전혀 단서를 잡지 못했습니다. 하빈이 도주해버렸으니까요. 그는 틀림없이 도주한 겁니다. 그렇지 않았다면 그 일당들이 그 같은 허위 변사나 장례식을 연출하지는 않았을 겁니다."

"하지만 코흐 씨가 창문으로 내다보고서도 죽은 사나이의 얼굴을 알아볼 수 없었다는 것은 이상한 일이 아닙니까?"

"그 창문은 현장에서 멀리 떨어져 있습니다. 뿐만 아니라 일당들이 자동차로부터 시체를 끌어냈을 때는 그 얼굴을 알아볼 수 없을 만큼 일그러져 있었을 겁니다."

마틴스는 깊이 생각에 잠기며 말했다.

"해리와 안나 이야기를 하고 싶군요. 아시다시피 단순하게 믿을 수 없는 문제점들이 너무나 많습니다."

"해리와 이야기를 나눌 수 있는 사람은 오직 당신뿐이라고 봅니다. 하지만 당신은 이 사건에 대해서 너무나 여러 방면으로 알고 있기 때문에 그를 만나려고 시도한다는 것은 목숨을 건 모험이라 할 수 있습니다."

"나는 아직도 믿을 수가 없습니다. 나는 단지 잠시 동안 얼굴만 보았을 뿐입니다. 내가 무엇을 어떻게 해야 될까요?"

"해리는 러시아 지구를 떠나지 않을 겁니다. 때문에 자기의 여자를 그곳으로 데려가려고 했던 것입니다. 그녀를 사랑해서 그랬는지 아니면 불안해서 그랬는지 나로서는 짐작하기 어렵군요. 내가 아는 것은 그를 설득시켜서 이편으로 넘어오게 할 수 있는 사람은 안나 아니면 당신밖에 없다는 겁니다. 그가 아직도 당신을 친구로 믿고 있다면 말입니다. 당신이 먼저 그를 만나서 이야기를 나누는 것이 순서입니다. 연락할 방법을 찾는 것이 우선 급선무입니다."

"쿠르츠를 찾아가 만나보겠습니다. 주소를 알고 있으니까요."

"명심하십시오. 당신이 일단 그곳에 가면 라임이 당신을 러시아 지구에서 떠나지 못하게 방해할지도 모릅니다. 러시아 지구에서는 내가 당신을 보호할 수 없다는 사실을 기억하시기 바랍니다."

이 말에 마틴스가 대답했다.

"나는 저주스러운 일들을 모두 깨끗이 해결하고 싶을 따름입니다. 하지만 어떤 미끼를 써서 꾀어낼 생각은 없습니다. 그와 이야기를 나눌 생각입니다. 그것이 전부입니다."

14

겉으로 볼 때 일요일의 빈에는 평화가 감돌고 있었다. 바람은 멈추었고 24시간 동안 눈도 내리지 않았다. 아침 나절의 전차는 모두 그해에 만든 새 포도주를 마시는 그린칭과 구릉 위의 눈덮인 기슭으로 나가는 사람들로 만원을 이루었다. 마틴스는 임시로 가설된 군용 다리를 이용해 운하를 건너가면서 텅 빈 오후를 의식했다. 젊은이들은 터보건 썰매나 스키를 들고 나가버렸기 때문에 그의 주위엔 점심을 끝낸 후 낮잠을 즐기는 노인네들뿐이었다. 마틴스는 길가의 게시판을 보고 자신이 러시아 지구에 들어섰다는 것을 알았지만 별다른 특징이 눈에 띄지는 않았다. 다만 다른 것이 있다면 중앙 지대에서보다 러시아 병사들이 자주 왕래한다는 것뿐이었다.

마틴스는 쿠르츠에게 일부러 자신의 방문을 알리지 않았다. 쿠르츠가 자신을 맞이할 준비를 하기 전에 만나는 것이 낫다고 생각한 때문이었다. 마틴스는 모든 증명서를 신중히 간수했다. 그중에는 빈의 전 지역을 자유롭게 통행할 수 있도록 허용된 4개국의 관할 지역 통행증도 포함되어 있었다. 운하를 건너 이쪽으로 들어서자 주위는 이상할 만큼 조용했다. 몹시 감상적인 한 신문 기자가 이곳을 공포에 싸인 조용한 지역으로 묘사해놓은 일이 있었다. 그러나 사실 이 지역에 들어서면 보다 넓은 거리, 포탄으로 인한 더 큰 파괴, 소수의 사람들, 그리고 일요일의 오후가 있을 뿐이었다. 이곳에는 공포를 느낄 만한 아무런 요소도 없었다. 그럼에도 불구하고 자신의 발소리를 언제나 들을 수 있는 이 거대한 텅 빈 거리에서 뒤를 돌아보지 않을 수가 없다.

마틴스는 어렵지 않게 쿠르츠가 살고 있는 지역을 찾을 수 있었다. 그가 초인종을 누르자 쿠르츠가 마치 그를 기다리고 있었던 것처럼 재빨리 문을 열어주었다.

"오, 당신이었군요. 마틴스 씨."

그는 뒤통수를 만지며 당황한 표정을 지었다. 마틴스는 처음에 그 사람이 왜 그토록 달라 보였는지 의아했으나 비로소 알게 되었다. 쿠르츠는 가발을 쓰지 않았다. 그런데 그는 대머리가 아니었다. 머리를 짧게 깎은 매우 정상적인 머리의 사내였다. 쿠르츠가 입을 열었다.

"미리 전화를 주셨더라면 더욱 좋았을 뻔했습니다. 하마터면 만나지 못할 뻔했군요. 지금 막 외출하려던 참이었거든요."

"잠깐 들어가도 될까요?"

"물론이죠."

그가 대답했다. 홀 안의 찬장 문은 열린 채였다. 쿠르츠의 외투, 비옷, 두 개의 중절모자, 그리고 옷걸이에 덮개처럼 걸린 그의 가발이 보였다.

"당신의 머리가 자란 것을 보니 반갑군요."

마틴스가 말했다. 찬장 문에 달린 거울 속에서 쿠르츠가 얼굴을 붉히며 몹시 증오스러운 표정을 짓는 것을 보고 마틴스는 섬뜩함을 느꼈다. 그가 뒤돌아서자 쿠르츠는 상냥한 미소를 띠며 모호한 태도로 말했다.

"가발을 쓰면 머리가 따뜻해집니다."

"누구의 머리가 말입니까?"

마틴스가 물었다. 그렇게 물어본 이유는 살인 사건이 발생한 날 그 가발이 얼마나 유용하게 사용되었을까 하는 생각이 불현듯 머리에 떠올랐기 때문이다.

"신경쓰지 마십시오."

마틴스가 재빨리 말했다. 그의 여행 목적은 쿠르츠와 관련된 것이 아니었기 때문이다.

"나는 해리를 만나기 위해 이곳을 찾아왔습니다."

"해리라고요?"

"그와 이야기를 나누고 싶습니다."

"당신 미쳤소?"

"급합니다. 내가 미쳤다고 칩시다. 그것을 그대로 전해주시오. 해리나 그의 유령을 만나거든 내가 만나 이야기를 나누고 싶어 한다고 전해주십시오. 유령은 인간을 두려워하지 않을 테니까 그쪽에서 나를 만나고 싶어 할 겁니다. 프라터 공원의 대관람차 옆에서 앞으로 두 시간 동안 기다리겠습니다. 당신이 말하는 그 죽은 자와 연락이 가능하다면 빨리 전해주시오."

그러고 나서 마틴스는 덧붙였다.

"내가 해리의 친구라는 점을 명심해주시오."

쿠르츠는 아무 말도 하지 않았다. 그러나 그때 통로에 붙은 어느 방에서 누군가 기침을 하는 소리가 들려왔다. 마틴스는 문을 열어 젖혔다. 죽은 자가 다시 일어나는 것을 볼 수 있으리라 기대했지만 그의 눈에 들어온 것은 닥터 윈클러였다. 의사는 주방 난로 앞에 놓인 의자에서 일어나 아주 딱딱한 자세로 인사를 했다. 그가 입은 셀룰로이드의 삐걱거리는 소리가 예전과 조금도 다르지 않았다.

"닥터 윈클!"

마틴스가 소리쳤다. 닥터 윈클러의 모습은 주방과 놀라울 정도로 어울리지 않았다. 식탁 위에 흩어진 먹다 남은 찌꺼기와 씻지 않은 접시가 닥터 윈클러의 청결성과는 전혀 조화되지 않았다.

"나는 윈클러요."

의사는 냉혹한 인내심으로 마틴스의 말을 수정해주었다.

마틴스는 쿠르츠를 향해 말했다.

"저 의사에게 나의 광증을 알려주시오. 아마 진단을 내릴 수 있을 겁니다. 그리고 대관람차 옆이라고 한 것 잊지 마시오. 그런데 유령 들은 밤에만 나올 수 있는 것이오?"

그는 쿠르츠의 아파트를 떠났다.

마틴스는 추위를 이겨내기 위해 대관람차 구역 내를 이리저리 거 닐면서 한 시간 동안을 기다렸다. 부서진 프라터 공원은 눈 내린 공 간에 뼈대를 볼품없이 길게 내뻗은 채 거의 텅 비어 있었다. 한 상점 에서 관람차처럼 생긴 얇고 납작한 과자를 팔았고, 어린애들이 식 료품 교환권을 들고 줄을 지어 서 있었다. 몇 쌍의 연인들이 허니문 카에 올라타자 그것은 여러 좌석을 그대로 비워둔 채 도시 위를 천 천히 돌았다. 연인이 앉은 각각의 좌석이 그 허니문카의 가장 높은 곳에 다다르면 회전은 2분 동안 정지되고, 까마득하게 높은 상공에 서의 연인들 얼굴은 유리 창문에 일그러진 채 드러나 보였다. 마틴 스는 대체 누가 나타날 것인가 궁금하게 생각하며 기다렸다. 혼자 찾아올 수 있는 우정이 아직도 해리에게 남아 있을까? 아니면 한 떼 의 경찰관들이 달려올 것인가?

안나 슈미트의 집을 습격한 것을 보더라도 경찰 당국과 긴밀한 연락이 있다는 것은 틀림없는 사실이다. 그러나 손목시계의 바늘이 약속 시간을 지나쳐버리자, 마틴스는 이 모든 상황이 단순히 자기 마음속에서 빚어진 환상이었다고 생각해보았다. 지금쯤은 경찰이 중앙 공동 묘지에서 해리의 시체를 파고 있을지도 모른다.

그때 과자를 파는 가게 뒤 저편에서 휘파람 소리가 들려왔다. 마 틴스가 전에 들어본 곡이었다. 그는 소리 나는 쪽을 향해 돌아서서 기다렸다. 그의 심장을 이처럼 뛰게 만든 것은 공포일까, 흥분일까? 아니면 그 곡조가 안내해준 추억일까? 지금처럼 해리가 다가올 때에는 언제나 생기가 돌곤 했다. 해리는 아무런 일도 없었던 것처럼 다가왔다. 아무도 무덤 속에 묻히지 않았고, 지하실에서 목이 잘린 채 발견된 일도 없었던 것 같았다. 그는 상대방이 자기를 받아들이든 받아들이지 않든 상관하지 않는 즐거운 태도로 다가왔다.

"해리!"

"어어, 롤로."

해리 라임은 부드러운 악당이 아니었다.

나의 기록부에는 잘 찍힌 해리의 사진이 붙어 있었다. 그것은 거리의 사진사가 찍은 것으로, 두 다리는 땅딸막하고 어깨는 약간 구부러진 모습이었다. 배는 오랫동안 아주 좋은 음식에 만족해왔을 것으로 추측되었다. 뿐만 아니라 즐거움에 가득 찬 악당 근성, 다정다감, 그리고 매일 매일 행복하게 지내는 듯한 낙천주의가 표정에 역력히 나타나 있었다. 해리는 손을 내미는 따위의 서투른 실수는 저지르지 않았다. 자칫하면 상대방에게 거절당할 가능성도 있기 때문이었다. 그 대신 그는 마틴스의 팔꿈치를 툭툭 치면서 말했다.

"잘 지내고 있었나?"

"해리, 우리 단둘이 이야기를 나누어야 될 사항일세."

"물론이지."

"자네 혼자인가?"

"단둘이라면 이곳보다 적합한 곳은 아무 데도 없네."

해리는 언제나 요령을 잘 부렸으며, 이곳 부서진 유원지 안에서

조차도 그 점은 마찬가지였다. 해리가 허니문카를 담당하는 여인에게 팁을 쥐어주었고, 그들은 단둘이 허니문카 한 칸을 사용할 수 있게 되었다. 해리가 입을 열었다.

"옛 연인들은 이런 곳에서 즐거운 시간을 보내곤 했지. 하지만 지금은 인생을 즐길 돈이 없는 것일세. 가련한 사람들이야."

해리는 흔들거리며 올라가는 허니문카의 창문을 통해 점점 작아져가는 발 밑의 사람들을 내려다보았다. 그의 얼굴에는 진정으로 동정하는 듯한 표정이 역력히 드러났다.

그들의 한쪽에서는 도시가 매우 느린 속도로 가라앉았고, 반대편에서는 허니문카의 교차된 거더*들이 시야에 들어왔다. 수평선이 흘러가듯 다뉴브 강이 흐르는 것이 보였으며, '프리드리히 황제 다리'의 교각들이 도시의 집들 위로 솟아 있었다.

"롤로, 자네를 만나니 정말 반갑군."

해리가 말했다.

"나는 자네의 장례식에 갔었지."

"장례식은 굉장히 멋졌지, 그렇지 않던가?"

"자네의 여자에겐 멋있다고야 할 수 없지 않나. 그녀 역시 그곳에 있었네만, 울고 있더군."

"그녀는 선량하고 귀여운 여자야. 난 아주 좋아한다네."

해리가 말했다.

"경찰 측에서 자네 이야기를 들었을 때 도저히 그들의 말을 믿을

---

* 수직선의 하중(荷重)을 받쳐주는 강철이나 목재로 된 가로형의 대들보.

수가 없었네."

해리가 재빨리 그의 말을 받았다.

"당시 벌어지고 있는 상황을 알았더라면 자네를 부르지 않았을 걸세. 하지만 경찰이 나에 대해 그토록 자세히 알고 있을 줄은 미처 몰랐네."

"나를 그 암거래에 관여시킬 생각이었나?"

"지금껏 어떤 문제에서나 자네를 제외시킨 적이 한 번도 없네."

해리는 흔들거리며 올라가는 창문에 등을 대고 선 채 마틴스를 돌아보며 웃음을 지어 보였다. 그것을 보자 롤로 마틴스는 학교 운동장의 외진 구석에서 "나는 밤에 빠져나갈 수 있는 길을 알고 있지. 그곳은 아주 안전한 곳이야. 내가 함께 데리고 갈 사람은 오직 너뿐이야"라고 말하던 해리의 옛 모습이 떠올랐다. 롤로 마틴스는 처음으로 아무런 감회 없이 해리와의 지난 세월을 회상하며, 해리가 전혀 늙지 않았다고 생각했다. 피터팬이 언제까지나 아이와 같은 어른이었던 것처럼, 악은 영원한 젊음이라는 가공할 만하고 소름끼치는 타고난 기질을 지닌 모양이었다.

마틴스가 입을 열었다.

"자네는 소아과 병원에 가본 일이 있나? 자네로 인한 어린 희생자들을 만나본 일이 있나?"

해리는 장난감처럼 보이는 발 밑의 세계를 내려다본 후 문 쪽에서 물러서며 말했다.

"이렇게 높은 곳에 올라오면 아주 불안한 생각이 들거든."

해리는 문에다 손을 갖다 대었다. 그것은 마치 갑자기 문이 열리면 저 아래로 떨어져버리지나 않을까 하는 두려움 때문에 취한 동작 같았다.

"희생자들이라구?"

해리가 물었다.

"너무 감상적으로 굴지 말게나, 롤로. 이곳을 내려다보게."

그는 창가에 서서 허니문카 밑으로 보이는 검은 파리 떼처럼 움직이는 사람들을 가리키며 말을 이었다.

"자네는 저 점들 중 어느 하나가 동작을 멈춘다면, 영원히 멈춘다면 진정으로 동정심을 느낄 셈인가? 동작을 멈추는 점 한 개당 2만 파운드씩을 벌 수 있다고 해도 자네는 아무런 망설임도 없이 돈을 갖지 않겠다고 말할 수 있겠는가? 아니면 얼마나 많은 점을 보유할 수 있을까 하고 계산해보겠는가? 소득세도 없는 돈일세, 이 친구야. 소득세도 없는 돈이라구."

그는 소년 같은 음모자의 웃음을 지었다.

"그것이 바로 오늘날 돈을 벌 수 있는 유일한 방법일세."

"자네는 타이어에는 손댈 수 없었는가?"

"쿨러처럼? 아니야, 나는 언제나 야심이 많았지."

"이제 자네는 끝장이야. 경찰이 모든 것을 알아냈다네."

"롤로, 하지만 그들은 나를 체포할 수 없어. 나는 또다시 불쑥 나타날 거야. 자넨 좋은 친구의 감정을 억누를 수는 없을 걸세."

그들이 탄 허니문카의 칸막이가 회전의 정점에서 정지된 채 흔들거리자, 해리는 몸을 돌려 창밖을 응시했다. 마틴스는 한 번만 떠밀면 유리를 깨뜨릴 수 있을 것이라고 생각했다. 그러자 해리의 육체가 마치 한 조각의 오물처럼 거더 사이로 나가 떨어져 저 아래 파리 떼 속에 부딪치는 모습이 그려졌다.

마틴스가 말했다.

"경찰이 자네의 시체를 파내려고 계획 중일세. 그들이 무엇을 찾아낼까?"

"하빈이지."

해리는 담담하게 대답했다.

그는 창문에서 몸을 돌리며 덧붙였다.

"저 하늘을 바라보게나."

그들이 타고 있는 칸은 허니문카의 꼭대기에 이르러 그대로 움직이지 않은 채 매달려 있었다. 시커먼 거더 저 너머로 붉게 물든 저녁 노을이 구겨진 종이 같은 하늘에 수많은 줄을 그어놓았다.

"러시아인들은 어째서 안나 슈미트를 연행하려고 했나?"

"안나는 불법 서류를 가지고 있었지."

"그들에게 누가 밀고했나?"

"롤로, 이 지역에서 사는 데 대한 대가일세. 나는 그들에게 때때로 정보를 제공해주어야 하네."

"나는 자네가 안나를 이곳으로 데려오려고 노력하지 않았나 생각했네. 그녀가 자네의 여자였기 때문인가? 아니면 자네에게 그녀가 필요하기 때문이었나?"

그 말에 해리는 웃어 보였다.

"내겐 러시아 헌병을 그런 식으로 움직일 만한 힘이 없다네."

"그녀에게 어떤 일이 생겼으리라 생각하나?"

"그리 심각한 일은 아니었을 걸세. 그녀는 헝가리에 보내졌어야 했지. 사실 그녀에게 불리한 것은 아무것도 없네. 한 1년 정도 노동 수용소에서 일하면 되겠지. 영국 경찰에게 학대당하는 것보다는 고국으로 돌아가는 편이 더 나을 걸세."

"안나는 경찰에게 자네의 말을 전혀 하지 않았다네."

"좋은 여자지."

해리는 만족과 자부심을 가지고 되풀이하여 말했다.

"그녀는 자네를 사랑하고 있더군."

"사랑이 계속되는 동안 나는 그녀를 즐겁게 해주었으니까."

"그리고 나도 그녀를 사랑하고 있네."

"여보게, 그거 좋은 일이군. 그녀에게 친절히 대해주게나. 그녀는 사랑을 받을 만한 가치가 있는 여자야. 자네가 그녀를 사랑하다니 정말 기쁜 일이군."

해리는 모든 사람이 만족을 느낄 수 있도록 모든 일을 조정해주는 듯한 인상을 풍겼다.

"그렇다면 그녀가 입을 다물고 있도록 도와주게나. 사실상 안나는 이 문제에 대해서는 아무것도 모르니까."

"나는 지금 이 창문 밖으로 자네를 차버리고 싶은 기분이네."

"하지만 자네는 그렇게는 할 수 없을걸. 우리 사이의 언쟁은 결코 오래 가지 않을 걸세. 이 사람아, 모나코에서 우리가 절교한다고 맹세했던 그 끔찍한 언쟁을 기억해보게나. 롤로, 나는 어느 곳에서나 자네를 믿네. 쿠르츠는 자네와 만나지 말라고 나를 설득했지만 나는 자네를 잘 알기 때문에 그의 권유를 뿌리쳤지. 그랬더니 그 작자는 나에게 사고를 저지르도록 설득하더군. 그래, 이 허니문카 안에서 자네를 해치우는 것이 쉽다는 거야."

"내가 자네보다 힘이 없을 경우에 가능한 일이겠지."

"하지만 나는 권총을 가지고 있거든. 자네가 저 땅바닥에 떨어졌을 때 탄환으로 생긴 상처가 보이리라고는 생각하지 않겠지?"

허니문카가 다시 움직이기 시작했다. 그들이 탄 칸이 밑으로 천천히 내려가자 파리들이 난쟁이가 되고 마침내는 인간으로 변했다.

"롤로, 내가 자네에게 그런 짓을 하고, 자네가 나에게 그런 짓을 할 것처럼 말하다니 우리는 너무나 바보들이군."

해리는 뒤로 돌아서서 유리창에 얼굴을 갖다 대었다. 한 번만 밀면…… 마틴스가 생각했다.

"자네는 서부극을 써서 1년에 얼마쯤 버나?"

"천 파운드 정도 되지."

"세금 제하기 전의 액수겠지. 나는 세금이라곤 한 푼도 내지 않고 3만 파운드를 버네. 그것이 요즘의 세상 형편이란 말일세. 여보게, 최근에 인간의 생명이라는 관점에서 생각하는 사람은 아무도 없다네. 정부에서도 생각지 않는데 우리가 무슨 이유로 생각해야 하나? 정부는 국민이 어떻고, 무산 계급이 어떻고 하지만 나는 얼간이들 같은 짓이라고 생각하네. 결국은 말장난일세. 그들은 나름대로 5개년 계획을 세우지만 나는 내 계획을 세우는 것일세."

"자네는 가톨릭 신자였지 않나."

"오, 지금도 나는 가톨릭 신자지. 신과 자비와 모든 것을 믿네. 나는 내가 하고 있는 일로 어떤 사람의 영혼도 해치고 싶지 않거든. 죽은 사람들은 행복한 죽음을 맞았지. 그들은 이곳 지상의 생활을 그리워하지 않을 거야. 불쌍한 사람들이지."

그들이 탄 칸이 플랫폼에 도착하자, 일요일의 즐거움을 찾으려는 피곤한 얼굴들, 해리의 희생자가 되도록 운명지어진 사람의 얼굴들이 마틴스와 해리 두 사람을 뚫어지게 넘겨다보았다. 그러나 해리는 진정으로 동정을 느끼는 듯한 이상야릇한 표정을 지으며 덧붙였다.

"자네를 우리 편에 끌어들였으면 좋겠네. 자네에게 유익한 일이될 걸세. 나는 내부 도시에 아무도 남겨두지 않았으니까 말일세."

"쿨러를 제외하고? 윈클러는?"

"자네는 정말로 경찰 측에 가담해서는 안 되네."

그들은 허니문카에서 빠져나왔다. 해리는 다시 마틴스의 팔꿈치를 쿡 찔렀다.

"그건 농담일세. 하지만 자네가 경찰 측에 가담하리라고는 믿지 않네. 최근에 옛날 친구인 브레이서한테서 무슨 소식이라도 들은일이 있나?"

"크리스마스 때 카드를 받았지."

"여보게, 그 시절이 좋았어. 정말 즐거운 시절이었어. 그럼 여기서 헤어져야겠네. 가끔 만나세. 자네가 곤경에 빠지면 쿠르츠의 집에서 언제나 나를 만날 수 있을 걸세."

해리는 저쪽으로 걸어갔다. 그러다가 돌아서서 손을 흔들었다. 그 모습은 마치 구름 저쪽으로 모든 과거가 흘러가버리는 것 같았다. 마틴스는 갑자기 그를 향해 소리쳤다.

"해리, 나를 믿지 말게."

그러나 그들 사이의 거리가 너무 멀어서 그 말이 해리한테는 들리지 않았다.

15

"안나는 그날 낮 공연을 위해서 극장에 나와 있었습니다."

마틴스가 나에게 말했다.

"나는 그 지루한 희극을 두 번씩이나 보아야 했지요. 중년 작곡가와 그에게 매혹당한 소녀, 그리고 이해심이 아주 많은 부인에 관한 내용이었습니다. 안나의 연기는 매우 서툴렀지요. 그녀의 전성기는 이미 지났습니다. 나는 분장실에서 그녀를 보았습니다. 하지만 처음에 그녀는 나를 아주 골칫거리로 받아들였습니다. 내가 그녀에게 항상 지분거린다고 생각하고, 나와의 접촉을 피하는 것 같았습니다. 나는 해리가 살아 있다고 말해주었지요. 그녀가 기뻐할 줄 알았고, 그녀가 기뻐하는 모습을 보면 나의 마음은 심히 언짢으리라고 여겼습니다. 하지만 그녀는 분장 거울 앞에 앉아 눈물을 흘렸습니다. 나는 후에 그녀가 기뻐하기를 바랐습니다. 하지만 그녀는 불쾌한 듯 보였고, 나는 그러한 그녀를 사랑했습니다. 해리와 나눈 대화 내용을 들려주었지만, 그녀는 진정 깊은 관심을 보이지 않았습니다. 내가 이야기를 끝내자 그녀는 '그가 죽기를 바랐어요'라고 말하더군요."

"그는 죽었어야 마땅했지요."

마틴스의 이야기를 듣고 있던 내가 말했다. 그리고 마틴스에게 다시 물었다.

"당신에게 준 사진들을 그녀에게 보여주었나요? 애들의 사진 말입니다."

"그렇습니다. 나는 그들이 이 시간에 치료를 받거나 죽어가고 있다고 생각했습니다. 그녀는 자기의 의식 속에서 해리를 추방하고 있었습니다. 나는 어린애들의 사진을 분장용 기름병들 사이에 세워놓았지요. 때문에 그녀는 그 사진들을 피할 수가 없었습니다. 나는 그녀에게 말했지요. '경찰은 해리가 우리 지역으로 들어오지 않는 한 그를 체포할 수 없다고 하더군요. 그러므로 우리가 경찰을 도와주어야 합니다.' 그렇게 말했더니 그녀가 대답하더군요. '해리는 당신의 친구였지 않아요?' 내가 그렇다고 대답했더니 그녀는 다음과 같이 덧붙였습니다. '저는 당신이 해리를 붙잡도록 도와주지 않겠어요. 저는 그 사람을 다시 만나거나 그 사람의 목소리를 듣기도 싫습니다. 그가 저의 몸에 손 대는 것을 바라지 않지만, 그를 해치는 일은 하지 않겠어요.' 나는 괴로웠습니다. 정확히는 알 수 없지만 아마 그녀를 위해 결국 아무것도 해주지 못했기 때문이었을 겁니다. 해리조차도 그녀를 위해서 나보다는 많은 것을 해주었으니까요. 나는 그녀가 지은 죄를 비난이라도 하듯 그녀에게 말했습니다. '당신은 지금도 그를 원하고 있군요?' 그 말에 그녀는 이렇게 대답하더군요. '저는 그를 원하진 않지만, 그는 저의 가슴속에 들어와 있어요. 그건 사실입니다. 친구로서가 아니에요. 제가 사랑을 나누는 꿈을 꿀 때 상대방 남자는 언제나 그였거든요.'"

나는 마틴스가 망설일 때마다 "그래서요?"라고 재촉했다.

"오, 그러고 나서 나는 자리에서 일어나 그녀를 남겨두고 그곳에서 나와버렸지요. 이번에는 당신이 나에게 일을 시킬 차례입니다. 무슨 일을 해야 하지요?"

마틴스가 내게 물었다.

"신속하게 행동해주셨으면 합니다. 아시다시피 그 관 속에는 하빈의 시체가 들어 있었습니다. 때문에 우리는 당장이라도 윈클러나 쿨러를 체포할 수 있습니다. 쿠르츠는 현재 우리 손이 닿지 않는 곳에 있고, 운전사도 마찬가지입니다. 우리는 쿠르츠와 라임을 체포할 수 있게 러시아 측에 공식적인 허가 신청을 낼 것입니다. 이것은 우리의 수사 기록을 정리하는 결과가 됩니다. 당신을 우리의 미끼로 사용하려면 우선 당신의 메시지가 곧바로 라임에게 전달되어야 합니다. 당신이 이 지역에서 24시간 동안 서성거리고 난 이후에는 이미 때가 늦습니다. 당신이 해리를 만난 사실을 알기 때문에 당신은 내부 도시로 돌아온 즉시 엄중한 심문을 받기 위해 이곳에 불려온 것입니다. 당신은 나에게서 하빈에 관한 이야기를 듣고 이쪽저쪽 이야기를 종합하여 생각해본 후 쿨러를 찾아가 그에게 위험을 경고해주는 것입니다. 우리는 더 큰 사냥을 위해 쿨러를 슬그머니 놓아주는 겁니다. 우리는 아직 그가 페니실린 범죄 사건에 관련되어 있다는 아무런 증거도 확보하지 못했습니다. 쿨러는 쿠르츠가 있는 제2 지구로 도망갈 것이고, 라임은 당신이 훌륭히 행동했다는 것을 알게 될 겁니다. 세 시간 후 당신은 쿨러를 찾아가 당신이 경찰에 쫓기고 있다는 메시지를 전해주는 것이죠. 당신은 숨어 있다가 쿨러를 만나는 겁니다."

"해리는 오지 않을 겁니다."

마틴스가 말했다.

"나는 그렇게 생각하지 않습니다. 우리는 우리가 숨을 장소를 조심스럽게 선택하겠습니다. 해리가 판단하기에 위험이 가장 적겠다고 생각되는 장소로 정하겠습니다. 한번 시도해볼 만한 일이죠. 해리가 당신을 구출해낼 수 있다고 생각한다면 이번 일은 그의 자부심과 유머 감각을 자극시킬 만한 일이 될 겁니다. 그것을 계기로 그는 당신의 입을 봉할 수도 있다고 생각할 겁니다."

"그는 학교 시절에도 결코 나를 구출해내지 않았습니다."

마틴스가 대답했다. 그가 지난 과거를 신중히 회상하고 결론적으로 판단한 것이 틀림없어 보였다. 나는 말했다.

"이 일은 그렇게 심각한 어려움도 없고, 당신이 배반했다 해서 커다란 위험도 따르지 않습니다."

"나도 해리에게 나를 믿지 말라고 말했지만 그는 내 말을 듣지 못했습니다."

"이번 일에 찬동하십니까?"

마틴스가 나에게 어린애들의 사진을 돌려주었고, 나는 그것들을 내 책상 위에 올려놓았다. 그는 사진들을 오랫동안 바라보았다.

"알겠습니다. 찬성하겠습니다."

그가 대답했다.

16

첫 번째의 모든 준비는 계획에 따라 진행되었다. 우리는 쿨러가 마틴스의 경고를 받을 때까지 제2 지구에서 돌아온 윈클러의 체포를 지연시켰다. 마틴스는 짧은 시간에 걸친 쿨러와의 면담을 즐겼다. 쿨러는 당황하는 기색 없이 오히려 상당한 후의를 표하며 그를 반겼다.

"웬일이십니까, 마틴스 씨. 만나뵙게 되어 반갑습니다. 이리 앉으시죠. 당신과 캘로웨이 대령 사이의 모든 일이 순조롭게 진행되고 있으니 아주 기쁜 일입니다. 캘로웨이 그 사람, 솔직하고 화끈한 친구죠."

"순조롭다니, 그렇지 않습니다."

마틴스가 대답했다.

"당신이 코흐와 만났다는 사실을 캘로웨이에게 알려줬다 해서 불쾌하게 생각지 않으리라 믿습니다. 그 점에 대한 나의 생각은 이렇습니다. 즉 당신에게 죄가 없다면 곧바로 결백함이 밝혀질 것이고, 죄가 있다면, 글쎄 당신이 수사에 방해꾼이 되지 않기를 바랐던 겁니다. 시민에게는 신고할 의무가 있으니까요."

"법원의 심문에서 거짓 증언을 하는 말투로군요."

"아, 옛날 이야기를 하시는군요. 마틴스 씨, 나에게 화를 내는 것 같군요. 그 문제는 이렇게 생각하셔야 합니다. 우리는 시민으로서 충성할 의무가 있다고 말입니다."

"경찰은 시체를 파냈습니다. 그들은 당신과 윈클러를 뒤쫓고 있을 겁니다. 당신이 해리에게 경고해주기 바랍니다."

"무슨 말씀인지 도대체 이해할 수가 없군요."

"아니죠. 당신은 무슨 말인지 잘 압니다."

쿨러가 사태를 알아차린 것은 분명한 사실이었다. 마틴스는 그곳을 재빨리 나와버렸다. 친절한 듯하면서도 지칠대로 지쳐버린 박애주의자의 얼굴을 더는 쳐다보고 있을 수 없었기 때문이었다.

이제 남은 일은 다만 함정에다 미끼를 달아두는 일뿐이었다. 하수도의 구조를 연구하고 난 후, 나는 해리를 유인하기 위해서는 언젠가 마틴스가 신문 판매대로 오인했던 장소 한쪽에 위치한 중앙 하수도의 주요 입구 근처의 카페가 가장 마땅한 장소라는 결론을 내렸다. 해리는 또 한 번 땅 속에서 모습을 나타내어 50미터쯤 걸어서 마틴스를 데리고 하수도의 어둠 속으로 내려가면 되었다. 해리는 이러한 도주 방법을 우리가 눈치챘으리라고는 미처 생각지 못하고 있었다. 그는 아마 한 차례의 하수도 순찰이 자정 이전에 끝나고, 다음 순찰이 새벽 2시까지는 실시되지 않는다는 사실을 알았을 것이다. 그런 이유에서 마틴스는 밤중에 하수도 출입구가 보이는 작고 추운 카페에 앉아 연속적으로 커피를 마시도록 되어 있었다. 나는 사전에 그에게 리볼버 권총 한 자루를 빌려주었다. 나는 부하들을 될 수 있는 한 출입구로부터 가까운 거리에 배치시켜놓았다. 그리고 하수도 순찰 병력은 행동 개시 신호가 떨어지는 즉시 맨홀 뚜껑을 덮고 시내의 외곽으로부터 내부 쪽으로 하수도를 휩쓸어버릴 준비를 갖추어두었다. 그러나 나는 가능하다면 그가 지하로 다시 잠적하기 전에 체포하도록 지시했다. 지상에서 체포하면 고생을 덜하게 되고, 마틴스에 대한 위험도 그만큼 적어지기 때문이다. 나의 지시대로 마틴스는 카페 안에 앉아 있었다.

바람이 세차가 불기 시작했으나 눈은 몰려오지 않았다. 다뉴브 강에서 불어온 얼음같이 쌀쌀한 바람이 카페 옆의 풀이 무성한 작은 광장에서 눈을 물결처럼 몰아붙이고 있었다. 카페 안에는 난방 장치가 없었기 때문에 마틴스는 대용 커피를 담은 찻잔을 양손으로 번갈아 잡으면서 추위를 달래고 있었다. 수많은 잔을 비웠다. 카페 안에는 언제나 나의 부하 한 명씩이 그와 함께 자리를 지키고 있으며, 나는 그들을 매 20분마다, 때로는 불규칙적으로 교체시켰다. 한 시간 이상이 지나갔다. 마틴스는 오래전부터 포기 상태였다. 그 것은 내 경우도 다를 바가 없었다. 나는 카페로부터 약간 떨어진 곳에서 필요할 경우에는 즉시 지하로 내려갈 태세를 갖춘 하수도 순찰대의 소대원과 함께 대기했다. 그래도 우리는 허벅지까지 올라오는 장화를 신고 두툼한 상의를 입었기 때문에 마틴스에 비하면 훨씬 나았다. 내 부하 한 명은 자동차 헤드라이트보다 한 배 반이나 큰 서치라이트를 가슴에 매달았으며, 또 한 명은 로마식 양초 두 개를 휴대했다.

전화벨이 울렸다. 마틴스의 전화였다.

"추워서 죽을 지경입니다. 1시 15분이로군요. 이곳 말고는 다른 장소가 없습니까?"

"전화를 해서는 안 됩니다. 보이는 곳에 가만히 있어야 합니다."

"불결한 커피를 일곱 잔이나 마셨습니다. 위장이 더는 견딜 수 없을 것 같습니다."

"그가 나타나면 오래 지체하지 않을 겁니다. 그는 2시의 순찰대와 마주치려 하지 않을 테니까 십오 분만 더 참고 기다리십시오. 하지만 전화통에서 멀리 떨어져 있지 않아야 됩니다."

갑자기 마틴스의 목소리가 들려왔다.

"맙소사, 그가 이곳에 나타났습니다. 이곳에……."

전화는 거기서 끊겨버렸다. 나는 보좌관에게 명령했다.

"맨홀 전부를 경계하도록 신호를 보내라."

그리고 하수도 순찰대에게 지시했다.

"우리는 지금 지하로 내려간다."

그 당시 벌어진 상황은 다음과 같았다. 마틴스가 나와 통화를 하는 중에 해리 라임이 카페에 들어섰다. 해리가 통화 내용을 들었는지, 그가 들은 내용이 무엇이었는지 나는 모른다. 어쨌든 경찰에 미행을 당하고 있고 빈에 친구 하나 없는 사람이 전화 통화를 하고 있는 모습, 그 자체만으로도 해리에게 경계심을 불러일으키기에 충분했을 것이다. 해리는 마틴스가 수화기를 내려놓기 전에 다시 카페 밖으로 나왔다. 그때는 카페 안에 내 부하가 단 한 명도 없었던 정말 희귀한 순간이었다. 한 부하가 방금 떠난 후 다른 부하가 길에서 카페 안으로 막 들어오는 중이었다. 해리는 그 교대자의 옆을 스쳐 지나서 하수도 출입구를 향해 걸었다. 마틴스가 카페에서 나오면서 교대하러 들어오는 내 부하를 보았다. 만일 그때 마틴스가 소리를 질렀더라면 그 부하가 사격을 할 수 있었을 것이다. 그러나 마틴스는 그때 지하로 도망치는 자가 페니실린 암거래자가 아니라 옛 친구인 해리라는 생각이 먼저 들었던 것이다. 마틴스는 라임이 그들 사이의 하수도 출입구로 들어가기에 충분한 시간까지 망설이다가 마침내 소리쳤다.

"저자가 해리다!"

그러나 해리는 이미 지하로 사라져버리고 없었다.

우리 대부분에게 알려져 있지 않은 이상한 세계가 발 밑에 펼쳐져 있었다. 우리는 동굴 같은 폭포수가 쇄도하는 강줄기 위에서 살고 있었던 것이며, 그곳에는 지상에서처럼 썰물과 밀물이 있었다. 앨런 쿼터메인*의 모험과 밀로시스 시(市)를 향해 흐르는 지하의 강물을 따라 그가 체험했던 항해 기사를 읽어보았다면, 라임이 서 있는 마지막 장면을 상상할 수 있을 것이다. 하수도 간선은 넓이가 템스 강의 절반 정도로, 지류 하수도로부터 모인 물이 거대한 아치 밑으로 쇄도하고 있었다. 이 물줄기는 더 높은 수면에서 폭포같이 떨어지면서 정화되었다. 때문에 이들 수로 안은 오염된 공기로 꽉 차 있었다. 간선 개울은 오존이 코를 쏘는 듯한 신선하고 향기로운 냄새를 풍겼다. 사방의 어둠 속에선 물이 떨어지는 소리와 물이 흐르는 소리뿐이었다. 마틴스와 교대자가 강줄기에 이르렀을 때는 만조가 막 지나간 후였다. 굽은 철제 사다리를 지나자 등을 구부려야 할 정도로 낮고 짧은 통로가 나왔다. 강가의 얕은 물이 그들의 발을 덮었다. 내 부하가 물줄기를 따라 회중전등을 비추며 말했다.

"도망간 곳은 저쪽 길입니다."

깊은 물줄기가 얕아지면 가장자리에 퇴적물이 남듯, 조용히 흐르는 하수도는 벽 주변에 오렌지 껍질, 낡은 담뱃갑과 여러 가지 찌꺼

---

* 라이더 해거트의 모험 소설《솔로몬 왕의 보물》의 주인공.

기를 남겨놓았다. 그리고 찌꺼기 속에 드러난 라임의 발자취는 마치 진흙 속에 남은 것처럼 선명했다. 내 부하는 왼손으로 회중전등을 비추고 오른손으로 권총을 만지며 마틴스에게 말했다.

"제 뒤에 바짝 붙어 따라오십시오. 그 녀석이 마구 쏘아댈지도 모릅니다."

"당신은 어째서 내 앞에 서겠다는 것이오?"

"이게 제 직업이니까요."

그들이 계속 걷자 물이 무릎까지 차올랐다. 내 부하는 물줄기의 옆으로 나 있는 발자국을 따라 회중전등을 앞과 아래로 번갈아 비추며 말했다.

"어리석은 짓입니다. 저 악당은 도망갈 수 없습니다. 우리가 모든 맨홀을 감시하고 있고 러시아 지구로 들어가는 길은 완전히 차단되었습니다. 우리 동료들이 지금 할 수 있는 일은 맨홀에서부터 사잇길 안쪽으로 수색하는 것뿐입니다."

그는 호주머니에서 호루라기를 꺼내 불었다. 그러자 응답하는 호각 소리가 여기저기에서 요란하게 들려왔다. 그는 덧붙였다.

"그들은 모두 이 지하에 내려와 있습니다. 하수도 순찰 경찰관들 말입니다. 제가 본국의 코트로드를 샅샅이 알듯이 그들은 이 지역을 너무나 잘 압니다."

그는 잠시 동안 회중전등을 들고 앞을 비추며 다시 말했다. 그 순간 총성이 울렸다. 그의 손에서 회중전등이 날아가 흐르는 물 속으로 떨어졌다.

"저주받을 녀석."

그는 욕설을 퍼부었다.

"어디 다치셨습니까?"

"약간 손을 스쳤을 뿐입니다. 일주일쯤 정상적인 일을 못하겠지요. 손을 싸맬 동안 이 회중전등을 들고 계십시오. 비추어서는 안 됩니다. 그는 사잇길 어딘가에 숨어 있을 겁니다."

상당히 오랜 동안 총성이 메아리치며 울려 퍼졌다. 마지막 메아리가 끊기자 그들 앞쪽에서 호루라기 소리가 들려왔고, 마틴스와 같이 있던 내 부하도 그 소리에 답하여 호루라기를 불었다.

"이상하게도 당신 이름조차 모르는군요."

마틴스가 말했다.

"베이츠라고 합니다, 선생님."

그는 어둠 속에서 낮게 웃었다.

"이곳은 저의 평상시 순찰 구역이 아닙니다. 선생님은 호스슈를 알고 계십니까?"

"알지요."

"그러면 그라프톤 공작은요?"

"알고 있지요."

"글쎄요, 오랜 세월이 지나야 세상살이를 이해하나 봅니다."

"내가 앞에 서지요. 그는 나를 쏘지 않을 것이고 나도 그에게 직접 이야기를 하고 싶습니다."

마틴스가 말했다.

"저는 선생님을 보살피라는 명령을 받았습니다. 조심하십시오, 선생님."

"걱정하지 마십시오."

마틴스는 한 발을 물 속에 더 깊이 디디며 베이츠의 옆을 비켜 걸었다. 앞에 나서며 마틴스는 소리를 질렀다.

"해리!"

그의 목소리가 퍼져 나가며 메아리가 되어 다시 들려왔다.

"해리, 해리, 해리……."

그 소리가 물줄기 아래로 울려 나가자, 어둠 속에서 호루라기의 합창이 답하여 들려왔다.

"해리, 이리 나와. 이젠 쓸데없는 짓이야."

마틴스는 또다시 소리쳤다.

"자네군, 롤로. 나를 만나 어떻게 하겠단 말인가?"

그 소리는 놀랍게도 아주 가까운 곳에서 들려왔기 때문에 그들은 벽을 껴안듯 바짝 다가섰다.

"이리 나오게. 두 손을 머리 위에 얹고 말일세."

"여보게, 난 회중전등이 없어서 아무것도 보이질 않네."

"조심하십시오, 선생님."

베이츠가 소리쳤다.

"벽에 바짝 붙어 서시오. 해리는 날 쏘지 않을 것이오."

마틴스는 베이츠에게 그같이 말하고 목소리를 높여 외쳤다.

"해리, 내가 비춰줄 테니 비겁하게 굴지 말고 순순히 나오게. 이제 가망이 없네."

마틴스는 회중전등을 비추었다. 불빛이 닿는 6미터 전방에서 해리가 걸어오는 것이 보였다.

"두 손을 머리 위로 들게, 해리."

해리는 한 손을 들면서 동시에 사격을 했다. 총탄은 마틴스의 머리로부터 30센티미터 정도 떨어진 벽을 맞고 스쳐 날았다. 그리고 베이츠의 비명소리가 들려왔다. 그 순간 서치라이트가 50미터 전방으로부터 수로 전체를 밝게 비추었다. 그 불빛 속에 해리와 마틴스, 그리고 베이츠의 노려보는 듯한 두 눈이 드러났다. 베이츠는 물가에 푹 쓰러져 허리까지 하수도 물에 잠겨 있었다. 빈 담뱃갑 하나가 그의 겨드랑이에 끼어 들어가 떠돌고 있었다. 그때 나와 일행이 현장에 도착했다.

마틴스는 우리와 그 사이에 해리를 세워둔 채 흥분된 얼굴로 베이츠의 시체를 굽어보며 서 있었다. 우리는 마틴스를 다치게 하지 않을까 하는 두려움 때문에 사격을 할 수 없었다. 해리는 서치라이트의 불빛 때문에 눈을 제대로 뜨지 못했다. 우리는 일제히 사격 자세를 취한 채 서서히 해리에게 다가갔다. 해리는 서치라이트의 불빛에 눈이 부셔 놀란 토끼처럼 이리저리 몸을 움직였다. 그러다가 갑자기 몸을 날려 깊은 격류의 한가운데로 뛰어들어버렸다.

서치라이트가 그쪽을 비췄을 때 그는 이미 물속에 잠겨버린 후였다. 그는 빠른 속도로 물결에 휩쓸려, 쓰러져 있는 베이츠의 시체를 지나 불빛이 미치지 않는 어둠 속으로 흘러가버렸다. 희망이 없는 사람이 단 몇 분간만이라도 생존에 집착하는 이유는 대체 무엇 때문일까? 좋은 속성 때문일까, 아니면 나쁜 속성 때문일까? 나는 그것을 알 수 없다. 나로서는 도저히 알 수 없는 일이었다.

마틴스는 서치라이트 빛을 희미하게 받는 한구석에 서서 흘러

가는 물줄기를 응시하고 있었다. 그의 손에는 총이 들려 있었다. 다른 사람에게 위험을 끼치지 않고 총을 쏠 수 있는 사람은 오직 그 한 사람뿐이었다. 나는 무엇인가 움직이는 것을 본 순간 그에게 소리쳤다.

"저곳이다, 저곳. 쏘시오."

마틴스는 총을 들고 그를 쏘았다. 하수도 구멍 저쪽으로부터 옥양목을 찢는 듯한 비명소리가 들려왔다. 그것은 질책과 애원의 소리였다.

"잘했습니다."

나는 소리친 후 베이츠의 시체 곁에 와서 멈추었다. 그는 죽어 있었다. 서치라이트 불빛을 받은 그의 눈은 멍하니 뜬 채로 허공을 향했다. 내 부하 한 명이 허리를 굽혀 베이츠에게서 담뱃갑을 떼어낸 후 그것을 다시 강물 속으로 던져버렸다. 그것은 물 위에서 맴돌았다. 노란 골드 플레이크 조각이었다. 그는 이제 분명히 토튼햄 코트 로드에서 멀리 떨어져 있었다.

마틴스는 어둠 속에서 보이지 않았다. 그의 이름을 불러보았으나 내 목소리는 혼란스런 메아리와 지하의 거센 물결 소리에 휩쓸려 제대로 들리지 않았다. 그때 마틴스의 세 번째 총성이 들려왔다.

후에 그때의 일을 마틴스가 자세하게 이야기해주었다.

"나는 해리를 찾기 위해 하류로 내려갔지만 어둠 속에서 그를 찾을 수가 없었습니다. 회중전등으로 비춰보기가 두려웠습니다. 그가 다시 총을 쏠 수 있는 계기가 되니까요. 그는 밖으로 통하는 샛길 입구에서 내 총알에 맞았을 게 분명합니다. 그때 그는 철제 층계로 이르는 통로로 기어 올라가는 중이었을 겁니다. 그의 머리 위 6미터쯤에 맨홀이 있었으나 그는 그것을 들어올릴 힘이 없었을 것이며, 설혹 뚜껑을 들어올렸다 해도 그 위에는 경찰관이 대기하고 있었습니다. 해리는 그런 사실을 모두 알았을 겁니다. 몹시 고통스러웠겠죠. 동물이 죽을 때는 어둠 속으로 기어 들어가지만 인간은 반대로 빛을 향해 움직이는 모양입니다. 그는 집으로 돌아가서 죽으려 했으며, 어둠은 우리 인간에게는 편히 쉴 만한 집이 될 수 없었을 겁니다. 그는 층계 위로 기어오르기 시작했겠지만 고통에 못 이겨 더는 올라갈 수 없었겠지요. 어리석게도 해리 자신이 작곡한 것이라고 내가 믿었던 그 엉터리 곡조를 해리가 휘파람으로 분 이유는 무엇 때문이었을까요? 주의를 끌려고 그랬을까요? 아니면 자기를 함정에 빠뜨리긴 했으나 그래도 친구인 나를 곁에 두고 싶었기 때문이었을까요? 그것도 아니면 정신착란증에 걸려서 아무 목적도 없이 그랬을까요? 어쨌든 나는 그의 휘파람 소리를 듣고 지류를 따라서 갔습니다. 벽이 끝나는 데서 그가 쓰러져 있는 통로에 닿았습니다. '해리' 하고 불렀더니 바로 내 머리 위에서 휘파람 소리가 멎었습니다. 나는 철제 계단을 더듬어 기어 올라갔죠. 나는 여전히 그가 총을 쏘지 않을까 하는 두려움을 느끼고 있었습니다. 그러다가 나는 그의 손을 밟았습니다. 그는 거기에 있었습니다. 나는 회중전등으로 그를 비춰보았습니다. 그는 총을 갖고 있지 않았습니다. 내 총에 맞았을 때 떨어뜨린 것이 분명했습니다. 그 순간 나는 그가 죽은 줄로 알았지만, 그는 고통스러운 신음 소리를 냈습니다. 나는 '해리' 하고 불러보았습니다. 그는 혼신의 힘을 다해서 눈을 내 쪽으로 돌렸습니다. 그가 무슨 말인가 하고 싶어 하는 듯하여 나는 몸을 구부리고 귀를 기울였습니다. '지독한 바보야.' 그가 한 말은 그게 전부였습니다. 나는 그의 말이 자기 자신을 두고 한 말(그는 가톨릭 신자였으므로 일종의 참회를 느꼈을는지도 모릅니다)인지, 아니면 나를 두고 한 말(나의 연수입은 세금이 포함된 천 파운드였으며, 가축 도둑들의 이야기를 쓰면서도 실제로는 토끼 한 마리 제대로 죽이지 못하는 것이 나 자신입니다)인지 알 수 없었습니다. 해리는 다시 신음 소리를 내기 시작했습니다. 나는 더는 그 소리를 참고 들을 수가 없어서 한 방 더 쏘아 잠재우고 말았습니다."

"우리 모두 그 일을 깨끗이 잊고 맙시다."

내가 말했다.

"나는 결코 잊지 못할 겁니다."

마틴스가 대답했다.

17

그날 밤부터 날씨가 풀리기 시작하여 빈 시의 도처에서 눈이 녹아 흘렀다. 그래서 볼품없는 폐허들이 또다시 햇빛 속에 그 모습을 드러냈다. 철봉이 종유석처럼 매달렸으며, 녹슨 거더들이 회색빛 속에서 뼈와 같은 몰골을 내뻗었다.

매장은 전기 송곳으로 얼은 땅을 뚫어야 했던 일주일 전보다 훨씬 간편했다. 해리 라임의 두 번째 장례식 날은 봄날처럼 따뜻했다. 그를 다시 땅 속에 안장시키는 것은 기쁜 일이지만, 그 때문에 두 사람이나 목숨을 잃었다. 이번에 묘지에 모인 사람들은 예전보다 적었다. 쿠르츠도, 윈클러도 없었다. 안나 슈미트와 롤로 마틴스, 그리고 나뿐이었다. 어느 누구도 눈물을 흘리지 않았다.

매장이 끝나자, 안나는 마틴스나 나에게 단 한마디의 말도 없이 중앙 출입구를 향해 뻗은 긴 가로수 길로 걸어갔다. 그때 전차가 녹은 눈을 헤치고 흙탕물을 튀기며 다가와 정지했다.

"차를 가져왔습니다. 가시는 곳까지 모셔다드릴까요?"

내가 마틴스에게 말했다.

"싫습니다. 나는 전차로 돌아가겠습니다."

"당신이 승리했군요. 당신은 내가 지독한 바보라는 사실을 입증해주었습니다."

"내가 승리한 게 아닙니다. 내가 패배한 것이죠."

마틴스가 말했다. 나는 그가 긴 다리로 그녀의 뒤를 따라 성큼성큼 걸어가는 모습을 지켜보았다. 마침내 그는 그녀를 따라잡았고 그들은 나란히 걷기 시작했다. 그는 그녀에게 아무 말도 하지 않는 것 같았다. 그 모습은 소설의 결말같이 보였다. 소설과 다른 점은 그들의 뒷모습이 내 시야에서 사라지기 전에 그녀의 손이 마틴스의 팔을 끼고 있었다는 사실이었다. 그것은 소설의 시작이라고도 할 수 있는 일이었다. 그는 매우 서투른 사수(射手)였고, 인격을 잘못 평가한 엉터리 심판관이었다. 그러나 서부극(긴장의 속임수)과 여인들(어떠한 여인들인지 알 수 없는 일이지만)을 다루는 솜씨는 대단했다. 그리고 크랩빈은? 오, 크랩빈은 아직까지도 덱스터의 여행 경비 문제로 영국 문화협회와 논쟁을 계속하고 있었다. 문화협회 측에서는 스톡홀름과 빈에서 동시에 지출되는 경비를 승인할 수 없다고 주장했다. 불행한 크랩빈이다. 이 이야기를 떠올리면 우리 모두 불행한 사람일 수밖에 없다.

정원 아래서

Under the Garden

1부

1

"물론 금연은 당신에게 유익하지요."

이 말을 듣는 순간 와일디치는 의사가 그러한 재치를 발휘하여 전달하고자 하는 내용이 무엇인가를 깨달았다. 케이브 박사는 병실의 한쪽 벽을 따라 일련의 X-레이 사진들을 나열해놓았다. 그 사진들에 나타난 소용돌이 모양의 복잡한 줄무늬를 보는 동안, 와일디치의 머릿속엔 옛날에 본 어떤 사진이 떠올랐다. 그것은 높은 곳에서 찍은 지구 표면의 사진으로, 와일디치가 전쟁 중 회색 씨앗 모양의 미세한 발사대를 찾아내기 위해 유심히 살펴보았던 것이었다.

케이브 박사가 말했다.

"저의 고충을 충분히 이해해주셨으면 합니다."

그의 말은 마치 정보 장교만이 위탁받을 수 있는 '극비'의 중요성을 요약 설명한 정보 내용과 흡사했다. 와일디치는 선택이 자신에게 달려 있음을 기뻐하며, 상체를 앞으로 내밀고 자신의 내부 사진을 더 세밀히 관찰하면서 관심과 열성을 보이려 했다.

"자, 보십시오."

케이브 박사가 말했다.

"사, 오, 유월, 그러니까 삼 개월 전 폐렴 때문에 생긴 흠집이 이 끝부분에서 시작되고 있음이 분명합니다. 당신의 눈으로도 확인할 수 있을 겁니다."

"그렇군요, 선생님."

와일디치는 얼빠진 사람처럼 대답했다. 케이브 박사는 당황한 표정으로 그를 바라보았다.

"이제 중간 사진들을 빼내버리고 곧바로 어제 찍은 사진을 살펴봅시다. 가장 최근의 사진은 완전할 정도로 깨끗하다는 것을 알 수 있을 겁니다. 당신으로서는 겨우 알아낼 수 있을 정도겠지만……."

"잘되었군요."

와일디치가 말했다.

의사의 손가락이 옛 무덤이나 선사 시대 농경의 흔적과도 같은 사진들을 더듬었다.

"하지만 완전히 깨끗해진 건 아닙니다. 일련의 사진들을 훑어보면 증세가 아주 서서히 호전되고 있음을 확인할 수 있습니다. 이 단계에서는 정말이지 아무런 흔적도 나타나지 말았어야 합니다."

"미안하군요."

와일디치가 대답했다. 이전의 만족감이 사라지고 일종의 죄의식이 느껴졌다.

"우리가 마지막 사진만 분리해 보았다면 놀랄 이유가 없다고 생각했을 겁니다."

의사의 '놀랄 이유'라는 두 마디가 와일디치에게 조종(弔鐘)처럼 들려왔다. 와일디치는 그가 결핵을 의미하고 있지 않나 하는 생각이 들었다.

"증세의 호전 속도가 늦는 것은 다른 문제와 관련되어 있기 때문입니다. 호전 속도가 늦는 것은…… 그것은 어떤 장애물의 존재 가능성을 제시해주고 있습니다."

"장애물이라니요?"

"장애물은 아무것도 아닌, 아니 전혀 대수롭지 않은 것일 수도 있습니다. 당신이 더 세밀한 검사를 받지 않는다면 대단히 유감스러운 일이 아닐 수 없습니다. 대단히 유감스러운 일이지요."

케이브 박사는 사진 곁을 떠나 그의 책상 뒤에 앉았다. 와일디치에게는 긴 침묵이 마치 의사가 환자의 우정을 얻어내기 위한 호소의 수단으로 느껴졌다.

"물론 그렇게 하죠. 만일 그 검사가 선생님을 기쁘게 해드릴 수 있는 것이라면……."

와일디치가 말했다.

그러나 의사는 아까 했던 암시적인 말을 또 했다.

"물론 금연은 당신에게 유익하지요."

"아, 그래요?"

"우리는 니겔 셈슨 경에게 당신의 검사를 의뢰해야 한다고 생각합니다. 상황이 좋지 않을 경우 그분보다 훌륭한 외과의사를 구할 수는 없는 일이니까요. 수술을 하려면 말입니다."

와일디치는 웜폴 가에서 카벤디시 광장으로 들어서는 동안 잡아탈 택시를 찾아보았다. 유년 시절 그가 한 번도 경험해본 일이 없는 여름 날씨였다. 찌푸린 하늘에서 빗방울이 뚝뚝 떨어졌다. 택시들은 치과의사들이 사용하는 적갈색 높은 건물 밖에 멈추더니, 곧바로 제복 차림의 병원 수위들에게 붙들려 치료를 받고 나오는 환자들을 실었다. 7월의 무덥고 거친 바람이 비를 몰고 와, 한 아가씨가 무표정하게 응시하는 동쪽을 가로질러 지나갔다. 잠깐 사이 신화에서나 나올 듯한 그 아가씨가 데리고 있는 아이의 몸뚱이엔 빗방울이 줄줄 흘러내렸다.

"아아ー 아파ー."

와일디치의 등 뒤에서 아이의 목소리가 들려왔다.

"괜히 법석을 떠는군."

어머니인지 아니면 아이의 가정교사인지, 그 아가씨가 아이를 꾸짖었다.

2

와일디치는 일주일이 지나도록 검사 결과를 의사에게서 듣지 못했다. 하지만 그는 전혀 이러저러한 언급을 하지 않았다. 의사들은 그러한 점 때문에 그의 증세가 악화되었다고 간주했다. 와일디치의 침묵을 활력의 결핍으로 본 것이다. 일반인이 병원을 찾아가거나 혹은 입원을 할 때의 감정은 거의 비슷하다. 거기에는 안도감과 무관심이 있다. 어떤 사람은 자신의 일에 더는 책임감을 느끼지 않고 무기력하게 컨베이어벨트에 앉혀진다.

와일디치가 자신이 어떤 기관의 보호를 받는다고 느끼는 동안 병실 밖에서는 영국 여름 날의 빗방울이 주차된 쿠페* 위에 떨어지고 있었다. 그는 전쟁이 끝난 이래 그러한 자유를 느껴본 일이 없었다.

기관지경(鏡) 검사가 끝났다. 마취제의 몽롱함 속에서 지속된 악몽 같은 기억이 남아 있었다. 커다란 곤봉처럼 느껴진 물체가 가까스로 목구멍을 타고 내려가 가슴속으로 들어간 후 천천히 다시 나온 기억이 남아 있었다. 다음날 아침, 그는 상처 때문에 뜨끔뜨끔 쑤시는 몸으로 잠에서 깼고, 배설할 때조차도 고통을 느꼈다. 간호사는 그러한 고통은 하루나 이틀이 지나면 없어지므로 옷을 입고 집에 갈 수 있다고 말했다. 와일디치는 자기를 자유의 컨베이어벨트에서 다시 선택의 세계로 밀어내버리는 그들의 퉁명스러움에 실망을 느꼈다.

"모든 것이 만족스럽게 됐나요?"

와일디치가 물었다. 그는 간호사에게 예의를 갖추지 않은 상태에서 자신의 호기심을 드러내 보였다는 사실을 그녀의 표정에서 읽을 수 있었다.

"저는 알 수 없는 일이에요."

간호사가 말했다.

"니겔 경이 필요할 때가 되면 들르실 거예요."

---

* 2인승 사륜 유개 자동차.

와일디치가 침대 끝에 앉아 넥타이를 매고 있을 때 니겔 셈슨 경이 들어섰다. 와일디치는 그를 처음 만나는 것 같았다. 마취에 빠져들 당시 보이지 않는 곳에서 자기에게 정중하게 말을 걸던 목소리만으로 기억되었을 뿐이었다. 니겔 경은 주말 동안 시골에 다녀올 생각인지 낡은 트위드 재킷을 입고 있었다. 그는 흰 머리를 헝클어뜨리고 꿈꾸는 듯한 태도로 와일디치를 바라보았다. 그러한 모습은 마치 중류에 떠 있는 낚싯대의 찌처럼 보였다.

　"아, 기분이 나아졌나요?"

　니겔 경이 물었다.

　"아마 그렇겠지요."

　"썩 기분 좋은 것은 아니로군요."

　니겔 경이 말했다.

　"그러나 검사 결과를 알지 못한 채 당신을 보낼 수 없다는 점은 알고 있어야 합니다."

　"다른 증세가 나타났나요?"

　니겔 경은 갑자기 좀 더 조용한 하류 쪽으로 다가가 다시 낚싯줄을 던질 듯한 인상을 지었다.

　"외출복으로 갈아입는 것을 막지 않겠습니다, 친구 양반."

　니겔 경은 방 안을 휘 둘러본 후 등이 곧은 의자를 하나 택하여 그곳에 앉았다. 그는 커다란 호주머니 속을 더듬기 시작했다. 샌드위치를 찾으려는 것일까?

　"저에게 전할 말이라도 있습니까?"

　"조금 있으면 케이브 박사가 올 겁니다. 지금 수다쟁이 환자에게 붙들려 있습니다."

니겔 경은 호주머니에서 커다란 은시계를 꺼냈다. 그것은 한 가
닥의 줄에 매달려 있었다.

"리버풀 가에 있는 부인을 만나러 가야 하거든요. 당신은 결혼했
나요?"

"안 했습니다."

"아, 그래요. 걱정이 덜 되겠군요. 어린애들은 부담이 큽니다."

"저에겐 어린애가 하나 있습니다. 하지만 엄마와 멀리 떨어져 살
고 있습니다."

"먼 곳에? 아, 알겠어요."

"우리는 서로 헤어진 지 무척 오래됩니다."

"영국을 싫어하나요?"

"인종 차별은 그녀에게 무척 힘든 일이니까요."

와일디치는 성취감도 느끼지 못한 채, 자기에게 주의를 기울여
주기 바라면서 이상스런 고백을 한 것이 얼마나 유치한 일이었나를
곧 알아챘다.

"아, 그래요. 형제나 자매들은 있습니까?"

니겔 경이 물었다.

"형님이 한 분 계십니다. 왜 물어보시죠?"

"아, 모든 사항이 기록부에 적혀 있겠군요."

니겔 경은 시곗줄을 감으면서 말했다. 그는 자리에서 일어나 문
으로 걸어갔다. 와일디치는 넥타이를 무릎에 걸쳐놓은 채 침대에
앉아 있었다. 그때 문이 열렸고, 니겔 경이 말했다.

"자, 케이브 박사가 오셨군. 이제 떠나야지. 조금 전 와일디치 씨에게 당신이 다시 들른다고 전했습니다. 그 말 기억나지요?"

니겔 경은 그렇게 말하고 가버렸다.

"왜 제가 저분을 다시 봐야 됩니까?"

와일디치가 물었다. 그러나 그는 케이브 박사의 당황해하는 표정에서 질문의 우둔함을 깨닫고는 다시 말했다.

"아, 물론 다시 봐야지요. 새로운 증세라도 좀 발견하셨습니까?"

"정말 매우 운이 좋습니다. 때맞춰 치료를 받았더라면……."

"희망도 있습니까?"

"아, 희망이란 언제나 있는 법입니다."

와일디치는 생각했다.

'결국 나는, 원한다면 다시 컨베이어벨트에 앉을 수 있겠군.'

케이브 박사는 주머니에서 계획표를 꺼내며 활달하게 말했다.

"니겔 경은 나에게 며칠간의 여유를 주었습니다. 10일에 진료를 하기는 어렵지만 15일에는 상관없습니다. 니겔 경은 15일 이후까지 연기해야 한다고는 생각하지 않고 있습니다."

"그분은 굉장한 낚시꾼입니까?"

"낚시꾼? 니겔 경이? 그런 것 같지는 않습니다."

케이브 박사는 부정확한 차트를 보고 있다는 듯 불만스런 표정을 지었다.

"15일로 할까요?"

"아마도 주말이 지나야 말씀드릴 수 있을 것 같습니다. 15일까지 영국에 머무를지 결정을 내리지 못했거든요."

"이번 일의 심각성, 진정한 심각성을 제대로 말씀드리지 못한 것 같습니다. 당신의 유일한 기회, 유일한 기회라고 되풀이 해서 말합니다만, 그 기회란 기간 내에 장애물을 제거하는 일입니다."

그의 말은 전보처럼 전해졌다.

"그럴 경우 생명이 몇 년 더 연장될 수 있다는 겁니까?"

"보증한다는 것은 불가능하지만…… 그러나 완전히 치료된 예가 있습니다."

"저는 변증법적 표현을 원치 않습니다."

와일디치가 말했다.

"그러나 스스로 특이한 생명이 연장되는 것을 원하는지부터 결정해야 되겠습니다."

"생명은 우리에게 단 하나뿐입니다."

케이브 박사가 말했다.

"선생님은 종교인은 아닌 것 같군요. 제발 저를 오해하지 마십시오. 저는 미래에 대해 전혀 호기심이 없습니다."

3

과거는 다른 문제였다. 와일디치는 내란 당시 승산 없는 전투에서 치명적인 부상을 입은 채 말을 타고 귀향한 한 대장을 기억했다. 그 대장은 태어나고 자라서 결혼한 자기 집으로 돌아왔다. 그의 건강 상태를 모르는 몇몇 고향 사람들에게 인사를 했을 때, 그들은 대장을 단지 말을 오래 타서 지친 사람으로만 생각했다. 그러나 와일디치는 그에 대한 전기가 어떻게 끝맺었는지 알지 못했다. 니겔 셈슨 경처럼 리버풀 가에서 출발한 기차를 타면서 와일디치에게 떠오른 대장의 모습은 지쳐서 안장 위에 푹 쓰러진 모습뿐이었다. 와일디치는 콜체스터 역에서 윈튼 행 지선으로 갈아탔다. 그러자 갑자기 여름이 느껴졌다. 그가 언제나 기억하던 윈튼의 여름과 같았다. 당시의 여름은 일단 한더위가 지나면 해가 급속도로 짧아졌다. 그리고 아침 6시 이후에나 해가 떠서 세상이 잠에서 깨어났다.

와일디치가 어렸을 때, 윈튼 홀은 한 번도 결혼하지 않았던 아저씨의 소유였으며, 그는 매년 여름이면 와일디치의 어머니에게 그 집을 빌려주었다. 윈튼 홀은 학교 수업이 없는 6월 말부터 9월 초까지 실제적으로 와일디치의 소유였다. 어머니와 형은 그의 기억 속에서 그림자 같은 배경 인물들이었다. 와일디치의 기억 속에 남은 그들의 모습은, 어린 와일디치가 1페니만 넣으면 프라이 씨의 초콜릿 과자들이 쏟아져 나오던 '간이역' 푯말이 붙은 단 위의 기계보다도 희미했고, 빨간 벽돌담 앞으로 푸르름을 펼쳐놓은 참나무보다도 흐릿했다. 그 무더웠던 1914년의 8월에 어린 그는 그 참나무 그늘 아래에서 쉬는 병사들에게 사과를 나누어주었으며, 윈튼 잔디밭 위의 부서진 분수대 곁 자작나무 숲은 점액을 내뿜는 초록색이었다. 다른 사람들과 함께 살았던 기억은 없고, 그 집을 혼자 소유했다는 생각만 떠올랐다.

그럼에도 불구하고 그 집은 그가 아닌 형에게 남겨졌으며, 아저씨가 사망한 후에 와일디치는 멀리 떠나 다시 돌아오지 않았다. 형은 결혼하여 아이들을 낳았다. 형은 편지에서 그 분수대는 애들을 위해 수리했고, 그가 언제나 노새를 타고 놀던 채소밭 뒤의 목장과 과수원은 공영 주택을 짓기 위해 팔았다고 썼다. 그러나 그가 소상하게 기억하던 그 홀과 정원은 변하지 않았다.

그런데 왜 이제 돌아와 남의 것이 된 그 집을 보려는 것일까? 죽음을 눈앞에 둔 사람이 모든 것을 정리하려는 마음일까? 그가 많은 돈을 모았다면 지금쯤 그 돈을 분배할 기분에 젖어 있었을 것이다.

말을 타고 시골 마을을 배회하던 그 대장은, 그의 전기 작가가 생각했듯이, 자신의 가장 귀중한 것들에게 작별 인사를 하지 못했을 것이다. 그는 죽어가기 직전의 선명한 눈으로 환영들을 모두 목격함으로써 그 환영들에게서 영원히 벗어났으며, 결국 죽음을 맞이했을 당시에는 완전히 빈 몸이 되었을 것이다. 그 절대적인 순간, 그는 상처를 제외하고 무엇을 가졌던가.

와일디치는 형이 자기의 방문에 약간 놀라리라는 것을 알고 있었다. 형 조지는 와일디치가 윈튼에 돌아오지 않는 것에 익숙해져 있었다. 조지는 현재 홀아비로 혼자 살기 때문에 그들은 런던에 있는 클럽에서 오랜 간격을 두고 한번씩 만났다. 시골에 살면서 더 큰 목장과 새로운 사람들이 필요했던 그의 형은 언제나 다른 사람들에게 와일디치가 불행한 사람이라고 말했다. 그가 자주 말했듯이 그 집이 조지에게 남겨진 것은 다행이었다.

그것은 그 집이 와일디치에게 남겨졌더라면 멀리 여행을 떠나기 위해 팔아버렸을 것이기 때문이었다. 아프리카, 혹은 동쪽이었을지도 모르는 곳으로…… 마음이 들떠 있는 사람, 한곳에 오래 머무르지 못하고, 아내도 없고, 자식도 없고……. 와일디치는 형이 자기에 관해 어떻게 이야기할 것인가를 잘 알고 있었다.

형은 잔디밭과 금붕어 연못, 수리된 분수대, 그들이 어렸을 때 어두운 산책길이라고 생각했던 월계수길, 호수, 섬 등의 자랑스런 소유자였다. 와일디치는 덴마크인의 침입으로 흘린 피의 염기(鹽氣) 때문에 항상 불모지로 생각되었고, 허술한 산울타리와 짧고 억센 풀이 나 있는 편평하고 딱딱한 동맹글족의 마을을 멀리서 바라보았다. 지난 여러 해 동안 형은 일에 몰두해 있었다. 그런데도 아직껏 정원 밑에 무엇이 있는지를 생각하지 못했다.

4

윈튼의 간이역에 있던 초콜릿 기계는 사라졌고, 국유화의 물결 속에서 간이역은 역으로 승격되었다. 시멘트 공장의 굴뚝에서 뿜어 나오는 연기는 수평선을 따라 올라갔고, 공영 주택들이 길을 따라 세 줄로 쭉 뻗었다.

와일디치의 형은 개찰구 안에서 기다리고 있었다. 석탄 가루와 니스의 친근한 냄새는 대합실에서 사라졌고, 등이 굽은 회색 머리의 짐꾼 대신에 아직 소년 티를 벗지 않은 젊은이가 그의 차표를 받아들었다. 어린 시절에는 거의 모든 것이 친근한 느낌이었다.

"여어, 조지."

와일디치는 낯선 사람에게 하듯 가벼운 인사를 했다.

"윌리엄, 잘 지냈나?"

발길을 돌리며 조지가 물었다. 자동차 운전법을 잘 배우지 못한 것은 시골 사람의 특징이었다. 조그마한 구름(그가 한때 우랄산맥보다도 높은 지점이라고 들었던)의 긴 백악질의 능선이 뻣뻣한 산울타리 사이의 마을까지 뻗어내려 있었다. 왼쪽으로는 버려진 백악 갱(坑)이 있었다. 그것은 40년 전에 문을 닫았는데, 그때 그는 부서진 채 별 모양의 은빛 내부를 드러내 보이던 황철광(黃鐵鑛)의 갈색 덩어리 속에서 보물을 찾으려고 그곳에 기어 올라가곤 했다.

"형은 보물찾기를 기억하고 있나요?"

"보물? 아, 그 쇳덩어리 이야기를 하는군."

그로 하여금 진짜 보물을 찾는 꿈을 꾸게 하거나 상상하게 했던 것은 그 백악 갱 속의 긴 여름 오후들이었을까? 만일 그것이 꿈이었다면, 그것은 그가 오랜 세월 중에서 유일하게 기억하는 꿈이라고 할 수 있다. 그것이 밤의 침대 속에서 꾸며낸 이야기였다면, 그 이야기는 나중에 엄밀히 다듬어진 시적 상상의 마지막 노력이었음에 틀림없었다.

오랜 세월 동안 그로 하여금 하나의 세계에서 다른 세계로 옮겨다니며 생활하게 했던 여러 직업 속에서 상상은 언제나 억압되는 속성을 지니고 있었다. 사람에게는 회사원, 기자, 공무원 등의 직업을 통해 여러 종류의 일이 맡겨진다. 그러므로 사색은 자연히 억제되어 간다. 과거에 꿈꾸던 어린이는 지금 상상이 억제된 어른처럼 질병으로 죽어가고 있는 것 같았다. 그는 그 아이와는 전혀 다르기 때문에 그 아이가 그보다 오래 살아 그의 운명과 전혀 다른 운명을 향해 나아갈 수 없다고 생각하니 이상했다.

조지가 말했다.

"윌리엄, 몇 가지 변모된 것들이 눈에 띌 게다. 침실을 하나 더 만들었을 때 분수대에서 배관을 분리시킬 것을 생각했다. 무언가 재미를 맛보기 위해서였지. 지금은 그런 짓을 즐기며 노는 아이가 하나도 없지만……."

"나는 어린 시절에도 전혀 그렇게 놀지 못했지요."

"나는 전쟁 동안에 테니스 잔디밭을 일구어놓았는데, 옛날의 모습으로 되돌려놓은 가치가 거의 없는 것 같구나."

"테니스 잔디밭이 있다는 것을 잊고 있었군요."

"연못과 금붕어 수족관 사이에 있었지."

"연못이라구요? 아, 그 호수와 섬 말이로군요?"

"호수라고까지야 할 수 없지. 너는 단숨에 뛰어서 그 섬에 닿을 수 있었거든."

"나는 그 호수를 굉장히 크다고 생각했지요."

그러나 모든 척도는 변했다. 오로지 난쟁이에게만이 세상은 똑같은 크기로 남아 있을 것이다. 마을과 정원을 분리시켰던 붉은 벽돌 담장까지도 그가 기억했던 것보다 훨씬 낮아서, 단지 1.5미터 정도에 지나지 않았다. 어린 시절에 그 담장 밖을 내다보기 위해서는 언제나 담쟁이덩굴과 먼지 낀 거미집으로 뒤덮인, 오래된 그루터기 위에 기어올라가야만 했다. 그들이 차를 몰고 집에 들어갔을 때 그러한 흔적은 전혀 없었다. 모든 것이 말쑥했고, 그들이 어렸을 때 부수었던 자동 대문 자리에는 멋있는 철 대문이 서 있었다.

"형은 집을 잘 관리하고 계시는군요."

와일디치가 말했다.

"채소 재배밭*이 없으면 그렇게 할 수 없었지. 그것이 정원사의 임금을 경감시켜줘. 훌륭한 회계사를 데리고 있는 셈이지."

와일디치는 잔디밭과 은빛 자작나무가 내다보이는 어머니 방으로 들어갔다. 조지는 아저씨가 소유하고 있던 그곳에서 잠을 잤다. 한때 와일디치의 소유였던 작은 침실은 지금은 타일을 붙인 목욕탕으로 탈바꿈되어 있었다. 단지 전망만은 변하지 않았다. 그는 '어두운 산책길'이 시작되는 월계수 덤불을 볼 수 있었지만, 그것들 역시 기억했던 것보다 작았다. 그 대장도 나처럼 이렇게 많은 변화를 발견했을까?

그날 밤 와일디치는 가족들이 오랫동안 휴식을 취하는 동안 커피와 브랜디를 마셨다. 그는 어릴 적 그의 꿈과 놀이와 그 어떤 것도 결코 남에게 말하지 않았을 만큼 비밀스러움을 간직했던 자신이 의아스러웠다. 그의 기억 속엔 모험이 며칠간이나 계속되었던 것 같았다. 그는 모험이 끝나자 모든 사람이 잠든 이른 새벽에 집으로 이르는 길을 찾아 돌아왔다. 그때는 조이라는 개가 있었는데, 그 녀석은 그에게 뛰어올라 이슬로 뒤덮인 잔디밭 속에 그를 넘어뜨렸다.

"탐사는?"

와일디치는 교묘한 방법으로 넌지시 물었다.

"14에이커 안에서 탐사할 것은 그렇게 많지 않았어. 이 집이 내 소유가 된 다음 나는 그런 계획을 했지. 테니스 잔디밭이었던 곳은 지금 대부분 감자밭이야. 그 연못 역시 물을 빼내려 했다. 연못은 모

---

* market-garden, 시장에 내다팔기 위해 가꾸는 채소밭.

기들의 서식처가 되거든. 욕실을 두 개 더 만들었고 주방을 현대화
시켰는데 그것마저도 4에이커의 목장이 들어간 거야. 집 뒤에 있는
공영 주택에서 어린애들이 울부짖는 소리 들리지? 모든 것이 실망
스러울 게다."

"적어도 나는 형이 호수의 물을 빼내지 않아 기쁩니다."

"야, 이 친구야, 왜 그것을 계속 호수라고 부르지? 아침에 그것을
보면 네가 어리석었다는 것을 알게 될 거야. 그곳의 물 깊이는 겨우
60센티미터 정도야."

조지는 덧붙여 말했다.

"나는 이 집에서 오래 살 수 없을 것 같다. 애들은 흥미를 느끼지
않고, 공장들이 들어서기 시작했거든. 애들에게 남겨줄 것은 달리
많지 않지만, 토지 값으로 상당한 액수를 받을 수 있을 거야."

조지는 자기 커피에 설탕을 더 넣었다.

"물론 내가 죽은 후에 네가 이 집을 갖고 싶어 하지 않을 경우에
말이다."

"나는 돈도 없고, 내가 형보다 먼저 죽지 않는다는 아무런 보장도
없지요."

"어머니는 내가 유산을 상속받는 것을 반대했어. 어머니는 이 집
을 전혀 좋아하지 않으셨어."

조지가 말했다.

"내 생각엔 어머니는 이곳의 여름을 사랑하셨습니다."

그들 사이에 놓인 회상의 커다란 간격이 와일디치를 아연하게 했
다. 그들은 마치 각기 다른 장소, 다른 사람들에 관해 이야기하는 것

같았다.

"집은 지독히도 불편했지. 어머니는 언제나 정원사와 사이가 좋지 않으셨어. 어니스트를 기억하지? 어머니는 그에게서 채소를 얻어내려면 무척이나 힘들다고 자주 말씀하셨어. 어니스트는 지금도 살아 있단다. 물론 은퇴했지만. 아침에 그를 만나보도록 해라. 굉장히 기뻐할 게다. 그는 아직도 자기가 그 땅을 관리하는 것처럼 여긴다. 그리고 너도 알다시피 어머니는 우리가 바닷가에 갔으면 더욱 좋았을 것이라고 항상 생각하셨어. 어머니는 우리에게서 상속 재산을 빼앗았다는 생각을 갖고 계셨어. 물동이, 삽, 바닷물 목욕이 어머니가 우리에게 물려주고 싶은 것들이었던 거야. 불쌍한 어머니. 그분은 헨리 아저씨의 호의를 저버릴 수 없었던 게다. 나는 어머니가 한 번도 바닷가에 가서 휴일을 보낼 수 있게끔 해주지 못했던 돌아가신 아버지를 질책했다고 본다."

"형은 그때에도 어머니와 함께 그것을 반복해서 이야기했나요?"

"아, 아니다. 그때엔 물론 어린애들 앞에서는 침착성을 지켰지. 그러나 내가 그곳을 상속받았을 때, 어머니는 메리와 나에게 여러 가지 어려움을 경고했어. 그때 너는 아프리카에 가 있었지. 너도 알다시피 어머니는 어떤 신비에 관하여 확고한 견해를 가지고 계셨고, 그것이 그 정원에 대하여 반감을 갖게 했어. 관목이 너무 많다고 말씀하셨어. 어머니는 모든 것이 깨끗해지길 바라셨어. 옛날 페이비언* 훈련식이야."

---

* 영국의 점진적 사회주의 단체.

"기묘한 일이로군요. 나는 어머니를 잘 몰랐던 것 같군요."

"너는 숨바꼭질을 무척 좋아했지. 그러나 어머니는 그 놀이를 좋아하지 않으셨어. 숨바꼭질을 병적이라고 생각하신 거야. 너를 찾지 못한 때도 있었어. 너는 몇 시간 동안 종적을 감추었으니까."

"형은 몇 시간이라고 단언하십니까? 하룻밤 동안이 아니고?"

"나는 전혀 기억이 없는 일이야. 어머님이 말씀하셨지."

그들은 침묵 속에서 잠깐 동안 브랜디를 마셨다. 그때 조지가 입을 열었다.

"어머니는 헨리 아저씨에게 '어두운 산책길'을 깨끗이 치워달라고 하셨지. 어머니는 그곳이 거미줄투성이기 때문에 건강에 좋지 않다고 생각했지만, 아저씨는 아무런 조처도 취하지 않으셨어."

"형이 그대로 놓아두었다니 놀랍군요."

"아, 물론 정돈할 생각은 있었지만 다른 일이 급했거든. 하지만 이젠 더 이상의 변화는 별다른 가치가 없을 것 같다."

그는 하품을 하면서 기지개를 켰다.

"나는 일찍 잠자리에 든다. 평소 습관대로 해도 괜찮을까? 아침은 8시 30분에 먹어도 좋지?"

"나 때문에 변화가 생기는 건 원치 않습니다."

"너에게 알려줄 것이 하나 있었구나. 욕실 안의 수세식 변소가 엉망이다."

조지는 와일디치를 2층으로 안내한 후 말했다.

"시골 배관공들의 솜씨는 엉망이지. 그래서 손잡이를 당겨도 깨끗하게 내려가지 않을 거야. 두 번 당겨야 된다. 이렇게 강하게 말이야."

와일디치는 창가에 서서 밖을 내다보았다. 어두운 산책길과 호수가 있을 공지 건너편으로 공영 주택들에서 새어 나오는 몇 줄기 불빛이 보였다. 월계수 사이로 가로등 하나가 보였고, 군중의 시끄러운 웅성거림처럼 서로 다른 텔레비전 방송이 뒤섞여서 희미하게 들려왔다.

조지가 입을 열었다.

"저처럼 변한 광경을 보셨더라면 어머니는 기뻐하셨을 게다. 많은 수수께끼들이 사라졌을 테니까⋯⋯. 겨울 밤의 이런 생활이 나에게도 오히려 마음에 들어. 저러한 광경에서는 일종의 교우 관계가 느껴지거든. 사람은 나이가 들수록 좌초되는 배에서처럼 혼자 고립되는 것을 원치 않는다. 이제 초등학생은 아니거든⋯⋯."

와일디치는 마치 미완성 작품에 의견을 제시하듯이 이렇게 말했다.

"적어도 우리는 그런 식으로 어머니에게 충격을 주지 말아야 했습니다."

"나는 때때로 어두운 산책길의 문제로 어머니를 기쁘게 해드리고 싶었다. 그리고 연못 문제로도 그랬어. 어머니는 연못 역시 무척 싫어하셨으니까."

"어째서요?"

"아마 네가 그 섬에 숨기를 좋아했기 때문이었을 게다. 그리고 또 하나의 비밀과 수수께끼가 있어. 네가 그 섬에 대하여 무엇인가 쓴 것이 있었지. 소설이었던가?"

"내가요? 소설이라구요? 어림도 없는 이야기입니다."

"나도 그때 상황이 잘 기억나지는 않아. 학교 잡지에서인가? 그래, 이제 생각이 나는군. 어머니는 대단히 화가 나서 여백에 파란 연필로 거친 비평을 쓰셨지. 내 눈으로 한번 보았으니까. 불쌍한 어머니였어."

조지가 침실로 안내하며 말했다.

"침대등이 없어서 미안하다. 지난주에 깨졌는데, 그 이후로 시내에 나가지 않았거든."

"괜찮습니다. 침대에서는 책을 읽지 않으니까요."

"네가 읽고 싶다면 아래층에 좋은 탐정 소설들이 있다."

"미스터리인가요?"

"오, 어머니는 그 책들에 전혀 신경쓰지 않으셨지. 수수께끼라는 제목으로 출판되었기 때문이야. 언제나 해답도 적혀 있었거든."

침대 곁에 조그마한 책꽂이가 한 개 놓여 있었다. 조지가 말했다.

"어머니가 돌아가실 당시, 내가 그분의 책 몇 권을 이곳 어머니 방에다 갖다 놓았어. 바로 어머니가 제일 좋아하는 것들로, 어느 책 장사들도 가져갈 수 없게 되었지."

와일디치는 비어트리스 웹이 쓴《나의 견습 기간My Apprenticeship》이라는 책을 발견했다.

"내가 생각하기에는 감상적인 일이로군요. 그러나 어머니가 좋아하시던 책을 비난하고 싶지는 않습니다. 안녕히 주무세요."

조지는 반복해서 말했다.

"침대등이 없어서 미안하다."

"정말 괜찮아요."

조지는 방문에서 머뭇거리며 말했다.

"윌리엄, 여기에서 너를 만나니 기쁘다. 나는 네가 이곳을 멀리하려 한다고 생각해왔거든."

"멀리하다니요?"

"글쎄, 너는 그 이유를 알 거야. 나는 헤로드에 가지 않는데, 메리가 죽기 전 며칠을 그곳에서 그녀와 함께 지냈기 때문이다."

"아무도 여기에서 죽지는 않았어요. 헨리 아저씨를 제외하고요."

"그렇지, 안 죽었지. 그런데 너는 어떻게 갑작스럽게 여기에 오려고 마음먹었지?"

"일종의 변덕 때문이지요."

와일디치가 대꾸했다.

"나는 네가 머지않아 외국에 나가려 한다고 생각하는데?"

"저도 그럴 것 같아요."

"그럼, 잘 자거라."

조지는 문을 닫았다.

와일디치는 옷을 벗었다. 그리고 전혀 잠이 오지 않을 것 같았기 때문에 침대에 앉아 방 한가운데에서 희미하게 비치는 전등불 빛으로 책꽂이의 초라한 책들을 죽 훑어보았다. 노동조합에 관하여 쓴 비어트리스 웹 여사의 책을 보다가 제자리에 갖다 놓았다(미래의 복지국가 창설에 대하여 사실적으로 장황하게 쓴 글이었다). 책꽂이에는 조지가 기억하고 있던, 푸른 연필로 빽빽하게 평을 쓴 많은 페이비언 팸플릿이 있었다. 와일디치 부인은 농산물 수입을 취급한 통계표에서 소수점이 잘못 찍힌 것을 지적해놓고 있었다.

어머니는 그것을 발견하기 위하여 많은 정열을 기울였을 것이다. 와일디치는 자기의 인생이 종점에 가까워졌다고 생각했기 때문이었는지, 어머니가 생각해왔던 거의 불가능한 미래의 대안(代案) 속에서 지적해놓은 이 오류를 극히 사소하게 느꼈다. 그러한 대안이라면 어머니에게는 페이비언 도표보다 동화가 더 가치있는 것이겠지만, 그분은 동화를 인정하지 않았다. 이 서가에서 유일한 어린이용 책은 영국의 역사책이었다. 아긴 코트 전쟁의 열광적인 평가에 대하여 어머니는 연필로 다음과 같이 열렬하게 적어놓았다.

그래서 결국 어떤 좋은 결과가 나왔는가?
조그마한 페터킨이 말했음.

그의 어머니가 시구를 인용했다는 것은 그 자체가 주목할 만한 일이었다. 그가 런던에서 겪었던 폭풍우가 이곳 동쪽에까지 쫓아와 이제는 유리창을 후려치는 비 섞인 강풍으로 변해 그를 내리덮치고 있었다. 별다른 이유는 없지만, 섬에서 겪었던 그런 지독한 날씨 같다고 생각했다. 그는 조지와 함께 세계 여행을 했던 옛 꿈의 발단이, 학교 교지에 싣기 위해 꾸몄다가 이내 잊히고 만 이야기에 불과했다는 사실을 조지를 통해 생각해낼 수 있게 되자 실망하고 말았다. 그리고 바로 그러한 생각이 떠오른 순간 책꽂이에 꽂힌 《워버리언 *Warburian*》이라는 책 한 권이 그의 눈에 띄었다.

그는 어머니가 왜 그러한 책을 보관하고 있었는지 의아해하면서 그것을 뽑아 들었다. 책 한 페이지가 접혀 있었다. 그것은 크리켓 경기의 평가였는데, 와일디치 부인이 여백에 평가를 해놓았다.

친애하는 와일디치 부인, 저는 지난 3일 부인의 편지를 받고,《위
버리언》에 발표한 어린 아들의 조그마한 환상극을 부인께서 불쾌
하게 생각하신 점을 깨닫고 유감스러웠습니다. 부인께서 13세의
어린 소년에게 너무 큰 상상력을 훈련시킨다고 저를 책망하신 말
씀은 극단적인 견해라고 사료됩니다. 분명히 그 애는《황금 시대
Golden Age》라는 책의 글귀에서 영향을 받은 것 같습니다. 요컨대
그 책은 비록 환상적일지 모르지만, 실은 잉글랜드 은행의 경영자
가 쓴 작품입니다.

와일디치 부인은 공백란에 푸른색 감탄 부호들을 수없이 적어놓
았다. 아마 은행에 대한 그녀의 견해를 나타낸 것이었을 것이다.

마지막 부분에 실린〈섬의 보물〉도 물론 기고된 것입니다. 상상
력을 기르게 하는 것은 우리의 의도입니다. 부인께서 "바보 같은 환
상들"이라고 쓰셨는데, 그것은 너무 혹독한 모독이라고 생각합니
다. 부인께서 얼마나 강렬하게 느끼셨는지를 알지만, 우리는 투고
를 신중히 받으며, 그 소년은 부인이 생각하셨던 것처럼 어떠한 종
교적인 교시에 의해서 "복종당한 것"도 전혀 아닙니다. 와일디치
부인, 솔직하게 말씀드려서 본인은 이 조그마한 환상극 속에서 어
떠한 종교적인 흔적도 찾아볼 수 없습니다(부인에게 이 편지를 쓰기
전에 두 번 통독했습니다). 진정으로 제가 우려하는 것은 그 보물이 너

무 물질적이고, "몰래 접근하여 훔쳐가는 사람"의 손에 좌우되어 있다는 점입니다.

와일디치는 편지의 날짜를 참고하여 편지가 지적하는 글의 내용을 찾으려 했다. 드디어 그는 발견해냈다. W. W*가 쓴 〈섬의 보물〉이었다. 와일디치는 읽기 시작했다.

5

"정원 가운데에 큰 호수가 있었는데, 그 가운데에는 수풀로 뒤덮인 섬이 있었다. 그 호수에 도착하려면 긴 '산책길'로 내려가는 길을 찾아야 했고, 많은 사람이 용기가 없었기 때문에 아무도 그 호수를 찾아내지 못했다. 톰은 그 놀라운 장소라면 방해를 받지 않을 것을 알고 있었고, 또 그것이 사실이었기 때문에 낡은 상자를 뜯어내 뗏목을 만들었다. 그리고 음산하게 흐린 어느 날, 모든 사람이 집에 있을 것으로 생각하고 섬으로 건너가기 위해 뗏목을 호숫가로 끌어내 노를 저었다. 그가 알고 있는 한, 그는 수세기 동안에 처음으로 그 땅에 도착한 사람이었다.

섬에는 모든 것들이 자라고 있었다. 그는 다락방에서 발견한 선원 사물함에서 지도를 찾아내 섬을 측량했다. 그곳은 중앙의 큰 우산 같은 소나무로부터 북쪽으로 세 걸음, 그리고 거기에서 오른쪽

---

* 어린 시절의 와일디치를 뜻함.

으로 두 걸음이었다. 그곳에는 관목 숲 외에는 아무것도 없는 것처럼 보였으나, 그는 곡괭이와 삽을 가지고 와 거의 초인적인 힘으로 풀 밑에 묻혀 있는 쇠고리를 찾아냈다. 처음엔 그것을 움직이는 것이 불가능하다고 생각했지만, 곡괭이 끝을 끼워 지렛대로 사용하자 돌 뚜껑 모양의 그것을 들어올릴 수 있었다. 그 밑에는 들어갈수록 컴컴한 좁다랗고 긴 통로가 있었다.

톰은 평상시보다 더 용기를 내었지만, 아버지가 돌아가신 후 경제적으로 위험한 상태에 이른 가족들의 운명이 아니었더라면 더 이상의 모험은 하지 않았을 것이다. 그의 형은 옥스퍼드대학교에 진학하려 했으나 돈이 없었기 때문에 평선원 생활을 해야만 했고, 어머니가 무척이나 좋아한 그의 집은 실라스데함 경이라는 사람에게 완전히 저당잡혔는데, 그는 자기의 사악한 성질을 감추지 못하는 사람이었다⋯⋯.”

와일디치는 읽는 것을 거의 포기하려 했다. 그는 자기가 기억하고 있었던 상상과 이 유치한 이야기를 일치시킬 수 없었다. 단지 “음산하게 흐린 어느 날”은 수풀이 바스락거리고 빗방울이 떨어지고 자작나무가 창 밖에서 흔들거리는 것같이 사실에 가깝게 느껴졌다. 작가는 이야기의 자료가 되는 자기 경험을 질서정연하고 풍부하게 살찌워야 하는데, 이 이야기에 나타난 어린 와일디치의 재능은 문학에 미칠 수 없다는 것이 너무나도 분명했다. 그는 13세의 자신을 향해 끓어오르는 분노와 “너는 왜 그것을 남겨놓았나? 너는 왜 그것을 왜곡했는가?” 하고 외치고 또 외치고 싶은 심정으로 읽어 내려갔다.

“그 통로는 바닥에서 천장까지 금괴와 스페인 은화로 가득 넘치는 상자 궤짝이 쌓여 있는 커다란 동굴을 향하여 뚫려 있었다. 거기에는 보석으로 장식된 십자가가 있었다."

와일디치 부인은 십자가라는 어휘에 파란색으로 밑줄을 그어놓았다.

"십자가는 스페인의 큰 범선 안의 예배당을 우아하게 꾸미던 진귀한 돌로 장식되었다. 그리고 대리석 탁자 위에는 값진 금속으로 된 술잔이 놓여 있었다."

그러나 그가 기억하기에 그것은 낡은 부엌 조리대였고, 거기에는 스페인 은화도, 십자가도, 스페인 범선도 없었다.

"톰은 다락방의 지도에 자기를 처음 인도해준 신의 다정다감한 섭리에 감사했다."

그러나 지도는 없었던 것이다. 와일디치는 그의 어머니가 파란색으로 줄을 그어놓은 것만큼 이야기를 수정하려 했다.

"그런 다음 이 값진 발견물에 자기를 인도해준 신의 다정다감한 섭리(그의 어머니는 다정다감한 신의 섭리에 관련해서 "종교적 감정의 흔적이 없다!"라고 여백에 써놓았다)에 감사했다. 그는 주머니에 스페인 은화를 가득 집어넣고 양 옆구리에 금괴 하나씩을 끼고 통로를 따라 되돌아 나왔다. 그는 이 발견을 비밀에 부치기로 했고, 날마다 조금씩 그의 방 찬장에 날라 오려 했다. 그렇게 해서 휴일이 끝날 때쯤 갑작스레 재산을 공개해 어머니를 놀라게 하려 했다. 그는 아무도 모르게 안전하게 집에 도착했다. 그리고 그날 밤, 집 밖에 줄곧 비가 내리는 동안 새로운 재산을 계산해보았다. 그러한 폭풍우는 처음이었다. 그 폭풍우는 마치 그의 옛날 해적 선조의 사악한 망령들이 그를 향하여 격노하는 것 같았다."

와일디치 부인은 이 대목에서 "영원한 형벌이야!"라고 기록했다.

"그리고 그 이튿날, 호수 안의 섬으로 돌아왔을 때, 모든 나무가 뿌리채 뽑혀 통로 입구를 가로질러 누워 있었다. 더욱 지독한 것은 그곳의 땅이 갈라져 이제 동굴은 호수의 물 밑에 영원히 숨겨지게 되었다는 것이다."

어린 와일디치는 40년 전에 간단하게 덧붙였다.

"이미 발견된 보석은 그의 가족들을 구하고, 그의 형을 옥스퍼드 대학에 보내는 데 충분했다."

와일디치는 옷을 벗고 침대로 들어가 자리에 누운 채 폭풍우 소리를 들었다. W. W는 얼마나 시시하고 관습적인 백일몽을 꿈꾸었던가? 무엇에서 그것을 떠올렸는가? 다락방도 없었다. 아마 뗏목도 없었을 것이다. 이런 것들은 아무런 문제가 되지 않는 준비 행동이었다. 그러나 W. W는 모험을 왜 그렇게 위조했던가? 턱수염의 사내는 어디에 있었는가? 시끄럽게 불평하는 늙은 할멈은? 물론 그것들은 모두 상상 그 자체였을 것이고, 상상 이외의 아무것도 아니었을 것이다. 그러나 상상 역시 경험이었고, 상상의 모습은 그것 자체의 본래 모습을 지녀야 했을 것이다. 그는 이 거짓 이야기에 그의 어머니가 페이비언 통계표의 오류에서 느꼈던 것과 똑같은 직업적인 분노를 느꼈다.

그는 계속 어머니의 침대에 누워서 W. W의 소설에 대한 어머니의 완고한 심문을 생각했다. 그러자 그에게 또 다른 왜곡의 이론이 떠올랐다. 그는 1940년 이후 그 악몽의 세월 동안 프랑스에 낙하된

스파이들의 고문담(拷問談)들이 그 자체 속에 충분한 진실성을 가지고 어떻게 특집 기사로 엮여 기록되었는가를 기억해냈다. 아마도 40년 전에 그에게 가해진 고통이 너무 격렬했기 때문에 W.W는 환상극 속에서 위안을 찾으려 했던 것 같다. 점령 지역에 낙하된 스파이들에겐 체포된 후에 언제나 시한(時限)이 주어졌다.

"심문자를 가능한 한 오랫동안 침묵과 거짓말로써 궁지에 몰아넣어라. 그러면 모든 것이 효과가 있을 것이다."

그의 경우에는 시한이라는 것은 이미 오래전에 지나가버렸다. 그가 어머니의 고통을 느낄 수 있을 가능성의 시한은 이미 미치지 않는 곳에 있었다. 와일디치는 처음으로 기억해두고 싶은 열망 속에 심각하게 빠져들었다.

그는 침대에서 일어나 책상 서랍에서 윈튼 소(小) 경작농지 유한회사에 대한 소득세 용도인 듯한 도장 찍힌 몇 장의 편지지를 발견해냈다. 그는 윈튼 홀의 정원 아래서 자기가 발견한 것의 내용을 기록하기 시작했다. 즉 발견했던 것을 회상하기 시작했다.

여름 밤은 50년 전에도 그랬듯이 창가에 부딪히는 빗소리로 시끄러웠다. 그러나 그가 기록을 계속하는 동안 소음은 희미해져 갔다. 정원의 수풀들이 보이게 되고, 그가 기록을 시작한 지 몇 시간이 지나 밖을 내다보았을 때에는 부서진 분수대와 그가 어두운 산책길 안의 월계수라고 생각했던 것들이 비바람으로 허리를 구부리고 있는 노인들처럼 보였다.

2부

1

내가 어떻게 호수 속의 섬에 도달할 수 있었는가에 대해 관심을 갖지 말라. 사실 여부에 관심을 갖지 말라. 형 조지가 말했듯이 호수는 겨우 60센티미터 깊이의 얕은 연못이다(나는 60센티미터의 얕은 연못에 뗏목을 띄울 수 있었고, 어렸을 적 언제나 어두운 산책길로 호수에 이르렀던 것이 확실하므로 내가 이곳에서 뗏목을 만들었을 가능성이 전혀 없었던 것은 아니라는 생각이 들었다). 몇 시였던가에 대해 관심을 갖지 말라. 나는 저녁이었다고 생각한다. 그리고 내가 기억하는 바로는, 조지가 어두운 산책길에서 나를 찾을 만한 용기가 없었기 때문에, 나는 그곳에 숨어 있었다. 그날 저녁은 지금처럼 비가 내리기 시작했을 것이고, 조지는 안전을 위해 돌아오라는 부름에 집 안으로 들어갔던 것이 틀림없다. 조지는 어머니에게 나를 찾지 못했다고 말

쓰러뜨렸을 것이고, 어머니는 2층 창가에서 집 안팎으로 내 이름을 소리쳐 불렀을 것이다. 아마 이런 일이 오늘 밤 조지가 나에게 말해준 그때의 경우였을 것이다. 나에겐 이러한 사실들이 단지 그럴듯할 뿐이지 확실치는 않다. 나는 아직도 내가 기록하는 이 이야기를 이해하지 못했다. 그러나 나는 며칠 동안 조지와 어머니에게 발견되지 않았던 것을 알고 있다. 조지가 무어라 말해도 나는 정원 아래서 3일 정도를 보냈기 때문에 그가 나를 발견하는 것은 불가능했다. 형이 정말 그 불가사의한 경험을 잊어버릴 수 있었겠는가?

나는 여기에서 그 이야기가 정말로 있었는지 검토를 하고 있는 것이다. 조지의 기억과 상상 속의 사건과는 무슨 관련이 있을까?

나는 호수를 건넌 것을 상상했다. 나는 상상했다……. 상상했던 것만은 확실한 사실이며, 나는 상상했던 사실에 분명히 집착하고 있는 것이다. 나의 불쌍한 어머니가 이러한 상상의 사건들을 잠깐 동안이지만 내가 실재의 사건으로 생각했다고 믿는다면 얼마나 슬퍼하실까……. 그러나, 물론 내가 지금 생각하고 있는 것을 그분이 알 수 있을 가능성이 있다면, 그 가능성의 범위는 한계가 없을 것이다. 나는 그때 수영을 해서든 — 나는 일곱 살 때 이미 수영을 할 줄 알았다 — 아니면 조지의 말처럼 호수가 작았다면 걸어서든, 뗏목을 저어서든, 물을 건넜다는 상상을 했다. 그리고 나서 섬의 능선을 기어올라갔다는 상상을 했다. 나는 풀밭, 관목 숲, 그리고 베어낸 작은 나뭇가지, 심지어는 어떤 나무까지 기억할 수 있다. 만일 옛날에 그것을 보지 않았더라면, 그것을 정원의 담장 높이의 삼림이라고 기술했을 것이다. 세월은 사물의 치수를 얼마나 작게 만드는지 모른다. 나는 W. W가 기술했던 우산 같은 소나무를 기억하지 못한다. 나는 W. W가 보물섬에서 파수 보는 나무를 훔쳐 왔을 것이라 추측한다. 그러나 내가 숲속으로 들어갔을 때 내 모습은 집에서 완전히 벗어났고, 숲속의 나무들은 비를 피할 수 있을 만큼 울창했음을 알게 되었다. 나는 순식간에 숨어버릴 수 있었다. 그러나 만일 호수가 연못보다 작았고, 섬이 부엌의 식탁보다 작았더라면 어떻게 숨을 수 있었을까? 나는 또다시 그 상상들이 사실인 것처럼 스스로 기억을 더듬고 있다는 것을 깨달았다. 상상에는 크기의 제한이 없다. 웅덩이는 대륙을 담을 수 있고, 잠자고 있는 나무숲은 지상의 끝까지 가지를 뻗을 수 있다. 나는 상상하고 있었다. 나는 이미 일곱 살 때부터 여행에 익숙해져 있었던 것 같다. 발육만을 필요로 하는 근육처럼 나에게는 이미 미래의 온갖 험한 여행의 꿈이 싹트기 시작한 것이었다. 나는 나무뿌리 사이에 주저앉은 채 잠이 들었다. 잠에서 깨어났을 때에는 나뭇가지에서 떨어지는 빗방울 소리와 주위를 열심히 날아다니는 벌레들의 윙윙거리는 소리가 들려왔다. 이 모든 소음들은 옛날의 음악 소리였던 윔폴 가의 병원 밖에 주차해둔 자동차 위에 쏟아지던 빗방울 소리처럼 나에게 선명하게 들려왔다.

달이 떠 있어서 나는 주위를 쉽게 바라볼 수 있었다. 아침이 되기 전에 탐험을 더 하기로 마음먹었다. 아침이 되면 틀림없이 나를 찾기 위해 탐험대를 보낼 것이기 때문이었다. 나는 조지가 읽어주었던 많은 탐험 소설 속에서 어떤 사람이 길을 잃고 주위를 맴돌다가 결국 목이 타고 배가 고파서 죽게 된 이야기를 알고 있었기 때문에, 나무 껍질 속에 십자형을 표시했다(몇 개의 날을 지닌 칼, 작은 톱, 머위에서 조약돌을 제거할 수 있는 기구를 각각 하나씩 가지고 있었다). 미래를 생각하여 나는 잠들었던 장소를 희망의 캠프라고 명명했다. 양쪽 호주머니에 사과를 넣어두었으므로 굶주릴까 봐 두렵지는 않았다. 목이 마를 경우엔 곧은 길로 계속 가기만 하면 되는 것이었다. 그렇게 하면 담수로 되어 있거나, 최악의 경우 물맛이 약간 짭짤한 호수에 다시 도달할 수 있을 것이라는 생각이었다. 나는 W. W가 이상스럽게 빼버렸던 이 모든 것을 옛 기억을 시험하기 위하여 상술한다. 나는 지금까지 이야기가 얼마나 깊숙하게 진행되었는지 잊어버렸다. W. W는 그것을 잊었을까, 아니면 기억하기를 두려워했을까?

나는 3백 미터 조금 더 걸어갔다. 대략 백 보마다 나무에 표시를 해가면서 먼 거리를 걸었다. 내가 이미 그린 지도에 적당한 탐사 기구가 없었기 때문에 이렇게 하는 것이 최상의 방법이었다. 드디어 나는 땅의 표면 위로 뿌리들이 휘감기며 뻗어 나온, 몇백 년 묵은 커다란 참나무에 도착했다. 나는 아프리카에서 그런 뿌리를 한번 본 일이 있는데, 사람들은 그곳을 물신(物神) ─ 조롱박과 야자 잎사귀와, 비를 맞아 썩은 알 수 없는 채소류로 만들어진 좌상(坐像)과 대나무로 만들어진 커다란 성기(性器) ─ 의 영역으로 만들어놓았다. 그 나무 뿌리에 접근하자 나는 갑자기 무서움을 느꼈다. 아니, 나에게 무서움을 느끼게 한 것은 옛날의 기억이 되살아난 때문이었을까? 이들 어느 한 뿌리 밑의 땅이 어지럽혀져 있었다. 어떤 사람이 담뱃대를 털어놓아 담뱃재가 수북이 쌓여 있었고, 세퀸* 하나가 축

---

* 의복에 다는 조그마한 원형 금속.

축한 달빛 아래에서 달팽이처럼 번쩍거렸다. 땅을 좀 더 관찰하기 위해서 성냥을 그어보니 푸석푸석한 흙부스러기에 발자국 하나가 드러났다. 그 발자국은 10센티미터쯤 떨어진 나무를 가리키고 있었으며, 외딴 모래섬에서 로빈슨 크루소가 발견한 발자국처럼 고독해 보였다. 또 마치 외발의 절름발이가 숲속에서 그 나무 쪽을 향해 곧바로 뛰어나온 것같이 보이기도 했다.

해적 선조! 발자국에 깜짝 놀랐던 기억을 W. W가 온순한 악당인 롱존 실버와 그의 나무 지팡이로 바꾸어 기록했다니 얼마나 어리석은 일인가?

나는 그 발자국 위에 쭈그리고 앉아 외다리 사나이가 나뭇가지 사이에 독수리처럼 걸터앉아 있으리라는 기대감으로 나무 위를 뚫어지게 응시했다. 그리고 귀를 기울였다. 그러나 들려오는 것이라곤 지난밤에 내린 빗물이 나뭇잎에서 나뭇잎으로 똑똑 떨어지는 소리뿐이었다. 이유는 모르겠지만 나는 무릎으로 기어 내려가 나무 뿌리들을 응시했다. 그곳에는 어떠한 쇠고리도 없었지만 나무 뿌리 하나가 마치 동굴로 들어가는 입구처럼 높이가 60센티미터 이상 되는 아치를 만들었다. 그 안쪽으로 머리를 디밀며 또 한 개비의 성냥을 켰다. 그러나 동굴의 뒤편은 볼 수가 없었다.

당시 내가 겨우 일곱 살이었다는 것을 기억하기란 어려운 일이다. 우리는 우리 자신에게는 언제나 똑같은 나이로 남아 있기 때문이다. 나는 처음에는 모험을 계속하는 것이 두려웠다. 그러나 다 자란 사내 그 누구라도, 나와 필적하는 어떠한 탐험가라도 나처럼 두려워했을 것이다. 형은 한 달 전에 나에게《오스트레일리아 탐험의 로맨스*The Romance of Australian Exploration*》라는 책을 큰 소리로 읽어주었다. 나의 독서 능력은 형에 비해 훨씬 뒤떨어졌지만 기억력은 또렷했기 때문에 모든 종류의 새로운 영상과 상상을 불러일으키는 어휘들을 머릿속에 담아둘 수 있었다. 원주민, 육분의(六分儀), 무럼비쥐*, 돌이 많은 사막, 그리고 나침반의 방향들을 큰 대문자인 E.S.E, N.N.W로 암기했는데, 그것들은 재미있었으므로 절대로 잊지 않았다. 나는 탐험가 스터트도 때때로 기세가 꺾이고, 버크는 자신의 공포를 감추기 위하여 고함을 질렀다는 데에서 위안을 받았다. 지금 그 동굴 곁에 무릎을 꿇고 앉은 내 마음속에 불현듯 또 하나의 영웅인 조지 그레이가 들어섰다. 턱에서 발목까지 완전히 붉은색 옷차림을 한 채 벽에 그려져 있는 키가 3미터나 되는 사나이에게로 다가갔던 그 동굴이 생각났다. 나는 이유는 알 수 없지만, 버크를 죽인 원주민보다는 그 사나이의 그림을 더 무서워했다. 그 사나이의 옷 속에서 불쑥 튀어나온 손과 발이 공포를 가중시켰다. 발은 다만 사람의 발에 지나지 않았다. 나의 상상은 그 화가의 오류— 내반족(內反足), 집게발 모양의 발, 벌레 같은 새의 발톱— 로 인해 끝없이 발동할 수 있었다. 지금 나는 이 기묘한 발자국을 잘못 그려진 그림과 관련시켜 생각했고, 나무 뿌리 밑 동굴에 기어들어갈 용기가 생기기 전에 오랜 시간을 망설였다. 동굴 속에 기어들어가기 전에 나는 발자국을 참조하기 위해 그곳을 '프라이데이의 동굴'이라고 이름 붙였다.

---

* 오스트레일리아의 남부 웨일즈 지방에 흐르는 강.

2

몇 미터까지는 머리카락이 천장에 스쳤으므로 나는 무릎을 꿇을 수조차 없었다. 그러한 자세에서 또 다른 성냥을 켠다는 것은 불가능한 일이었다. 나는 벌레처럼 먼지에 흔적을 남기면서 조금씩 움직였다. 얼마 동안은 어둠 속에서 긴 비탈길을 기어 내려가고 있다는 사실을 알아차리지 못했다. 그러나 나의 양편에서 나무 뿌리들이 마치 계단의 난간처럼 내 어깨를 스치고 있는 것을 느꼈다. 나는 두더지굴 안에서 지하의 나뭇가지 밑을 살금살금 기어가고 있었다. 그 다음에 장애물을 지나쳤는데 그 장애물을 완전히 돌아 나오면서 또다시 머리를 세게 부딪혔다. 그곳은 무릎으로 일어설 수 있는 곳이었다. 그러나 나는 다시 한번 쓰러질 뻔했다. 그것은 내가 그곳이 얼마나 경사진 비탈길이라는 사실을 몰랐기 때문이었다. 성냥을 켰을 때 나는 내 키가 어른보다 크다고 느꼈으며, 그 긴 비탈길이 끝없이 이어져 있는 것을 볼 수 있었다. 나는 인간이 상상 속에서 진정한 용기를 보여줄 수 있을지 여부에 관해서는 논란의 여지가 있다고 보지만, 무릎으로 기어서 나의 길을 계속 전진할 수 있었다는 점에 대해선 자부심을 느끼지 않을 수 없었다.

길이 구부러진 곳에서 나는 잠깐 발길을 멈추었다. 그리고 또 한 개비의 성냥을 켰을 땐, 이제 두 발로 일어설 수 있다는 사실을 알았다. 그 길은 편평하게 수평으로 뚫려 있었다. 그곳의 공기에는 양배추 요리 같은 이상스러운 냄새가 나 목이 텁텁하여 밖으로 되돌아 나가고 싶었다. 나는 광부들이 굴 속 공기의 신선도를 알아보기 위해서 새장 안에 카나리아를 가지고 들어간다는 사실을 생각해냈다.

그리고 윈튼 홀에서 기르는 카나리아를 가져왔었더라면 하고 생각
했다. 그랬더라면 그 새는 저 어두운 굴 속에서 가냘픈 노래를 부르
는 친구가 되었을 것이다. 내가 기억하기엔 굴 속에는 폭발의 원인
이 되는 석탄 가스가 들어 있는데, 이 통로에는 그 유독 가스가 있는
것이 틀림없었다. 나는 거의 호수 밑에 와 있는 게 분명했고, 만일
폭발이 일어날 경우에는 호수의 물이 쏟아져 들어와 익사할 것이라
고 생각했다.

그런 생각이 들자 성냥불을 꺼버렸다. 동시에 나무 뿌리 사이로
오래 기어 되돌아가는 것보다 어쩌면 조금은 쉽사리 출입구에 도착
할 수 있을 것이라는 희망으로 걷기를 계속했다.

갑자기 내 앞에서 무엇이 쉿 하는, 휘파람 소리를 냈다. 그것은 주
전자의 물이 끓을 때 나는 소음 같은 것이었다. 나는 뱀이 떠올랐고,
이 굴 속에 어떤 커다란 파충류가 보금자리를 만들어 살고 있지 않
나 하는 생각이 들었다. 그중에는 인간에게 치명적인 검은 맴바라
는 종류가 있다……. 나는 부동 자세로 서서 그 소리가 계속되는 동
안 숨을 죽이고 있다가, 결국 아무것도 아니었다는 것을 깨달았다.
나는 어머니의 방 곁에 있는, 전기 스위치가 손 가까이 있고 튼튼한
침대가 있는 나의 방에 무사히 갈 수만 있다면 아무것도 아까울 것
없는 심정이었다. 철컥거리는 이상한 소리와 오리 울음소리 같은
것이 들려왔다. 더는 어둠을 견딜 수 없었기 때문에 석탄 가스도 잊
은 채 또 한 개비의 성냥을 켰다. 성냥불은 낡은 신문 뭉치를 환하
게 태웠으나 아무것도 눈에 띄지 않았다. 여기에 온 것이 내가 처음
은 아니라고 느낀 것은 이상한 일이었다. "여보세요!" 하고 소리 질

러보았다. 나의 목소리는 작은 메아리가 되어 긴 통로 아래로 울려 갔다. 아무런 대답이 없었다. 신문 한 장을 집어들어 보니 현재 이곳에는 사람이 살고 있지 않다는 것을 알 수 있었다. 그 신문은 1885년 4월 15일 〈동부 영국 국교지 *East Angli-canbserver*〉였다. 거기에는 〈콜체스터 가디언 *Colchester Guardian*〉지도 섞여 있었다. 내 마음속에 그 날짜와 빅토리아 시대의 고딕체 타이틀까지 남아 있는 것은 이상한 일이다. 그 신문지에는 선사 시대 ─ 무한한 옛날 ─ 의 대구어(大口漁)를 둘러싸기라도 한 듯 물고기의 비린내가 감돌았다. 성냥불이 손가락을 따갑게 하며 꺼졌다. 그 오랜 세월 동안에 내가 최초로 이곳에 온 사람 같았다. 그러나 그 신문들을 가지고 들어왔던 사람은 이 동굴 어딘가에 죽어 있으리라…….

그러자 한 가지 생각이 떠올랐다. 나는 신문지로 횃불을 만들고 나중 일을 대비하여 신문지 몇 장을 겨드랑이에 끼고, 밝은 불빛을 앞세워 대담하게 통로를 따라 내려갔다. 야수들과 뱀들 ─ 조지가 그같이 읽어주었다 ─ 은 불을 두려워한다. 그리하여 폭발에 대한 공포심은 내가 어둠 속에서 발견할지도 모를 더 큰 공포심 때문에 멀리 달아나버렸다. 그러나 내가 두 번째 모퉁이를 돌면서 발견한 것은 뱀이나 표범, 호랑이 또는 동굴에 출몰하는 어떤 동물도 아니었다. 통로의 왼쪽 벽 위에 원시인의 단순함 같은 필체로 ─ 끌처럼 날카로운 도구를 사용한 것 같았다 ─ 커다란 물고기의 윤곽이 휘갈겨 있었다. 나는 횃불을 더 높이 치켜들고 반쯤 지워졌거나 아니면 내가 모르는 언어로 쓰인 글자의 흔적을 쳐다보았다.

그 기호의 의미를 알려고 애쓰고 있을 때, 보이지 않는 곳에서 "마리아, 마리아" 하고 부르는 쉰 목소리가 들려왔다.

나는 꼼짝도 하지 않고 서 있었고, 신문지는 나의 손 안에서 타 내려갔다.

"마리아, 당신이야?"

목소리가 말했다.

그것은 대단히 화난 듯한 소리였다.

"무슨 짓궂은 짓을 하고 있지? 몇 시인 줄이나 아나? 내가 수프를 먹을 시간이라는 것도 몰라?"

그때 조금 전에 들려왔던 이상한 소리가 다시 들려왔다. 오랫동안 속삭이는 소리가 나더니 조용해졌다.

3

나는 통로 밑에서 짐승이 아닌 사람들이 어떻게 살 수 있으며, 법을 피해 숨어 사는 범인들이나 어린애들을 훔치는 악명 높은 집시들을 제외한다면, 어떤 종류의 인간들일까 하고 곰곰이 생각했다. 또 자기들의 비밀을 알아낸 다른 사람에게 무슨 짓을 해올까 하는 생각에 두려움을 느꼈다. 물론 내가 어떤 원시 부족의 집에 들어왔을 가능성도 있었……. 나는 계속 가야 할지 혹은 되돌아가야 할지 마음을 결정하지 못한 채 그냥 서 있었다. 그것은 내 오스트레일리아 원주민 동료가 나를 도와 해결할 수 있는 문제가 아니었다. 오스트레일리아 원주민들 중에는 물고기(나는 벽에 그린 물고기를 생각했다)를 대접하면서 친절하게 대해주는 부족도 있는 반면, 창을 들고 공격하는 적들도 있었다. 어느 경우든 간에 — 이들이 범죄자들이건, 또는 집시나 원시인들이건 — 나에게 자신을 방어할 수 있는 유일한 무기는 휴대용 칼밖에 없었다. 이러한 공포에도 불구하고, 내가 만일 생존할 수만 있다면 어느 날 반드시 지도를 그려 이 장소를 '우유부단의 캠프'로 표시해놓겠다고 생각을 한 점은 진정한 탐험가 정신 때문이었다.

나의 우유부단은 해결되었다. 갑작스럽게, 그리고 소리도 없이 늙은 여인이 통로의 모퉁이 근처에서 나타났던 것이다. 그녀는 발목까지 내려오는 세퀸으로 뒤덮인 낡고 푸른 옷을 걸치고 있었다. 회색빛 머리는 길게 늘어뜨렸지만 정수리는 대머리였다. 어느 점으로 보나 그녀도 나처럼 당황해했다. 그녀는 처음 목격한 자리에 꼼짝 않고 서서 입을 벌린 채 나를 바라보더니, 물오리가 내는 듯한 괴상한 소리를 냈다. 나중에야 그녀는 입술이 없다는 사실과, 그녀의 괴상한 소리는 "너는 누구냐?"라는 뜻이었다는 것을 알았다. 그러나 당시 나는 그녀가 지껄인 소리가 어떤 외국어 — 아마 원시인들의 언어 — 일 것이라고 생각하고 침착하려 애쓰며 "나는 영국인이에요"라고 대답했다.

사람의 모습은 보이지 않은 채 쉰 목소리만이 들렸다.

"마리아, 그 사람을 이곳으로 데려와."

늙은 여인이 나에게 한 발자국 다가섰다. 그러나 그녀의 손이 내

몸에 닿는다는 생각만 해도 몸서리가 쳐졌다. 그녀의 손은 늙었고 새의 발톱처럼 굽었으며, 정원사인 어니스트가 한때 들려준 '수의(壽衣)' 같은 갈색 헝겊으로 뒤덮여 있었다. 손톱은 무척 길었고 먼지가 끼어 있었다. 입고 있는 옷 역시 너무 더러웠다. 밖에서 보았던 세퀸이 생각나자 그녀가 나무 뿌리 사이를 헤치고 이곳으로 들어온 것이라는 생각이 들었다. 나는 통로 옆으로 물러서서 몸을 비집고 가까스로 그녀의 접근을 피했다. 그녀가 내 뒤에서 물오리 같은 소리를 내며 쫓아왔고, 나는 계속 아래로 내려갔다. 두 번째인가 세 번째 모퉁이를 돌았을 때 나는 약 2미터 정도 높이의 큰 동굴에 들어와 있었다. 처음에는 옥좌(玉座)라고 생각했지만 후에 낡은 변기용 의자로 밝혀진 그것 위에, 흰 턱수염을 기른 몸집이 큰 늙은이가 앉아 있었다. 그의 입 주위의 턱수염은 누렇게 물들어 있었는데, 아마도 담배의 니코틴 때문이었을 것이다. 그의 한쪽 다리는 튼튼했지만 오른쪽 바짓가랑이는 완전히 꿰매어져 덧베개처럼 불룩해 보였다. 조각칼과 두 개의 양배추, 주방 탁자 위의 기름 램프는 그의 풍요로운 삶을 암시해주었다. 그의 얼굴은 언젠가 다윈이 기술했던 전서(傳書)용 비둘기의 내용 중 "대단히 길게 늘어진 눈꺼풀, 밖으로 향해 뚫린 커다란 콧구멍, 그리고 넙죽한 입"을 생생하게 생각나게 해주었다.

"너는 누구며, 여기서 무엇을 하고 있나? 그리고 왜 내 신문지를 태우나?"

그가 물었다.

늙은 여인이 모퉁이까지 내려와 내 등 뒤에 서서 나의 퇴로를 차단했다.

"이름은 윌리엄 와일디치고, 윈튼 홀에서 왔습니다."

내가 대답했다.

"윈튼 홀이 어디지?"

그는 변기용 의자에서 조금도 움직이지 않은 채 물었다.

"바로 저 위입니다."

나는 동굴의 천장을 가리키며 대답했다.

"아주 대단치 않은 곳이군."

그가 말했다.

"이봐, 저 위에는 중국, 아메리카, 그리고 샌드위치 섬 등 모든 것들이 있는 곳이야."

"저도 그렇게 생각합니다."

내가 말을 받았다. 나중에 알았지만, 그의 말 대부분에는 일종의 타당성이 있었다.

"그러나 지하의 이곳에는 우리밖에 없다. 마리아와 내가 유일한 존재야."

그의 말이었다.

이제는 그가 덜 무서워졌다. 그가 영어를 사용했으므로 동족으로 생각되었다.

그래서 나는 말했다.

"밖으로 나갈 수 있는 길을 알려주면 제 갈길로 가겠습니다."

그가 날카롭게 질문했다.

"겨드랑이 사이에 낀 것이 무엇이지? 신문들이지?"

"통로에서 발견한 것입니다."

"이곳에서는 습득물을 가지고 있지 못해."

그가 말했다.

"저 위의 중국에서 습득한 어떤 것이라도 말이야. 그 이유를 곧 알게 되지. 이봐, 그것은 마리아가 가져온 신문들이야. 너를 밖으로 내보내 훔쳐 오게 한다면 무슨 읽을거리를 얻을 수 있겠나?"

"그런 의도로 나가려 했던 것은 아니었습니다."

"글을 읽을 줄 아나?"

그는 내 변명에는 귀를 기울이지 않은 채 질문했다.

"단어들이 너무 길지 않으면 읽을 수 있습니다."

"마리아는 잘 볼 수 없는 점에서는 나와 다를 바 없지만, 읽을 줄은 알지. 그러나 또렷또렷하게 발음하지는 못해."

마리아는 내 뒤에서 꽥꽥 소리를 질렀다. 그 소리가 마치 황소개구리 울음소리처럼 들렸기 때문에 나는 펄쩍 뛰었다. 그녀의 읽는 소리가 저렇다면 그가 어떻게 알아들을 수 있을지 궁금했다.

"몇 줄 읽어보아라."

그가 말했다.

"무슨 뜻입니까?"

"쉬운 영어도 못 알아듣나? 이 밑에서 저녁을 먹기 위해선 일을 해야 된다는 말이야."

"그러나 지금은 저녁 식사 때가 아닙니다. 아직 새벽입니다."

내가 대답했다.

"마리아, 지금 몇 시지?"

그러자 그녀가 "꽥"이라고 대답했다.

"6시라구. 그럼 저녁 식사 시간이로구면."

"하지만 지금은 아침 6시지, 저녁 6시가 아닙니다."

"어떻게 그걸 알지? 빛이 어디에 있지? 여기에선 아침, 저녁이란 것이 없어."

"그럼 어떻게 알고 잠을 깨지요?"

내가 물었다. 그가 웃자 턱수염이 흔들렸다.

"심술궂은 꼬마 애송이로군."

그가 외쳤다.

"마리아, 어떻게 알고 잠에서 깨느냐는 질문을 당신도 들었지? 어쨌든 우리가 누구라는 것과 함께, 인생은 재미있고 즐거운 일만은 아니라는 것을 알게 될 거야. 영리하면 곧 알게 될 것이고, 멍청하면……"

그는 말하면서 침울하게 골똘히 생각했다.

"우리는 비밀을 감추기 위해 다른 어느 움보다도 깊은 움을 이곳에 파놓았어. 지하에서나 지상에서 중요한 것이라면 이곳에서도 모두 다 찾아낼 수 있다."

그는 화난 듯 덧붙였다.

"내가 지시한 대로 왜 읽지 않나? 우리와 함께 지내려면 그런 것쯤은 짐작할 수 있을 게 아닌가?"

"저는 여기 있고 싶지 않습니다."

"그저 흘끗 엿보려는 생각이지? 그리고 도망간다? 그것은 오산이야. 그러나 보고 싶은 것은 모두 엿보아라. 그런 다음 잘 지내보자."

나는 그가 말하는 방식이 싫었으나 어쩔 수 없이 그가 시키는 대로 했다. 그곳에는 초콜릿 빛으로 얼룩진, 서랍이 딸린 상자와 높은 부엌 찬장, 헌 조각으로 이어 붙인 커튼, 마리아가 의자로 사용하는 듯한 목재 상자, 그리고 그 상자보다 조금 큰 식탁 대용의 상자가 하나씩 놓여 있었다. 그런가 하면 조리용 난로가 있고 한쪽으로 주전자를 치워놓았는데, 그것은 아직도 김을 내뿜고 있었다. 그것이 아마 통로에서 들었던 쉿 하는 소리였던 것 같았다. 침대의 흔적은 눈에 띄지 않았다. 벽 쪽에 쌓여 있는 감자 자루 더미가 침대로 사용되고 있는 듯했다. 흙으로 된 바닥 위에는 수많은 빵부스러기가 널려 있었고, 몇 개의 뼈가 구석으로 치워져 매장을 기다리고 있는 듯했다.

　그가 말했다.

　"자, 너의 젊은 걸음걸이를 보여주렴. 네가 같이 살 가치가 있는지 알아야 될 테니까."

　"그러나 저는 같이 머물러 있고 싶지 않은데요."

　내가 말했다.

　"정말입니다. 집에 돌아가야 할 시간입니다."

　"가정이란 사람이 드러눕는 곳이다."

　그의 대답이었다.

　"그리고 이곳이 지금부터 네가 누울 곳이다. 자, 네가 가지고 온 신문 첫 페이지를 읽어라. 새 소식이 궁금하다."

　"그러나 이 신문은 거의 50년 전 것입니다. 이 신문에서는 아무런 뉴스도 찾아낼 수 없습니다."

"뉴스는 아무리 오래되어도 뉴스다."

나는 그가 강사나 예언자와 같은 어투로 말한다는 것을 깨닫기 시작했다. 그는 이상하게 미친 사람처럼 대화보다 신용할 수 있는 기사 내용의 낭송에 더 흥미를 느끼는 것 같았다. 그럼에도 불구하고 나는 그의 잘못에 대해 납득시킬 수 있도록 지적할 수 없었다.

"고양이는 죽었을 때에도 고양이다. 우리는 그것이 냄새가 날 때 치워버리지. 그러나 뉴스는 사장되어 아무리 오랜 세월이 흘러도 냄새가 나지 않는다. 뉴스는 변하지 않아. 그리고 그것은 네가 기대하지 않을 때 다시 돌아오거든. 천둥같이 말이다."

나는 닥치는 대로 신문을 펴서 읽었다.

"그렌지에서 가든 파티. 롱 윌슨의 그렌지에서 숙녀들의 후원으로 몽고메리 부인이 가든 파티를 열었다."

나는 너무 빠르게 밀려오는 긴 단어들 때문에 약간 난처했으나 상당한 자부심을 갖고 마음을 달랬다. 그는 변기용 의자에 앉아 약간 머리를 숙이고 주의를 기울이며 듣고 있었다.

"목사가 흰 코끼리 축사에서 연설을 했다."

그 늙은이는 만족한 듯이 말했다.

"그들은 고귀한 짐승들이군."

"그러나 그들은 진짜 코끼리들이 아닙니다."

내가 대답했다.

"축사라는 것은 마구간 같은 것이지? 만일 그들이 진짜 코끼리가 아니면 그 축사는 무엇에 쓰지? 계속 읽어라. 그것은 훌륭한 운명이었나 아니면 불행한 운명이었나?"

"둘 중 어느 운명도 아니었습니다."

"다른 운명이란 있을 수 없다."

그가 말했다.

"나에게 신문을 읽어주는 것은 너의 운명이다. 개구리처럼 말하는 것은 마리아의 운명이고, 나쁜 시력 때문에 듣기만 하는 것은 나의 운명이다. 후자는 우리가 여기서 겪는 지하의 운명이고, 전자는 정원의 운명이다. 그러나 종말에는 둘 다 똑같은 운명이 된다."

그와 논쟁하는 것은 필요 없는 일이기 때문에 나는 읽기를 계속했다.

"불행히도 그 파티는 폭우 때문에 불시에 끝났다."

마리아는 꽥 하는 소리를 내었는데, 그것은 악의가 있는 웃음 소리처럼 들렸다. 그때 그 늙은이는 내가 읽어준 기사 내용이 자기가 생각했던 점과 어딘지 같은 것이라고 생각한 듯 말했다.

"네가 알다시피 그것은 너를 위한 운명이다."

나는 계속해서 읽었다.

"모리스 댄스와 보물찾기 등의 오후 행사는 집 안으로 옮겨졌다."

"보물찾기라고?"

늙은이가 날카롭게 물었다.

"그것은 이 신문에 있는 내용입니다."

"뻔뻔스럽게. 정말 뻔뻔스러워. 마리아, 당신도 그 소리 들었지?"

그녀는 꽥 소리를 냈다. 이번에는 그녀도 화난 듯한 소리였다.

"수프를 먹을 시간이군."

그는 이 소리를 마치 "내가 죽을 시간이군"이라고 하는 듯 아주 우울하게 말했다.

"이 보물찾기는 오랜 옛날에 있었던 일입니다."

나는 그를 달래려고 애쓰며 말했다.

"시간?"

그가 외쳤다.

"너는……."

그가 반복하는 '시간'이라는 어휘는 나에게 생소한 느낌으로 다가왔다. 그래서 내가 동굴에서 집으로 돌아왔을 때 확신을 가지고 사용할 수 없는 어휘가 되었다. 마리아는 커튼 뒤로 가버리고 없었다. 나는 거기에 또 다른 찬장이 있으리라 추측했다. 문을 여닫는 소리와 컵과 냄비가 쨍그렁거리는 소리가 들려왔기 때문이다.

나는 재빨리 그에게 속삭였다.

"그녀는 당신의 루바*입니까?"

"누이나 부인, 어머니나 딸, 그것이 무슨 상관이 있지? 마리아는 여자니까 그중 어느 하나에 속하겠지."

그는 옥좌에 앉은 왕처럼 변기용 의자에 앉아 골똘히 생각에 잠겼다.

"성(性)에는 두 가지가 있다. 두 가지의 성을 정의하는 그 이상의 것은 알려고 하지 마라."

그가 말했다. 그 설명은 후에 내가 학교에서 이등변삼각형의 변에 대한 유클리드 법칙을 배울 당시에 느낀 것과 똑같은 수학적인

---

* Luba. 남부 콩고의 흑인 계통 아내.

확실성을 나의 가슴속에 심어주었다. 긴 침묵이 흘렀다.

"저는 이제 가봐야겠습니다."

나는 안절부절못하며 말했다. 마리아가 들어왔다. 그녀는 피도 (Fido)라고 씌어진 접시에 뜨거운 수프를 담아 가지고 왔다. 그녀의 남편 혹은 오빠, 아니면 다른 관계인 그는 무릎 위에 수프를 올려놓고 한참 후에 그것을 마셨다. 그가 또다시 사색에 잠겼기 때문에 나는 그것을 깨뜨리지 않으려고 주의했다. 그렇지만 잠시 후에 다시 졸랐다.

"식구들이 집에서 저를 기다리고 있을 거예요."

"집이라구?"

"네."

"너에겐 여기보다 좋은 집은 없다."

그가 말했다.

"넌 알게 된다. 조금 지나면 ― 1년 또는 2년 후가 되면 말이다 ― 넌 여기에 잘 정착할 수 있을 거야."

나는 공손해지려고 최선을 다했다.

"여기는 정말 좋은 곳입니다. 그러나……."

"네가 아무리 안절부절못해도 소용없다. 너에게 이곳으로 오라고 부탁하지도 않았는데 네 스스로 온 거야. 너는 이곳에 머물러야 돼. 마리아는 양배추를 돌봐야 하지만 너는 어떠한 고생도 겪지 않을 거야."

"그러나 저는 이곳에 머무를 수가 없어요. 어머니가……."

"어머니와 아버지는 잊어버려라. 지상의 무슨 물건이든 네가 필요하다면 마리아가 너를 대신하여 가져다준다.”

“그래도 저는 여기에 머무를 수 없습니다.”

“할 수 없다는 말은 나 같은 사람에게 사용할 수 없는 말이다.”

“그러나 당신은 저를 이곳에 붙잡아둘 아무런 권리도 없습니다.”

“그러면 너는 무슨 권리로 도둑놈처럼 부수고 들어와서 내 수프를 끓이는 마리아를 방해했느냐?”

“그러나 저는 당신과 함께 이곳에서 지낼 수 없습니다. 그것은 이곳이…… 위생적인 곳이 아니니까요.”

내가 어떻게 그런 말을 입에 담을 수 있었는지 모른다.

“저는 죽을지도…….”

“여기에서는 죽는 것에 대해서 말할 필요가 없다. 여기에서는 아무도 죽지 않았고, 또 어떤 사람이 죽어갈 것이라고 믿을 이유도 너에게는 없다. 우리, 마리아와 나는 긴 세월 동안 살아왔고, 죽지 않는다. 너는 자신이 얼마나 행운아인지를 모르고 있다. 이곳에는 아시아의 모든 보물들보다 훨씬 더 많은 보물들이 있다. 어느 날이고 네가 마리아를 괴롭히지 않게 되면, 그것들을 너에게 보여주마. 너는 백만장자가 무엇인지 아느냐?”

나는 고개를 끄덕였다.

“그들은 마리아와 내가 가지고 있는 부의 4분의 1도 가지고 있지 않다. 그리고 그들 역시 죽는다. 그럼 그 보물들은 어디에 필요하겠나? 록펠러, 프레트, 콜럼버스 모두 죽었다. 나는 여기에 앉아 죽음에 관하여 읽고 있다. 그것은 행사(行事)에 불과하다. 너는 그 신문들에서 소위 사망 기사라는 것을 볼 수 있다. 거기에는 나와 마리아를 웃겨주었던 캐로린 윈터버텀 부인에 관한 기사가 있구나. 우리는 이곳에서 난롯가에 앉아 1년 내내 여름 밑바닥 생활을 하고 있는 셈이야."

마리아는 뒤편에서 꽥꽥거렸고, 나는 그의 그러한 표현에 놀라서라기보다 그의 말을 저지하기 위하여 울기 시작했다.

그 이후 수많은 세월이 흐른 지금까지 그가 열거한 사람들과 어휘들을 아주 생생하게 기억할 수 있다는 것은 이상한 일이다. 만일 지금 사람들이 섬의 그 나무 뿌리 밑을 파 내려간다면, 배수관이나 하수구에서 분리되어 아무런 쓸모도 없게 되어버린 낡은 변기용 의자에 그가 고요히 앉아 있는 모습을 볼 수 있을 것이며, 그는 먼 옛날부터 몇 세기를 살아왔음에 틀림없는 인물이라는 것을 알게 될 것이라고 나는 약간의 기대를 가져본다. 그에게는 어딘지 모를 독재자의 모습과, 내가 말했던 예언자나, 어머니가 싫어했던 정원사나, 이웃 마을의 경찰관과 같은 모습이 있었다. 그의 표현들은 가끔 촌스럽고 거칠었지만, 그의 사상은 마치 퇴비의 밑켜에서 뻗어나는 뿌리처럼 깊은 차원에서 움직이는 것 같았다. 나는 그가 말해주었던 것들을 회상하면서 이 방 안에 몇 시간 동안 앉아 있었다. 나는 아직도 그것들의 의미를 파악하지 못하고 있다. 그것들은 단서나 영감을 기다리는 깨어지지 않는 규약처럼 내 기억 속에 쌓여 있다.

그는 나에게 날카롭게 말했다.

"이곳에서 소금은 필요 없다. 현재 상태로도 너무 많아. 흙을 맛보면 그것 자체가 소금이라는 것을 알 것이다. 우리는 소금 속에서 살고 있다. 소금에 절여져 있다고 할 정도야. 마리아의 손을 보아라.

그러면 손금들 사이에서 소금을 찾아낼 수 있을 테니까."

나는 즉시 울음을 그치고 그녀의 손을 바라보았다(나의 주의력은 언제나 틀린 자료를 낳았다). 그랬더니 정말 그녀의 손가락 관절 사이에는 희미하고 하얀 소금기가 붙어 있는 것처럼 보였다.

"너도 시간이 지나면 소금같이 변할 것이다."

그는 고무적으로 말하면서 소리를 내어 수프를 마셨다.

"그러나 저는 정말 가야 합니다. 미스터……."

내가 말했다.

"나를 재비트라고 불러도 좋다. 그러나 그것은 진짜 내 이름이 아니다. 너에게 진짜 이름을 알려준다 해도 너는 믿지 않겠지? 마리아는 마리아가 아니다. 그것은 그녀가 대답할 수 있는 소리일 뿐이다. 너는 나를 주피터로 알고 있겠지?"

"아닙니다."

"네가 주피터라는 개를 갖고 있다면, 그 개가 정말 주피터라고 믿지 않겠지?"

"저는 조이라는 개를 갖고 있습니다."

"똑같이 적용되는 말이지."

그는 말하면서 수프를 마셨다. 정원 밑에서 보낸 기간 동안(얼마나 많은 날들인지 모른다)에 들어두었던 그의 비논리적인 의견에서 내가 발견한 관심을, 나는 세상 사람들의 어떤 대화에서도 찾아내지 못했다고 생각한다. 재비트는 그의 방식대로 행하고 있었다.

내가 생각하기에는 좀 완고한 수법이라고 느꼈지만, 그는 나에게 머물라고 종용했고, 마리아는 내가 도망치는 것을 막으려 했다고 본다. 또 나는 분명히 케케묵어 곰팡내 나는 그녀의 옷자락으로부터 탈출하려고 투쟁할 꿈을 꾸지 않았던 것 같다. 그 기간 동안의 생활은 전후반으로 나뉘어 이상스러운 균형을 이루었다. 그 전반에 나는 악몽 속에 빠져 놀랐고, 후반에는 재비트의 기묘한 이야기와 그의 사상의 고귀함에서 자유롭고 행복하게 웃을 수 있기만을 바랐다. 그 기간 동안의 생활에서 가장 중요한 사항은 두 가지, 즉 웃음과 공포뿐인 것 같았다(아마도 똑같은 반대 감정 병존 심리는 내가 한 여인 '마리아'를 처음 알게 된 순간에 싹이 텄을 것이다). 세상에는 우월감을 띤 웃음을 웃는 사람들이 있지만, 재비트는 나에게 즐겁고 악의 없는 평등한 웃음을 가르쳐주었다. 그는 변기용 의자에 앉아 말했다.

"너는 내가 매일 죽은 물질을 배설한다고 생각하지? 그것은 아주 잘못된 생각이다."

나는 그의 이야기가 지저분했고, 예전에는 들어보지 못한 것이었기 때문에 웃고 있을 뿐이었다.

"나의 몸에서 나오는 모든 것은 살아 있다. 그것들은 세균이나 간상균과 같이 꿈틀거리고 있으며, 자궁 같은 땅 속으로 들어간다. 그것은 나의 딸이 그랬듯이 어딘가에서 나온다. 그러고 보니 나의 딸에 대한 이야기를 잊었구나."

"그녀가 이곳에 있습니까?"

다음에 어떤 소름끼치는 여자가 나올까 하는 의아한 마음으로 커튼을 쳐다보면서 내가 말했다.

"아, 아니다. 그 애는 오랜 옛날에 지상으로 올라갔다."

"어쩌면 제가 당신 메시지를 그녀에게 전해줄 수 있을 겁니다."

내가 교활하게 말했다.

그는 나를 경멸하듯 바라보며 물었다.

"너 같은 사람이 그녀 같은 사람에게 무슨 메시지를 전할 수 있다는 거지?"

그는 내 제안의 이면에 숨어 있는 동기를 알아차렸음이 틀림없었다. 그가 나의 감금에 대한 생각을 돌이켰기 때문이다.

"나는 비이성적인 사람이 아니다. 나는 수확기에 우박을 내려야 한다고 주장하는 사람은 아니지만, 너는 지상으로 되돌아간다면 나와 마리아, 또 내가 가지고 있는 보물들에 관하여 지껄이겠지. 그러면 사람들은 이곳을 발굴하러 땅을 파 내려올 거야."

"맹세하지만 저는 아무것도 말하지 않을 겁니다."

(그리고 그때부터 지금껏 수많은 세월 동안 다른 것은 어겼을지라도 적어도 그 약속은 지켜왔다.)

"너는 잠꼬대를 하고 있구나. 사람은 결코 혼자 남아 있는 법이 아니다. 너는 형이 있고, 그리고 얼마 있으면 학교에 갈 것이야. 그리고 네가 중요한 사람처럼 보일 수 있는 어떤 암시를 주겠지. 맹세를 지키는 동시에 그 맹세를 깨뜨리는 방법은 많아. 그럴 경우 내가 어떻게 행동하리라 생각하지? 만일 그들이 찾으러 오면? 나는 더 깊은 곳으로 들어갈 거다."

마리아가 커튼 뒤 어디에선가 듣다가 동감의 뜻으로 꽥꽥거렸다.

"더 자세히 설명해주시겠습니까?"

"이 변기용 의자를 벗기도록 도와다오."

그는 내 어깨에 손을 얹고 힘을 주었다. 그 압력은 마치 산 같은 무게였다. 변기용 의자를 보고서 나는 그것이 눈에 보이지 않을 만큼 밑으로 밑으로 뚫린 구멍을 정확하게 덮고 있다는 것을 알았다.

"저 아래에는 이미 보물 덩어리들이 내려가 있지. 그러나 나는 불한당들에게 보물을 발견하는 기쁨을 맛보게 하지는 않을 것이야. 저곳에 마련해놓은 물건들은 다시는 햇빛을 볼 수 없도록 조처된 것들이다."

"그러나 저 아래에서는 어떻게 음식을 만드실 생각이십니까?"

"우리는 일이백 년 동안은 버틸 수 있을 만큼의 통조림을 확보해 놓았어."

그가 말했다.

"마리아가 저곳에 저장해놓은 것을 보면 놀랄 것이다. 이곳에서 우리가 통조림을 먹지 않는 이유는 항상 수프와 양배추가 있기 때문이야. 더군다나 수프와 양배추는 통조림보다 건강에 좋고 괴혈병을 막아주지. 그러나 우리에겐 더 이상 빠질 이빨도 없고 잇몸도 사실상 내려앉아버렸기 때문에 통조림에 의지하게 될 경우 구태여 피할 생각은 아니다. 그렇지, 그 통조림에는 햄과 닭고기, 빨간 숭어알, 버터, 스테이크에 콩팥파이, 캐비어, 사슴고기, 소의 정강이뼈, 그리고 물고기들을 잊을 뻔했군. 대구어란, 백포도주 속에 절인 혀 가자미, 정어리, 훈제한 청어, 토마토 소스에 버무린 청어, 그리고 재배되고 있는 모든 과일 — 사과, 배, 딸기, 무화과, 나무딸기, 건포도, 자두, 시계초의 열매, 망고, 그레이프프루트, 로간딸기와 버찌, 오디와 일본에서 나오는 사탕류도 있지. 채소를 말하지 않았군. 옥수수, 선모(仙茅), 시금치, 소위 꽃상추라는 것, 아스파라거스, 완두

콩과 대나무속, 그리고 우리의 오랜 친구 토마토를 빼놓았군. 그런 종류의 통조림이 있지."

그는 밑으로 뚫린 큰 구멍 위의 의자에 앉으며 힘겹게 몸을 뒤로 젖혔다.

"더 많이 얻을 수 있는 수단이 있지."

그가 넌지시 말했다. 그래서 나는 정원의 심토(心土) 속으로 개미의 보금자리 방처럼 파놓았을 다른 통로를 상상해보았다. 그리고 섬 위에서 보았던 세퀸과 외발자국을 기억해냈다. 이 먹는 이야기들이 마리아에게 할 일을 생각나게 해준 듯, 그녀는 두 그릇의 수프를 들고 더러운 커튼 뒤에서 꽥꽥거리며 나왔다. 중간 크기의 것은 내 것이었고, 그녀의 것은 삶은 계란을 담는 컵만큼이나 작았다. 나는 공손하게 작은 그릇을 받았지만 그녀가 잡아채 가버렸다.

"마리아에 대해서는 마음쓸 것 없다."

늙은이가 말했다.

"그녀는 네가 일주일에 먹을 것을 1년 동안 먹을 수도 있다. 자기의 식욕을 알고 있지."

"무슨 연료를 사용하여 요리를 합니까?"

내가 질문했다.

"캘러 가스*다."

그가 말했다.

이 모험, 아니면 이 꿈이 기이한 일로 느껴지지 않을 수 없었다. 그

---

* 가정용 액화 부탄가스의 상표.

것은 환상적인 그 생활이 그처럼 단순하고 정상적으로 유지될 수 있다는 사실 때문이었다. 그는, 나에게는 바깥 세상이라고 느껴진, 그 오랜 세월 동안을 땅 속에서만 살지는 않았을 것이다. 더구나 나의 기억에 남아 있는 그 요리는 캘러 가스를 사용해서 만든 것이었다.

수프는 정말 맛이 있어서 나는 전부 마셨다. 수프를 마신 후 나는 그들이 의자용으로 준 나무 상자 위에 앉아서 안절부절못했다. 너무나 당황하여 도움을 청하기에는 벅찬 육체적인 이상감(異常感)이었다.

"웬일이지? 의자가 불편하나?"

재비트가 물었다.

"아닙니다."

내가 대답했다.

"누워 자고 싶다는 말이지?"

"아니에요."

"너에게 상상을 불러일으켜줄 것을 보여줘야겠다. 내 딸 사진 말이다."

"먼저 할 일이 있어요. 저, 소변이 마렵습니다."

내가 불쑥 말해버렸다.

"아, 그게 전부야?"

재비트가 물었다. 그는 커튼 뒤에서 아직까지 덜거덕거리는 소리를 내는 마리아를 불러 말했다.

"이 애가 소변을 보고 싶다는군. 그 황금으로 만든 요강을 갖다 주구려."

그러고 나서 그가 손짓을 하면서, "그것은 나의 가장 작은 보물이다"라고 조그맣게 덧붙여 말했기 때문에 나의 눈은 호기심으로 빛났던 것 같다.

내 눈에 그 물건은 놀랄 만한 것이어서, 지금도 틀림없는 황금 요강으로 내 기억 속에 남아 있다. 프랑스의 어린 황태자조차도 자기 아버지와 함께 황무지에서 돌아오는 그 먼 길에 오줌을 누기 위해 은제 컵을 사용한 것이 고작이었다. 내가 그 요강에 감명을 받지 않았다면 그 늙은 재비트 앞에서 "먼저 할 일(Number-one)"이라고 말했던 일을 더욱 부끄럽게 여겼을 것이다. 그러한 황금 요강은 거의 성사(聖事)와 같은 중요한 의식을 행할 때에만 사용되었던 것이다.

황금 표면에서는 도자기나 비금속 물질에서와는 전혀 다른 소리가 울려퍼지기라도 한 듯, 마치 멀리서 들려오는 차임벨 소리 같은 음향이 요강 속에서 딸랑거리며 들렸는데, 그 소리를 지금도 생생하게 기억한다.

재비트는 등 뒤로 손을 뻗어 낡은 신문들이 쌓인 선반에서 무언가를 뽑아들며 말했다.

"자, 이것을 보고 네가 생각하는 것을 말해보아라."

그것은 나에게는 전혀 생소한 잡지로, 온통 치즈 케이크라고 적힌 그림들이 실려 있었다. 나는 일찍이 옷을 입지 않은 여자의 몸을 본 기억이 없다. 그러니 몸에 꼭 달라붙는 검은 의상 속의 육체는 그때의 나에겐 벗은 것이나 다름없었다.

한 페이지의 전면은 갖가지 각도에서 촬영된 람스게이트 양에게 할애되어 있었다. 그녀는 미스 영국으로 뽑힐 만큼 매력 있는 여성이었다. 그리고 성공적이라면 후에 미스 유럽의 타이틀을 거쳐 미스 월드, 최종적으로 미스 유니버스 타이틀을 획득할 수 있을 것이었다. 영원히 기억하고 싶은 마음으로 나는 그녀를 뚫어지게 바라보았다. 그러한 행위는 진정 나의 본심이었다.

"그 애는 내 딸이다."

재비트가 말했다.

"그렇다면 그녀는……."

"그녀는 발사된 거야."

그는 마치 많은 실망을 남기고 발사대에서 외계의 공간 속으로 치솟아 올라가버린 달나라 로켓을 이야기하는 듯, 긍지와 미스터리를 지닌 채 말했다. 나는 그녀의 사진에서 현명하게 보이는 두 눈과 불가해한 몸맵시를 바라보았다. 그러고는 내 또래가 갖고 있는 무지의 소치이겠지만, 나는 그녀를 제외한 어느 여자와도 결코 결혼하지 않겠다는 생각을 했다. 마리아가 커튼 사이로 손을 집어넣으면서 꽥 소리를 질렀다. 나는 그러한 여자가 나의 어머니가 된다 하더라도 조금도 상관치 않을 것이라고 생각했다. 그녀의 딸을 아내로 맞을 수 있다면 학교, 성장, 그리고 인생, 그 어느 것이라도 얻을 수 있을 것 같았다. 그리고 만일 내가 그녀를 찾아내는 데 성공했더라면, 아마 그 모든 것을 가지고 언급한다면, 오직 우리의 선조들이 체험했던 것만을 내포할 수 있다. 그러나 캘러 가스와 미인 중에 미인인 람스게이트는……? 그것들은 조상 대대로의 추억도, 일곱 살난 어린애의 상상도 아니었다. 분명히 나의 어머니는 내가 받은 용돈 몇 푼— 1주일에 6펜스였던가? — 으로 그 같은 미인 사진을 살

수 있게 허락하지 않았다. 그럼에도 불구하고 나의 상상은 영원히 그것에 사로잡혔다. 그녀의 두 눈의 표정뿐 아니라 육체에서 풍기는 맛, 유방의 독특한 곡선과 모래에 새겨진 듯싶은 얕고 둥그스름하게 팬 배꼽, 조그맣고 세련된 궁둥이 — 연필로 그린 한 가닥의 선처럼 정밀하고 정연하게 궁둥이를 나누는 선들에 사로잡혔다. 일곱살의 어린애가 그녀의 그러한 자태를 보고 일생을 건 사랑에 빠져들 수 있을까? 당시 나의 머리에는 떠오르지 않았던 또 다른 신비가있다. 재비트와 마리아 같은 늙은 부부가 그러한 미인 대회가 성행하던 시대에 어떻게 그녀처럼 젊은 딸을 낳을 수 있었을까?

"그 애는 미인이지."

재비트가 말했다.

"너는 너와 같은 사람들이 사는 세상에서 그녀와 같은 미인은 찾아볼 수 없을 것이다. 지하에서는 사물들이 두더지털처럼 여러 가지 형태로 자란다. 어느 곳에 그것보다 더 부드러운 것이 있다고 대답할 수 있나?"

그가 자기 딸의 피부에 대해 언급했는지 또는 두더지의 털에 대해 언급했는지 단언할 수 없다. 나는 황금 요강에 앉아 사진을 바라보면서 사진의 주인공을 소유할 수만 있다면 하는 생각과 함께, 나를 낳아주신 아버지의 이야기처럼 재비트의 이야기를 들었다. 그의 말은 사진처럼 지금까지도 생생하게 기억 속에 새겨져 있다. 그가 들려준 이야기의 어느 부분은 지금 생각에는 천하게 느껴지지만, 벽 위의 그림문자까지 청결하게 보이던 그 당시에는 조금도 천하게 느껴지지 않았다.

"애야(boy)" 또는 "칭얼거리는 녀석아(snapper)" 아니면 그와 비슷한 종류의 호칭으로 나를 부를 때를 제외하곤, 그는 나의 나이를 의식하는 것 같지 않았다. 먼 외지에서 온 사람으로 간주하고 나에게 말을 걸었다는 느낌이었다. 이러한 이유는 그의 낡은 변기용 의자로부터 나의 황금 요강까지를, 즉 그에게는 먼 거리라고 생각될 수 있는 곳에서 나를 내려다보았기 때문에 나의 나이를 식별할 수 없었거나, 아니면 그가 너무 늙어서 1세기 이하의 사람은 자기와 매우 흡사하게 생겼으리라고 생각했기 때문인 것 같았다. 이곳에 기록하는 내용 전부가 그 순간에 언급된 것은 아니다. 이 기록에는 분명 많은 밤낮의 대화가 있었을 것이다. 어느 누구도 나의 이러한 계산이 옳고 그른가를 확인할 수 없는 일이다. 많은 세월이 흘러간 지금, 나는 어머니가 사용했던 책상에 앉아서 특별한 순서도 없이 그저 마음속에서 떠오르는 대로 그때의 이야기들을 하나하나 생각해내고 있다.

4

"너는 나와 마리아를 비웃고 있다. 우리를 추하다고 생각하는 것이지. 만일 마리아가 눈이 셋인 여인을 그리는 어떤 위대한 화가에게 선택되었다면 아주 적합했을 것이다. 그러나 마리아는 눈에 띨 때나 띄지 않을 때나 나와 같이 땅 속에 굴을 뚫고 있었다. 우리가 이곳에 외롭게 머물게 된 것은 오래전부터였다. 시간의 개념에 관해 언급한다면, 지상에서의 생활은 계속 위태로워지고 있다. 그러나 이전이라고 해서 위험이 발생하지 않았다고 생각하지 말아라. 내가 기억하기로는……."

그러나 그가 기억했다는 이야기 중 결론적인 내용과 황량한 의미를 제외하고는 모두 나의 기억 속에서 사라지고 말았다.

"세상의 모든 궁전과 탑을 바라보면서 너는 그것들이 사막에 만들어진 어린애들의 모래성과 똑같다고 생각하게 될 것이다."

"세상에 태어날 때 너에게는 모태에서 너를 꺼내준 여자나 남자만이 아는 이름이 있다. 그리고 너의 종족이 너를 불러주는 이름이 있다. 그러한 이름은 별로 가치가 없지만 낯선 사람 사이에서 통용되는 이름보다도 한결 나은 것이다. 그리고 너에게 현재까지 통용되는 이름은 너의 어머니와 아버지가 사용했던 이름이었을 것이다. 전혀 아무런 위력도 없는 이름은 낯선 사람들 사이에 통용되는 이름이다. 그런 이유로 나도 내 이름을 재비트라고 너에게 알려주었다. 그러나 모태에서 나를 끌어낸 사람은 그 이름을 안다. 그 이름은 중대한 비밀이기 때문에 나는 그 사람을 평생 동안 마음의 친구로서 간직해야 했고, 그 사람은 그 이름이 성격상 지니고 있는 책임감 때문에 나에게조차 알려주려 하지 않았던 것이다. 알게 되면 내가 낯선 사람 앞에서 그 이름을 발설할지도 모르기 때문이다. 네가 왔던 지상에서는 너의 이름의 효력을 잊어가기 시작했을 것이다. 네가 다만 한 이름만을 가지고 있다고 생각한다 해도 나는 놀라지 않을 것이다. 모든 사람들이 아는 이름이 대체 무슨 소용이 있겠느냐? 보물과 기타 모든 필수품만 소유하고 있다면 이곳의 생활은 안전하리라고 생각하겠지? 안전한 것은 내가 모든 이름 중에서 첫 번째 이름을 알고 있기 때문이다. 나를 모태에서 끌어내준 사람이 임종 전 첫 번째 이름을 나에게 말했어. 내가 손으로 그의 입을 틀어막아 이 야기를 꺼내지 못하게 하기도 전에 그가 알려주고 말았지. 나는 이 세상에서 나를 제외하고는 어느 누구도 자기의 최초의 이름을 알고 있다고는 확신하지 않는다. 그 이름을 큰 소리로 외치고 싶은 것은 무시무시한 유혹이다. 사람들의 경우처럼 조브나 조지라는 이름으로 대화 속에 우연히 삽입시키든지, 그렇지 않으면 어느 누구도 경청하지 않을 때 그 이름을 속삭이는 것이다."

"내가 출생했을 당시의 시간은 지금의 시간과는 아주 다른 속도를 지니고 있었다. 마을과 마을 사이의 30킬로미터의 거리를 20보(步)가 소요되는 벽과 벽 사이로 간주할 수도 있다 — 어떻게 생각한들 누가 왈가왈부할 것인가? — '지금 떠나야 합니다'라든가 '오래도록 떠나 있다 왔습니다'라는 표현들로 나를 괴롭히지 마라. 나는 너에게 시간적인 관점에서 말할 수는 없다. 너의 시간과 나의 시간이 다르기 때문이야. 재비트라는 이름이 낯선 사람들 사이에 한결같이 사용되는 평상시의 나의 이름은 아니다. 그것은 너를 위하여 생각해낸 새로운 이름이기 때문에 너는 그 이름을 남용할 수 없다. 너에게 경고하지만 만일 네가 탈출하면 나는 곧바로 그 이름을 바꿀 것이다."

"너는 한 소녀와 사랑을 하게 될 때야 비로소 내 말의 의미를 알게 될 것이다. 시간은 시계로 측정되는 것이 아니다. 시간은 빠르거나 늦거나 또는 한동안 완전히 멈추기도 한다. 분(分)은 다른 분(分)과는 다르다. 사랑을 할 때 시간을 측정하는 것은 몸의 한 부분의 맥박이고, 사랑을 누설할 때의 시간이라는 것은 전혀 존재치 않는다. 때문에 시간이 오고 가는 것은 사람이 확대경으로 만든 자명종 시계로 측정할 수 없는 일이다. 지상에서 사람들이 '지금 이러이러한 시간'이라고 하는 이야기를 들어본 적이 있지?"

그러고 나서 그는, 내가 추측하기로는 자기의 이름처럼 금지된 말들을 다시 사용했다. 아마 그 말들 역시 위력이 있기 때문이었을 것이다.

"너는 마리아와 내가 어떻게 그토록 예쁜 딸을 낳을 수 있었을까에 대해 의아해한다. 그것은 사람들이 미(美)에 대해 지닌 환상 때문이다. 미는 미에서 생기는 것이 아니다. 미가 생산해낼 수 있는 것은 귀여움뿐이다. 너는 지상에서 아름다운 딸들을 가진 여인들을 찾아 그 숫자를 세어본 일이 있었느냐? 미는 항상 감소해간다. 그것이 수익체감(收益遞減)의 법칙이며, 네가 미의 영(零)점, 즉 진정으로 사물의 추한 본바탕으로 되돌아갈 때에야 비로소 자유롭고 독자적인 미의 상태가 시작될 가능성이 있는 것이지. 소위 추한 사물이라고 일컬어지는 것들을 그리는 화가들은 그러한 사실을 알고 있다. 나는 아직도 금발의 그 작은 머리가 마리아의 넓적다리 사이에서 나오던 모습을 기억할 수 있지. 그 아이는 마리아에게서 나올 때 몸을 떨고 있었다(이곳 지하에서는 그 아이에게 이름을 지어주고 위력을 뺏아갈 의사나 조산원이 없었다. 그 아이의 이름은 너와 지상의 모든 사람들에게 람스게이트 양으로 불린다). 추함과 아름다움, 너는 그것을 전쟁 속에서도 찾아낼 수 있다. 부서진 집에서 한 쌍의 기둥만 덩그러니 남아 하늘을 향해 치솟아 있을 때, 그 집의 아름다움은 건축가가 건

축을 시작하기 이전처럼 완전히 처음부터 시작될 수 있다. 훗날 마리아와 내가 지상으로 올라가본다면, 마치 자손을 번식시키기 위해 성행위를 하던 옛 시절처럼 기둥들만이 남아 폐허가 된 세상 주위에 우뚝 서 있을 것이다."

그 용어는 그때에 이르러 내 귀에 익은 소리가 되었기 때문에 더이상 충격을 줄 정도의 위력을 지니지 못했다.

"얘야, 인간들이 제작한 세계 지도에서 너는 60억 년 전에 존재했던 것과 닮은 그 무엇을 바라보고 있다고 생각지 않느냐? 60억 년 이전의 것은 너의 눈에 띄지 않을 것이다. 만일 그 지도 제작자들이 최근에 찍은 사진을 우리에게서 얻게 되면 그들은 세상이 온통 얼음으로 뒤덮여 있는 것을 보게 될 것이다. 그들의 사진이 시대적으로 우리 이전의 것이라면 우리는 그들의 사진 속에 전혀 나타나 있지 않을 것이다. 먼 미래의 사진에서도 이러한 현상은 역시 마찬가지일 것이다. 움직이는 어떤 별을 붙잡으려면 너는 경마장의 경주마가 너를 지나쳐 갈 때 그것을 잡아챌 만큼의 기민성이 있어야 한다."

"너는 예전에는 우리와 같은 인간을 한 번도 볼 수 없었기 때문에 아직도 나와 마리아를 어느 정도 두려워하고 있을 것이다. 그리고 내 딸이 있는 어떤 나라에도 그 애와 같은 여자가 없기 때문에 그 애에 대해서도 두려움을 느낄 것이다. 그녀를 무서워하는 남자가 그 애에게 무슨 소용이 될 것인가? 너는 변이(變異) 식물이 무엇인지 아느냐? 푸른 눈을 가진 흰 고양이가 귀머거리라는 것을 알고 있느냐? 묘목밭을 가꾸고 있는 사람들은 묘목들을 둘러보는 듯한 잡초

와 같은 기형(畸形)이 눈에 띄면 언제나 뽑아 던져버린다. 그들은 그 것들을 변이라고 부른다. 푸른 눈을 가진 흰 고양이를 많이 볼 수 없는 점도 바로 그런 이유 때문이다. 그러나 때때로 색다른 사물을 원하는 사람이 있는데 그는 모든 양수(陽數)에 지쳐서 영점(零點)을 발견하길 원하며, 영점을 발견하면 그는 그것을 양수 형태와는 다른 모양으로 개량하기 시작할 것이다. 마리아와 나는 모두 변이이며 변이의 세대에서 태어났다. 너는 내가 이 다리를 어떤 돌발 사고에서 잃었다고 생각하나? 마리아가 꽥꽥거리듯 나도 똑같은 이치로 한쪽 다리가 없이 태어났다. 우리 세대는 더 추하고 추했는데, 갑자기 우리 사이에서 딸을 낳았으며, 바로 그 애가 람스게이트 양이다. 나는 잠들어 있을 때도 그녀의 이름을 말하지 않는다. 우리는 홍뇌조(紅雷鳥)처럼 독특한 존재들이다. 홍뇌조들이 무엇에서 생겨났는지 알아보아라."

"우리가 독특하게 생긴 점에 대하여 너는 아직도 의아해하는구나. 그 이유는 우리가 버려지지 않고 남아 있기 때문이다. 사람은 그가 원하지 않는 것은 죽이거나 버려버린다. 그리스에서 어떤 사람이 비정상적인 아이를 기르면서 사람들에게는 정상적인 아이를 보여주었다. 그 같은 방법으로 변이는 최소한 무사했고, 그 변이는 오로지 다른 변이만을 필요로 했다. 그렇지, 페고 제도(諸島)에서 기아(饑餓)의 해에 늙은 할머니들을 죽여 먹었던 것은 개(dog)들이 할머니보다 더 소중했기 때문이었다. 변이가 세상에서 살아남는 것은 매우 어려운 일이다. 몇백 년 동안 우리는 지하에서 살아왔는데도 살아남기 위해 주검의 세계인 지상으로 올라가면 너희의 비웃음거리가 될 것이다. 람스게이트 양이 관련된 너의 황금 요강은 예외다. 또 그녀의 아름다움의 변이도 예외다. 우리는 수명이 길며, 우리의 추함을 오랜 세월 동안 유지해왔다. 그렇다면 람스게이트 양이 자기의 아름다움을 계속 유지하지 않을 이유가 어디에 있겠는가? 고양이의 경우와 같다. 고양이는 생의 최후에도 처음처럼 예쁘다. 그리고 고양이는, 개와는 달리 타액으로 자기 몸을 깨끗이 관리한다."

"람스게이트 양에 대하여 이야기할 때마다 네 눈이 빛나는 것을 보면 너는 나의 설명에도 불구하고, 마리아와 나 사이에서 그 같은 아이가 출생된 것을 여전히 의아해하고 있구나. 코끼리들은 90세가 될 때까지 새끼를 낳는다. 그런데 재비트 같은 돌연변이가 바보스럽다는 이유로 인간에게 얽매인 채 통나무를 끌고 다니는 짐승보다 오랫동안 새끼를 낳을 수 없다고 추측하느냐? 우리는 코끼리와 닮은 점을 지녔다. 우리의 죽음은 누구도 볼 수 없다."

"우리는 여자들의 성적 기호에 대해서보다 암컷 새들의 성적 기호에 대해 더 잘 안다. 암컷 새들의 눈에는 가장 아름다운 것이 잔존한다. 따라서 공작을 칭찬할 때는 너에게 암컷 공작의 성적 기호와 똑같은 기호가 있기 때문이다. 그러나 여자들은 새보다 신비스러운 존재들이다. 미인과 야수에 관한 이야기를 들었나? 그들은 변이적인 취미를 가지고 있다. 제발 나와 내 다리를 쳐다보아라. 너는 아름다운 여인을 유혹하려고 공작처럼 멋부리며 세상을 돌아다닌다 해도 람스게이트 양을 찾을 수 없을 것이다. 그녀는 우리의 딸이고 그녀 역시 변이적인 취미를 가지고 있기 때문이다. 그녀는 아름다운 아내를 원하는 남자를 위해 존재하는 것이 아니다. 그러한 남자의 아내는 식탁에서 그의 허영을 만족시켜줘야 하며, 그가 학교에 익숙해진 시간과 똑같은 숫자만큼 그를 침대 속에서도 대우해줄 수 있는 이해심을 베풀어야 할 것이다. 하루나 일주일에 여러 차례씩. 그녀는 필요성을 찾기 위한 욕망을 가지고 멀리 떠나갔다. 그것은 네가 주일(週日) 간격으로 자나 숫자로 잴 수 있는 그러한 필요성이 아니다. 북쪽 지역에서는 건강을 위하여 사랑을 한다고들 한다. 그러므로 북쪽에서 그녀를 찾아본들 아무 소용이 없을 것이다. 너는 아프리카나 중국과 같은 먼 나라로 떠나야 할 것이다. 그리고 중국에 관해 말한다면……."

5

때때로 나는 나의 모든 선생님들보다 재비트—결코 존재하지 않았던 인물—에게서 훨씬 많은 것을 배웠다고 생각한다. 내가 황금 요강에 앉아 있거나 부대 더미 위에 누워 있는 동안—어떤 사람도 지금까지 그 같은 행동을 하지 않았고, 이후에도 하지 않을 것이지만—그는 나에게 이야기를 했다. 나는 나의 어머니가 페이비언 팸플릿을 보다가 시간을 내어 다음과 같은 재비트의 말을 들려주었으리라고는 기대할 수 없었을 것이다.

"사람은 원숭이와 같다. 원숭이는 사랑하는 일에 계절을 가리지 않는다. 그리고 죽음의 개념에 대하여 고민하지도 않는다. 성직자들은, 인간은 영원한 생명력을 가지고 있다고 말하면서 죽음을 논하여 우리를 놀라게 하려 한다. 원숭이에게는 죽음이란 사고(事故)

에 불과하다. 고릴라들은 그들의 시체를 관이나 화환으로 장식하여 매장하지 않는다. 그들은 어느 날 죽음이 닥쳐오고 있다고 생각하면 마음이 내킬 경우 인간보다 훌륭하게 스스로 쇼를 연출한다. 이것은 특별한 사례이지만, 만일 무리 가운데 한 마리가 죽으면 그들은 그 시체를 도랑 속에 남겨놓는다. 나는 고릴라들과 같은 느낌이 들지만 이 점이 나의 특별한 사례는 아니다. 내가 전세 마차와 철로 열차들을 가까이 하지 않으므로 너는 이곳 지하에서 말이나 사나운 개나 기계를 발견할 수 없을 것이다. 나는 생명을 사랑하며, 현재도 살아남아 있다. 지상의 인간들은 자연사(自然死)에 관하여 논하지만 그들의 자연사는 자연의 법칙에 반(反)하는 성질의 것이다. 만일 우리가 천 년 동안 산다면— 그렇게 살지 못할 이유도 없지만— 그 기간 동안에는 언제나 파산과, 폭탄과, 인간의 왼발에 걸려 넘어질 일이 따르게 마련이다. 그것들이 자연사의 예들이다. 우리는 노력하며 살지만 자연은 우리의 앞길에 죽음의 지뢰를 묻는다."

"수도사들이 수도원에 배열해놓은 두개골들이 명상을 목적으로 안치되어 있다고 믿느냐? 결코 그렇지가 않다. 그들도 나 못지않게 죽음을 인정하지 않고 있다. 그 두개골들은 대사관에서 여왕의 초상화를 볼 수 있는 것과 똑같은 이유로 수도원에 안치되어 있다. 그것들은 그저 공식적인 비품의 일부다. 너는 그곳의 대사가 다이아몬드로 장식된 왕관을 쓰고 공허한 웃음을 띤 여왕의 얼굴을 언제나 바라보고 있다고 믿느냐?"

"불성실해져라. 그것이 인류에 대한 너의 의무다. 인류는 생존을 필요로 한다. 그러나 불안, 총탄, 또는 과로 때문에 먼저 죽는 사람이 충실한 사람이다. 애야, 만일 네가 생계를 이어야만 해서 성실을 그 대가로 지불해야 한다면 이중적인 행위자가 되어라. 그래서 네 이중성의 어느 쪽에도 너의 실명을 알려주지 말아라. 이와 똑같은 이치가 여인들과 신에게도 적용되는 법이다. 그들은 자기들이 소유하고 있지 않은 사람을 중요시하며, 자기들이 제공하겠다는 물건의 가치를 올리려 할 것이다. 그리스도의 부르짖음이 바로 이 점이 아니었던가? 방탕한 아들이나 분실된 실링, 또는 길 잃은 양이 성실했던가? 순종하는 양 떼는 목동에게 만족을 주지 않았고, 충실한 아들은 아버지의 관심을 끌지 못했다."

"사람들은 5월에 핀 꽃을 집 안에 들이기 두려워한다. 그들은 그것이 불길하다고 말한다. 그러나 두려워하는 진짜 이유는 그 꽃이 성적인 냄새를 풍기기 때문이며, 그들은 성을 두려워한다. 그러면 '왜 그들은 물고기를 두려워하지 않는가?'라고 곧바로 질문을 하겠지. 그것은 사람들이 물고기 냄새를 맡을 때 먼저 휴일의 기분을 느끼고, 다음 잠깐 동안 양식으로부터 평안함을 느끼기 때문이다."

나는 세월의 흐름 그 자체보다 재비트가 들려준 여러 이야기를 훨씬 분명히 기억하고 있다. 분명히, 나는 침대용 부대 더미 위에서 최소한 두 번 잠들었지만, 재비트는 내가 동굴을 빠져나온 마지막 순간까지 잠을 자지 않고 있었다. 아마 말(馬)이나 신(God)처럼 곧게 앉은 채 잠들었는지도 모른다. 그리고 수프는, 시계가 있던 흔적은 아무 곳에도 없었지만, 내가 알 수 있는 한 일정한 간격으로 나왔다. 그리고 한번은 창고에서 정어리 통조림을 꺼내 뚜껑을 열어 나에게 주었다(그 통조림에는 턱수염이 난 두 선원과 봉인이 찍힌 빅토리아

시대의 상표가 붙어 있었으며 정어리의 맛은 훌륭했다).

나는 재비트가 나를 그곳에 데리고 있는 것을 기뻐했다고 생각한다. 분명히 그는 수많은 세월 동안 오로지 꽥 하고 대답할 수밖에 없는 마리아에게 충분한 이야기를 할 수 없었을 것이다. 그리고 그는 나에게 신문 가운데 한 장을 몇 차례나 읽게 했다. 내가 발견했던 것 중 우리 사태에 가장 가까운 내용은 메퍼킹*의 구원을 위하여 열린 의식에 대한 지방 보고서였다("폭동, 대단히 빠르고 효과적인 숙청이군" 하고 재비트가 말했다).

언제인가 그는 나에게 기름 램프를 들려서 함께 산책을 한 일이 있었다. 그때 나는 그가 한 발을 사용하여 얼마나 빠르고 경쾌하게 걸을 수 있는가를 보았다. 우뚝 섰을 때의 그는 잘 다듬어지지 않은 채 조각된 거대한 나무 줄기처럼 보였다. 그러한 나무 줄기라면 조각가는 힘들이지 않고 양다리를 분리시켜 조각할 수 있었을 것이며, 설혹 양다리의 그 같은 조각물이 만들어진다 해도 그것은 동굴의 조상(彫像)으로서는 '서투르게 제작된' 작품에 지나지 않았을 것이다. 그는 매번 한 손으로 벽을 짚으며 내 앞에서 엄청난 거리를 뛰었다. 말을 하려고 멈춰 섰을 때(대부분의 늙은이들과 달리, 그는 말하면서 동시에 움직일 수 없었다) 그는 갱(坑)의 대들보만큼 두꺼운 팔로 통로 전체를 버티고 있는 것처럼 보였다. 어느 지점에서인가 그는 발걸음을 멈추더니 그곳이 호수의 바로 아래라고 설명해주었다.

"호수 안에 몇 톤의 물이 저장되어 있지?"

---

* Mafeking. 남부 아프리카 보츠와나의 옛 행정 수도.

그가 나에게 물었다. 나는 이전에는 물을 갤론(gallon)으로 측정했을 뿐 톤 단위로 생각해본 일이 한 번도 없었다. 그러나 그는 물의 양을 톤 수로 정확히 알았는데, 그 숫자가 지금은 기억나지 않는다. 조금 더 나아가서 통로가 위쪽으로 기울어진 곳에 왔을 때 그는 다시 멈추며 말했다.

"들어보아라."

나는 머리 위를 지나가는 소리를 들었는데, 그 소리가 난 후, 우리 주변에는 조그마한 진흙 조각이 우수수 소리를 내며 떨어졌다.

"저것은 자동차다."

마치 탐험가가 "저것은 코끼리다"라고 언급하듯 그가 말했다.

우리가 지표 가까이에 와 있었기 때문에 나는 근처 어디에 밖으로 나가는 길이 있느냐고 물어보았다. 이처럼 직접적인 질문에도 그는 금언과 같은 애매하고 막연한 대답을 했다.

"현명한 사람은 자기 집에 단 하나의 문을 가지고 있을 뿐이다."

그는 성인에게는 아주 지루한 늙은이였을 것이다. 그러나 어린이에게는 배우려는 열망이 있기 때문에 가장 지루한 선생님의 말씀도 열심히 듣는 경향이 있는 법이다. 나는 재비트에게 세상과 우주에 관하여 배우고 있다고 생각했다. 그리고 오늘날까지도 어떻게 어린이가 이러한 세상과 우주의 세부적인 것들을 꾸며낼 수 있었으며, 또 그 세부적인 것들이 어떻게 최초의 꿈 주위의 무의식의 바다에 산호처럼 해마다 쌓였을까 하고 경탄한다.

그는 명백한 이유도 없이 화를 낼 때가 종종 있었다. 예를 들면, 표현과 사상을 펼칠 수 있는 자유를 마음껏 누리고 있음에도 불구하고, 그에게는 내게 복종을 강요하는 조그마한 규칙들이 세워져 있었으며, 만일 내가 그 규칙들을 어기면 어김없이 천둥 같은 욕설이 터져나왔다. 그 규칙이란 내가 빈 수프 그릇에 숟가락을 정돈하는 방법이라든지, 신문을 읽고 난 후 접는 방법, 심지어는 부대 더미 위에서 잠을 잘 때 팔다리를 두는 위치 등이었다.

"네놈의 몸둥이를 잘라내겠다."

언젠가 그가 소리 질렀다. 그때 나는 그가 나의 한쪽 다리를 잘라내어 그와 비슷해지는 내 모습을 상상했다.

"너를 굶겨 죽이겠다. 경고의 표시로 너를 양초처럼 불태우겠다. 너에게 지상에 있는 모든 보물, 과일, 통조림, 그리고 너를 파괴시키기 위해 시간이 침투해 들어올 수도 없고 밤과 낮도 없는 이 왕국을 주지 않았더냐? 그런데도 너는 탈출하려 하고 접시에 숟가락을 세로로 놓는 수법으로서 나에게 반항하려 하는가? 너는 은혜를 모르는 세대에서 온 놈이다."

그의 양팔이 뒤흔들리며 기름 램프 뒤의 벽 위에 늑대와 같은 그림자를 던졌고, 그 동안에 마리아는 공포에 질린 표정으로 캘러 가스통 뒤에 웅크리고 앉아 있었다.

"저는 그 굉장하다는 보물들을 보지도 못했습니다."

나는 약간 도전적으로 말했다.

"너같이 규칙을 위반하는 자에게는 보여줄 수 없다."

그가 대답했다.

"너는 어젯밤 새끼돼지처럼 꿀꿀 소리를 내면서 누워 있었지만, 마땅히 들어두어야 할 만큼의 욕설은 듣지 못했지? 그것은 이 재비

트의 인내 때문이야. 몇 차례고 용서를 해주는데도 너는 탈출하려
하고, 숟가락을 세로로 놓고…….”

그는 썰물과 같은 큰 한숨을 내쉬었다.

“나는 그것마저도 용서해주고 있다. 늙은 바보처럼 큰 바보는 없
다. 네가 나같이 늙으면 어떤 영구적인 방법을 찾아내어 진리를 깨
달아야 할 것이다. 거북이나 앵무새나 코끼리들 사이에서도 말이
다. 언젠가는 보물을 보여주겠다마는 지금은 안 된다. 지금은 그럴
기분이 아니다. 기다리면 때가 올 것이다!”

그러나 나는 그의 기분을 가라앉힐 수 있는 방법을 발견했는데,
그것은 바로 그의 딸에 관한 이야기를 나누는 일이었다. 내 자신이
그녀에게 정열적인 사랑에 빠져 있었기 때문에 그 기회는 쉽게 왔
다. 그때의 사랑이란 우리의 소망이 주기만 하고 받을 생각은 전혀
없을 때에 생길 수 있는 그러한 사랑이다. 나는 그의 딸이 그가 즐겨
표현했던 ‘지상’으로 떠났을 때 슬퍼했던가를 물어보았다.

“나는 그 애가 꼭 돌아오리라고 믿는다.”

그가 대답했다.

“그것은 그 애가 이곳에서 태어났기 때문이다. 어느 날이 될지 몰
라도 그 애는 돌아올 것이며, 우리 자신을 보존하기 위해서 우리 셋
은 같이 지내게 될 것이다.”

“아마 그때엔 저도 그녀를 볼 수 있겠지요.”

내가 말했다.

“너는 그날이 올 때까지 생존하지 못할 것이다.”

그는 마치 나의 입장이 된 듯한 태도로 말했다.

"그녀가 결혼했다고 생각하십니까?"

마음을 졸이며 내가 물었다.

"그 애는 결혼할 사람이 아니다."

그가 말했다.

"너에게 그 애가 마리아와 나 같은 변이라고 말했지? 그 애는 자기의 뿌리를 이곳에 가지고 있다. 이곳 지하에 뿌리를 둔 사람은 어느 누구도 결혼하지 않는다."

"저는 당신과 마리아가 결혼했다고 생각했는데요."

역시 마음 졸인 나의 질문이었다.

그는 마치 호두까기 소리처럼 날카롭게 웃었다.

"지하에서는 결혼이란 없다."

그가 말했다.

"다른 어디에서 우리 같은 처지의 사람들이 결혼하는 것을 목격한 일이 있느냐? 결혼이란 공공 행위다. 마리아와 나, 우리는 그저 각기 자랐던 것이 전부다. 그런데 람스게이트가 싹이 튼 것이다."

나는 식물의 그림을 곰곰이 상상하면서 잠깐 동안 조용히 앉아 있었다. 그리고 나서 끌어모을 수 있는 모든 확신을 가지고 말했다.

"이곳에서 나가면 제가 그녀를 찾겠습니다."

"이곳에서 나가게 된다면……."

그가 말했다.

"그녀를 찾기 위해서라면 너는 매우 오랫동안 살아 있어야만 하며, 또 아주 먼 거리를 여행해야만 될 것이다."

"저는 꼭 그렇게 하겠습니다."

내가 대답했다.

그는 재미있다는 표정으로 나를 바라보았다.

"너는 아프리카에서 찾아보아야 할 것이다. 그리고 아시아, 그리고 나서 남북 아메리카, 오스트레일리아. 그러나 북극과 남극은 제외시켜도 무방할 것이다."

그 지하 생활 이후에 영위해왔던 나의 생활을 지금 돌이켜 생각해보면, 비행 중 단 두 번 잠깐 착륙했던 오스트레일리아를 제외하고는, 나는 그가 말했던 지역 대부분을 돌아다녔다.

"그 모든 지역에 가겠습니다. 그리고 그녀를 찾아내겠습니다."

그리하여 어떤 미래의 탐험가가 지도상에서 처음으로 대륙 중심부의 미개척 지역을 발견한 순간 그의 인생의 목표가 왕왕 설정되듯 나의 인생의 목표도 그때 갑자기 나에게 닥쳐오고 말았다.

"만약 그러겠다면 너에게는 많은 돈이 필요할 것이다."

재비트가 나를 조롱하듯 말했다.

"여행 중에 일자리를 얻겠습니다."

내가 대답했다.

"평선원으로."

아마 평선원이라는 직업은 어린 W. W가 형에게 여러 곳 중에서도 옥스퍼드를 선택해주기 이전에 그 형에게 억지로 떠맡긴 그러한 의지의 반영이었을 것이다. 이 선원 생활은 나에게 주어진 직업이었지 형 조지를 위한 것이 아니었다.

"그 애를 찾는 데에는 무척 오랜 세월이 걸릴 것이다."

재비트가 나에게 주의를 주었다.

"저는 젊습니다."

내가 대답했다.

나는 재비트와의 대화를 생각할 때 왜 "희망은 언제나 있습니다"
라고 절망적으로 말하던 그 의사의 목소리가 떠오르는지 이해할 수
가 없다. 아마 희망은 있지만 운명을 충족시킬 수 있을 만한 충분한
시간이 현재 남아 있지 않을 것이다.

그날 밤 부대 더미 위에 누워 있을 때, 나는 재비트가 나의 처지에
호의적인 견해를 갖기 시작했다는 인상을 받았다. 내가 밤에 잠에
서 깼을 때 그는 소위 옥좌라고 일컫는 그곳에 앉아서 나를 지켜보
고 있었다. 그가 윙크를 하듯 한 눈을 감자, 마치 밝게 빛나던 별이
사라져버리는 듯한 느낌이 들었다.

다음날 아침, 내가 수프 그릇을 비우자 그가 갑자기 말을 꺼냈다.

"오늘 너는 나의 보물을 보러 간다."

6

그날은 운명적인 일이 더 가까이 다가올 것 같은 기분에 젖어 있
었다. 나는 그곳 지하에서 재비트에게 그때가 밤이었을 것이라고
보고했지만, 낮시간이라고 생각된다. 태어나 처음으로 나의 사랑을
움트게 한 그 여인을 직접 만나기 위해 떠나기 전의 그 더디게 흘러
간 시간들 속에서, 훗날 여러 가지 경험을 겪어왔는데도, 나는 그날
만은 잊지 않고 기억해낼 수 있다. 도화선에 불은 붙여진 것이다. 그
러나 누가 폭발의 범위를 알려줄 수 있겠는가? 몇 개의 컵들이 부서

질 것인가, 아니면 한 가정이 파괴될 것인가?

몇 시간 동안 재비트는 보물에 대해 더는 언급하지 않았다. 그가 두 컵째 수프(아니면 정어리 통조림이었을까?)를 먹고 나자 마리아는 커튼 뒤로 사라졌다가 모자를 쓰고 다시 나타났다. 경마용 모자로서 옛날 언젠가는 커다란 검정 밀짚으로 된 아주 훌륭한 제품이었겠지만, 지금은 다시 꿰매어 붙인 한 송이의 시든 자줏빛 꽃송이로 장식되어 있긴 하지만 여과기와 같은 수많은 구멍이 곳곳에 나 있었다. 나는 그녀의 차림새를 보고 우리가 '지상'으로 떠나려나 하는 생각으로 마음이 설레었다. 그러나 우리는 움직이지 않았다. 대신 마리아는 난로 위에 냄비를 얹어놓고 물을 끓인 후 차 두 숟갈을 넣었다. 그런 다음 마리아와 재비트는 어떤 묵시가 나타나기를 기다리면서 새끼염소 내장이 끓고 있는 것을 굽어보고 있는 점쟁이 부부처럼 냄비를 지켜보았다. 냄비가 픽픽 소리를 내며 덜거덕거리자 재비트는 고개를 끄떡였다. 차가 다 끓은 것이었다. 그는 혼자 컵을 들어 천천히 맛을 보면서 마치 자기의 결심을 정정할지도 모를 숙고를 하듯이 나를 바라보았다.

그의 찻잔 가장자리에 차 잎사귀가 붙어 있었다. 그는 그 잎사귀를 손톱으로 집어서 내 손등 위에 놓았다. 나는 그 행위가 무엇을 의미하는지 매우 잘 알고 있었다. 차의 단단한 줄기는 지상의 남자를, 잎사귀는 여자를 뜻하는 것이었다. 그가 내 손등 위에 놓아준 잎은 부드러웠다. 나는 다른 쪽 손바닥으로 "하나, 둘, 셋" 숫자를 세면서 차 잎을 두드렸다. 그 잎사귀는 내 손바닥에 붙으면서 납작해졌다. "넷, 다섯" 차 잎사귀는 이제 내 손가락 위에 놓여 있었다. 나는 지상의 세계에 있을 재비트의 딸을 생각하면서 "5일 안에"라고 의기양양하게 외쳤다.

재비트가 머리를 흔들었다.

"너는 우리에게는 그런 식으로 시간을 계산하면 안 된다."

그가 말했다.

"네가 계산했던 5일은 50년이다."

나는 그가 수정한 숫자를 받아들였다. 그는 분명히 자기의 세계가 제일이라 생각하고 있다. 그의 말대로 그곳에서의 하루가 10년이라고 한다면 우리 계산으로 재비트는 몇 년을 주장할 것인가 하고 나는 혼자 추측해보았다.

그가 차의 예식에서 무엇을 알아냈는지 모르지만, 그는 만족한 것 같았다. 그는 외다리로 일어나 양쪽 벽에 팔을 뻗치고 있었는데, 그 모습은 거대한 십자가를 연상케 했다. 그 거대한 십자가는 일전에 우리가 걸었던 그 아랫길로 크게 뛰면서 움직이고 있었다. 마리아는 내 뒤에서 나를 조금씩 떼밀었고, 나는 재비트의 뒤를 따랐다. 마리아의 손에 들린 기름 램프 불빛이 우리 앞에 기다란 그림자를 던져주었다.

우리가 호수의 밑에 이르렀을 때 나는 몇 톤의 물이 폭포처럼 우리의 머리 위에 뒤덮여 있다는 사실을 생각해냈다. 머리 위의 길에서는 자동차가 으르렁거리며 달리고 있었다. 그러나 우리는 지척거리는 행군을 계속했다. 나는 지금 우리가 윈튼 정차장으로 이어진 길을 통과했다고 추측했다. 우리는 우리 정원사의 아저씨가 경영하는 '세 개의 열쇠'라는 여관 밑 어느 지점에 틀림없이 와 있었을 것이고, 다음의 '긴 초원'은 북쪽의 경계선을 따라 황어가 사는 조그마한 개울을 끼고 있는 목초지였는데, 호웰이라는 농부 소유였다. 나는 탈출을 단념하지 않았기 때문에 우리가 지나온 거리와 길을 주의 깊게 눈여겨 보았다. 동굴의 터널 입구를 표시해줄 샛길이 발견되길 바랐지만 그러한 흔적은 어디에도 눈에 띄지 않았다. 여관 밑을 통과하기 전에 아마 지하실을 피하기 위해서인지는 모르나, 우리가 상당히 가파른 길을 내려가고 있다는 것을 알고 나는 매우 실망했다. 나는 한순간 진짜 으르렁거리는 소란스러운 소리를 들었는데, 그것은 정원사 아저씨가 새 맥주통을 운반하는 것으로 생각되었다.

거의 1킬로미터쯤 걸어가자 통로가 계란 모양의 홀에서 끝났다. 우리 면전에 바라보이는 것은 깨끗한 목재로 만들어진 부엌 찬장이었다. 그것은 나의 어머니가 잼, 셀테너*, 건포도 등을 보관하던 바로 그 찬장과 매우 흡사했다.

"마리아, 그것을 열어."

재비트가 말하자 마리아는 램프가 향로처럼 앞뒤로 흔들리고 있는 동안 내 옆에서 이리저리 움직이면서 열쇠 꾸러미를 철커덕거렸다. 그리고 흥분이 되어 꽥꽥 소리를 질렀다.

"마리아가 서둘러대는군."

그가 말했다.

"마리아가 마지막으로 보물을 본 이래 여러 날이 흘러간 거야."

나는 그가 당시에 어떤 종류의 시간을 말했는지 알 수 없다. 그러

---

* 씨 없는 포도의 일종.

나 그녀의 흥분으로 미루어보아 여러 날이란 정말 여러 해를 나타내는 말로 생각한다. 마리아는 어느 열쇠가 자물쇠에 맞는 것인지조차 잊어버린 듯, 모든 열쇠를 시험해보고 실패하면 다시 해보다가 결국 자물쇠의 날름쇠가 돌아갔다.

처음에 그 안을 들여다보고는 실망했다. 바닥에 황금 벽돌과 마리아 테레사의 초상이 그려진 금화들이 쌓여 있을 것이라고 기대했지만, 위층 선반 위에는 마분지로 만든 수많은 초라한 상자가 놓여 있었고, 아래 선반은 비어 있었다. 재비트가 나의 실망을 눈치채고 의표를 찔렀다.

"전에 너에게 말했지."

그가 말했다.

"이것은 보물의 안전을 위한 조처다."

나의 실망은 오래 지속되지 않았다. 그는 제일 윗선반에 있는 가장 큰 상자들을 내려놓았다. 그리고 그 상자들을 얕잡아보는 것에 대항하듯 발밑에 내용물을 흔들어 쏟았다.

그 내용물은 내가 생전에 본 일조차 없었던 반짝이는 보석류들이었다. 처음에는 무지개의 모든 색깔 같았으나 자세히 보니 소녀의 창백한 안색과 같은 단순한 색들은 아니었다. 거기에는 간(肝)처럼 강한 색깔의 적색, 강렬한 푸른색, 파도의 밑바탕과 같은 초록색, 황혼의 노란색, 눈 위의 그림자 같은 회색, 그리고 나머지 모든 것들보다도 훨씬 밝게 빛나는 완전 무색의 보석들이 있었다. 그런 보석들은 전에 결코 본 일이 없는 것들이었다. 그 보석들을 생각해보면 이탈리아 관광지의 보석 진열장에서 가끔 볼 수 있는 모조투성이의 보석 상자들과 그 귀중한 발견물을 비교케 하는 중세기의 회의론에 사로잡히고 만다.

수출입되는 채색된 유리의 가치에 관한 관리의 보고서에 대해 내가 마련해놓아야 했던 비평에 꿈을 적용시키고 있는 생각을 다시 한번 해본다. 만일 이것이 상상이었다면 이것들은 진짜 보석들이다. 절대적인 진실은 상상 속에 있고, 생활 속에 있지 않다. 상상 속의 황금은 가장 훌륭한 금세공인이 물을 타 가공한 황금이 아니다. 상상 속에는 모조품의 다이아몬드들이 없다. 이렇게 보일 뿐이다. '가장 왕답게 보이는 사람은 왕이다.'

나는 무릎을 꿇고 보석들 속에 손을 넣었다. 내가 무릎을 꿇고 있는 동안 재비트는 상자마다 뚜껑을 열어 땅 위에 내용물을 쏟았다. 어린이에게는 탐욕이 없다. 나는 보물의 가치에 관심이 없었다. 그것은 단순히 보물들이며, 보물들은 거래의 가치가 아닌 그 자체가 바로 가치여야 한다. 문학을 다루고, 여러 가지로 배우고, 간접적인 지식을 터득한 후에 W. W가 가족의 운명을 건지는 데 필요한 가치로서의 보물을 기록한 것은 몇 년 후였다. 나는 오로지 빛과 섬광에만 관심을 갖고 상상 속에서 수다쟁이에 가까워지고 있었다.

"이것들은 이 아래에 저장해놓은 것들에 비하면 아무것도 아니다."

재비트는 자부심을 가지고 말했다.

보석 중에는 목걸이, 팔찌, 로킷트와 발목 장신구, 핀, 반비, 펜던트, 그리고 단추 등이 있었다. 그 중에는 소녀들이 팔찌에 걸치고 싶어 하는 금으로 만든 조그마한 모형들, 즉 벤돔 기둥과 에펠탑, 성마크 가(街)의 사자, 샴페인 병, 그리고 소책자들이 많이 있었는데, 그 소책자 속에는 중요한 장소들의 이름 — 파리, 브라이톤, 로마, 아씨이, 마쉬령모렌톤 — 이 새겨진 황금 잎사귀가 끼어 있을 것 같았다. 그중에는 금화도 있었다. 어떤 것들은 로마 황제의 머리가 새겨져 있었고, 다른 것들은 빅토리아 여왕, 조지 4세, 그리고 프레데릭 바바로사 등이 새겨져 있었다. 또 보석으로 된 새들의 눈은 다이아몬드로 만든 눈을 지니고 있었으며, 신발이나 벨트용 버클, 장미꽃 모양의 루비로 된 머리핀, 그리고 냄새 맡는 병들이 있었다. 황금으로 된 이쑤시개, 칵테일 휘젓는 막대, 작은 스푼 모양의 황금 귀이개, 다이아몬드로 장식된 담뱃대, 그리고 선향(線香)이나 코담배를 담아두는 조그마한 황금 상자, 남자 사냥꾼과 단화(短靴)용 편자, 여자 사냥꾼의 라펠*용 에메랄드 사냥개들도 있었다. 거기에다 보석 물고기도 있었고, 행운을 비는 루비로 된 앵무새, 장군이나 정치가를 장식해주었을 다이아몬드 별, 에메랄드로 머릿글자가 새겨진 황금 열쇠 고리, 진주로 돋보이게 장식된 바다 조개, 황금과 에메랄드로 된 춤추는 소녀의 초상화들이 있었으며, 그 초상화에는 루비 같은 보석으로 '하이디'라는 이름이 새겨져 있었다.

"얼마든지, 정말 얼마든지 있지."

재비트가 말했다.

그리고 나는 이 세상의 모든 보물들로부터 시작하여, 그 보석들을 추적하고 향락하는 일에 내 자신을 끌고 가는 기분에 사로잡

---

* 접는 옷깃.

혔다.

마리아가 땅 위에 널려 있는 보물들을 다시 마분지 상자들 속에
집어넣으려 하자 재비트는 주인다운 목소리로 "그것들을 그냥 놔
둬"라고 말했다. 그리고 우리는 말없이 왔던 길을 따라 똑같은 순서
로 우리의 그림자를 앞세우고 되돌아갔다. 그 보물들의 광경이 나
에게 소멸된 것 같았다. 나는 수프를 기다리지 않고 부대 더미 위에
드러누워 곧바로 잠이 들었다. 내가 꾼 꿈속의 또 다른 꿈속에서 어
떤 사람이 웃고 울었다.

7

얼마나 많은 밤낮을 정원 밑에서 보냈는지 나는 기억하지 못한
다. 자고 싶을 때면 재비트가 누우라고 지시했을 때만 잠을 잤으며,
기름 램프 외에는 전혀 빛이나 어둠이 없었기 때문에 내가 잠을 잤
던 실제 횟수는 진정 확인할 수 없는 일이다. 그러나 내가 현재 확신
할 수 있는 점은, 보물 구경을 마치고 돌아와 깊이 빠져들었던 피곤
한 잠에서 깨어난 후 어떤 방법으로든지 다시 집으로 돌아가야겠다
고 생각한 점이다. 그 시점에 이르기까지 나는 속박 속에서 약간의
불만을 품고 묵묵히 복종했다. 그 이유는 첫째로 그곳 지하에서 내
가 대접받은 수프 맛에 진력이 났기 때문이었을 것이다. 하지만 그
수프가 직접적인 불평의 원인이 되었다고는 믿어지지 않는다. 왜냐
하면 후에 아프리카에서도 이곳 지하의 생활에서보다 못한 수프를
계속 먹고 지냈기 때문이다. 두 번째 이유는 재비트가 소유한 보물

을 목격한 것이 결정적으로 나의 이야기에서 더 이상의 흥미를 느끼지 못하게 만들지 않았을까 하는 점이다. 그리고 가장 합당한 이유라고 생각되는 세 번째 이유는, 람스게이트 양을 찾고 싶었기 때문이다.

동기야 어찌 되었든 간에 나는 잠에서 깨어나자 갑자기 지하를 떠나기로 결심했다. 램프 심지는 조그맣게 타고 있어 재비트의 모습을 좀처럼 식별할 수 없었으며, 마리아는 커튼 뒤에 있는 듯 눈에 보이지 않았다. 놀랍게도 재비트의 두 눈이 감겨 있었다. 나는 이전에는 이들 두 사람이 잠자는 모습을 결코 본 일이 없었다. 재비트를 바라보면서 난 아주 조용히 신발을 벗었다. 기회는 지금이고, 이런 기회는 절대 다시 없을 것이라고 생각하며 숨을 죽인 채 조용히 신발을 벗는 순간, 머리에 한 가지 묘안이 떠올라 레이스 장식들을 벗겨냈다. 지금도 레이스의 금속 장식 조각이 부대 더미 옆에 있던 황금 요강에 부딪치면서 날카롭게 딸랑거리던 소리를 기억할 수 있다. 재비트가 잠결에 꿈틀거렸기 때문에 소리를 내지 않으려 했던 내 자신이 너무 영리하다고 생각했다. 그러나 그가 다시 조용해지자 나는 임시 대용 침대에서 빠져나와 변기용 의자에 앉아 있는 그에게로 기어갔다. 나는 터널에 익숙하지 못했기 때문에 결코 재비트를 앞서갈 수 없으리라는 것을 알고 있었다. 하지만 그의 외다리 발목을, 발목이 없는 다른 쪽과 함께 묶을 수 없다는 것을 알았을 때는 겁에 질려 깜짝 놀라지 않을 수 없었다.

그러나 외다리 인간은 양손의 도움 없이는 걷지 못할 것이다. 다행히 동상같이 앉아 있는 그의 무릎 위의 두 손은 편안한 자세로 포

개진 채 놓여 있었다. 나의 형이 가르쳐준 것 가운데 하나는 풀매듭을 만드는 방법이었다. 나는 레이스를 엮어서 매우 부드러운 매듭을 만들었다. 그리고 그것으로 조금씩 조금씩 그의 손과 손목을 감아 단단하게 잡아 죄었다.

나는 재비트가 잠에서 깨면 화가 나서 소리를 지를 것이라 생각했다. 그러나 그런 두려움 가운데에서도 남자로서 거인의 의표를 찔렀다는 자부심 같은 것을 느꼈다. 램프를 집어들면서 즉시라도 도망칠 준비를 했으나 그의 정적(靜的)이 나를 머뭇거리게 했다. 그는 한쪽 눈만 뜨고 있었으므로 나에게 윙크를 하고 있다는 인상을 받았다. 그는 손을 움직이려다 풀매듭을 알아차리고 손이 묶여 있다는 사실을 잠자코 인정했다. 나는 그가 마리아를 부를 것이라 생각했지만, 그는 뜨고 있는 한 눈으로 나를 바라볼 뿐이었다.

갑자기 나는 부끄러운 생각이 들어 "죄송합니다"라고 말했다.

"하하…… 나의 돌아온 탕자, 길 잃은 양, 너는 빨리 알아차리는 녀석이다."

그가 말했다.

"누구에게든 이 사실을 말하지 않겠습니다."

"네가 약속한다 해도 믿을 사람이 없을 것이다."

그의 답변이었다.

"저는 지금 떠나려고 합니다."

나는 마치 내 마음 한구석엔 언제까지나 지하에 머물러 있고 싶은 생각이 있다는 듯 바보같이 머뭇거리면서 후회하는 표정으로 속삭였다.

"너에게는 떠나는 편이 더 낫겠구나."

그가 대답했다.

"하지만 마리아는 나와 다른 견해를 가지고 있을지 모른다."

그는 다시 한번 자기 손을 움직여보았다.

"매듭 솜씨가 훌륭하구나."

"당신이 어떻게 생각하든 저는 당신의 딸을 찾겠습니다."

내가 말했다.

"그럼, 행운을 빈다."

재비트가 말했다.

"너는 긴 여행을 해야 할 것이며, 너를 가르치려는 학교 선생님들을 잊어버려야 할 것이고, 말장수처럼 잠자야 하고, 여기에서처럼 충성심으로 얽매이지 말아야 한다. 의심스럽긴 하지만 너는 틀림없이 해낼 수 있을 것이다."

내가 램프를 집으려고 돌아섰을 때 그가 다시 말을 꺼냈다.

"선물로 황금 요강을 가지고 가거라. 그리고 다른 사람에게는 오래된 찬장에서 발견했다고 말해라. 그녀를 찾아 나설 때 물질적인 도움을 줄 무엇인가를 가지고 있어야 하니까."

"고맙습니다. 기꺼이 받겠습니다. 정말 매우 친절하시군요."

내가 대답했다. 나는 묶여 있는 그의 손목을 얼빠진 듯 바라보면서 마치 떠나가는 손님처럼 손을 내밀었다. 그러고 나서 내가 황금 요강을 집으려고 허리를 구부리는 순간, 내 목소리에 잠을 깬 듯한 마리아가 커튼 뒤로부터 나왔다. 그녀는 눈 깜짝할 사이에 상황을 알아차리고 나에게 꽥꽥 소리를 질렀다― 나는 그녀의 말 뜻을 지금도 이해하지 못한다 ─ 그리고 그녀는 새발 같은 손으로 달려들었다.

나는 가까스로 피해 아랫길로 뛰었으며, 램프의 이점을 이용하여 '우유부단의 캠프'에 도착했을 때에는 그녀를 약간 앞질러 있었다. 그러나 그 지점에서 통로의 바람과 약해진 심지 때문에 램프 불이 꺼지고 말았다. 나는 램프를 땅바닥에 버리고 어둠 속을 더듬어 나갔다. 마리아의 옷자락에서 세퀸이 부딪치는 소리가 났고, 그녀가 흐느껴 우는 소리를 들을 수 있었으며, 그녀의 발에 채인 램프가 내 길목으로 굴렀을 때에는 공포를 느끼지 않을 수 없었다. 그 이후의 일은 자세히 기억하지 못한다. 나는 다만 곧바로 위를 향해 기었으며, 그녀가 치맛자락에 걸리며 기는 속도보다 빠르게 기어갈 수가 있었다. 조금 후에 갈라진 나무 뿌리 사이로 희미한 햇빛을 볼 수 있었다.

내가 출구로 올라왔을 때에는 동굴에 들어갔던 그날과 거의 비슷한 이른 아침이었다. 나는 땅 밑에서 들려오는 꽥꽥거리는 소음을 들을 수 있었다. 그 소리가 저주인지, 악담인지, 작별 인사인지는 알 수 없었지만. 그 후 며칠 동안 집 안이 잠들어 고요한 시간이면 마리아가 창문을 열고 들어와 나를 끌고 갈 듯한 두려움 속에 몸을 떨면서 침대에 누워 있어야 했다. 그러나 이상하게도 그때나 그 이후에도 재비트에 대해서는 두려운 생각이 들지 않았다.

기억할 수는 없지만, 아마도 나는 그 황금 요강을 마리아에게 화해를 구하는 심정에서 굴의 입구에 떨어뜨렸던 것 같았다. 내가 뗏목으로 호수를 건너왔을 때나, 나의 개 조이가 나를 보고 집에서 뛰어나와 부서진 분수대 곁 잔디밭 이슬 속에 나를 넘어뜨렸을 때에도 나는 분명히 황금 요강을 지니고 있지 않았다.

3부

1

와일디치는 쓰기를 멈추고 종이에서 눈을 들었다. 밤이 지나고 비바람도 멈추어 있었다. 창문 밖 구름들이 좁은 강줄기 같은 파란 하늘 위로 굽이쳐 흘러가는 것이 보였다. 태양은 비스듬히 구름 속으로 스며들면서 그의 연필 뚜껑 위에 희미하게 비치고 있었다. 그는 자기가 써 내려온 마지막 구절을 읽었다. 다시 한번 그의 모험이 잠 못 이루는 밤 시간 동안의 방황이 낳은 상상이거나 학교 잡지에 기고하기 위해 몇 년 뒤에 꾸며낸 이야기가 아닌 실제로 일어났던 모험으로 기록되었는지 살펴보았다. 아직 이른 아침이지만 어떤 사람이 분수대 건너 자갈길에서 외바퀴 손수레를 굴리고 있었다. 그 소리는 상상처럼 어린 시절을 일깨워주었다.

그는 아래층으로 내려가 앞 문을 열었다. 부서진 분수대와 어두운 산책길로 이어진 길이 옛 모습 그대로 보였다. 아저씨의 정원사였던 어니스트 씨가 외바퀴 손수레를 밀고 앞으로 다가오는 것을 보면서도 별로 놀라지 않았다. 어니스트는 상상 속의 그 시절에는 분명히 젊은이였지만, 지금은 늙은이였다. 그러나 어린이에게 20대는 중년으로 접근하는 시기로 보인다. 그래서 그는 와일디치가 기억했던 모습과 별로 달라 보이지 않았다. 어니스트는 비록 턱수염 대신에 큰 콧수염을 기르고 있었지만 그에게는 재비트와 같은 그 무엇이 있었다. 와일디치 부인이 채소를 가지러 그에게 다가갔을 때 그녀를 노하게 만든 것은 다만 깊이 생각하고 꼼꼼하게 생긴 그의 표정과 권위와 침착성을 풍기는 태도 때문이었을 것이다.

"아니, 어니스트, 당신은 그만두었는 줄 알았는데?"

와일디치가 말을 건넸다.

어니스트는 수레 손잡이를 내려놓고 와일디치를 자세히 살폈다.

"윌리엄 주인님이 아니십니까?"

"맞습니다. 조지 형이 말하기를……."

"그분의 말씀이 옳아요. 그러나 아직 도와드릴 일이 있지요. 이 정원 안에는 다른 사람이 모르는 일들이 있답니다."

어니스트는 재비트의 모델 같았다. 그의 말투가 재비트와 똑같은 애매모호함을 연상시켰기 때문이다.

"어떤 종류의 도움……?"

"백악토질에서는 아무나 아스파라거스를 재배할 수 없지요."

그는 재비트와 똑같은 방법으로 특별한 점이 없는 일반적인 설명을 했다.

"주인님은 오랫동안 떠나 계셨지요?"

"여행을 많이 했습니다."

"우리는 한때 주인님이 아프리카에 있다는 이야기를 들었고, 한때는 중국의 어느 지역에 있다고 들었지요. 검은 피부를 좋아하십니까, 윌리엄 주인님?"

"한때는 검은 피부를 좋아했습니다."

"그들이 미인 대회에서 상을 타리라고는 생각하지 않았는데요."

어니스트가 말했다.

"람스게이트를 아시나요, 어니스트 씨?"

그는 좌우로 고개를 흔들었다.

"정원사는 하루의 일과만으로 충분한 여행을 하는 셈이지요."

외바퀴 손수레에는 간밤의 폭우로 떨어진 나뭇잎이 가득했다.

"사람들이 이야기하듯이 중국인은 피부가 노란가요?"

"아닙니다."

와일디치는 이 점에서 어니스트가 재비트와 다르다고 생각했다. 재비트는 정보를 묻지 않고 알려주었다. 물의 무게, 지구의 연령, 원숭이의 성적인 습관 등.

"내가 이곳에서 떠난 후에 많은 변화가 있었나요?"

와일디치가 물었다.

"목장이 팔렸다는 소식을 들었나요?"

"그렇습니다. 아침 식사 전에 산책을 좀 할까 생각하는 중이었습니다. 어두운 산책길에서 호수와 섬까지."

"그랬군요."

"호수 밑에 터널이 있다는 이야기를 들은 일이 있습니까?"

"그곳에는 터널이 없지요. 무엇을 위해 터널이 있겠어요?"

"이유야 전혀 없겠지요. 그저 내가 상상한 것이겠지요."

"주인님은 소년 시절엔 언제나 연못의 섬을 좋아했지요. 마님을 피해 항상 그곳에 숨어 있었으니까요."

"내가 멀리 달아났을 때를 기억하십니까?"

"주인님은 언제나 멀리 달아나 있었습니다. 마님께선 제게 언제나 그곳에 가서 찾아보라고 말씀하셨지요. 저에게는 할 일이 많았습니다. 주인님이 언제나 부탁했던 감자를 캐야 했고……. 저는 그분처럼 감자를 좋아하신 분은 보지 못했습니다. 그분이 감자를 잡수시던 것이 생각날 겁니다. 그분은 땅에서 나는 기름진 것은 싫어해도 감자만은 먹고 살아갈 수 있었을 겁니다."

"당신은 내가 그 동안 보물을 찾고 있었다고 생각합니까?"

"무언가를 찾고 있는 것으로 믿었지요. 주인님이 그 황량한 지역들을 돌고 있는 동안, 저는 이 부근 사람들에게 그같이 말했던 겁니다. 주인님은 아저씨의 장례식 때조차 돌아오지 않았으니까요. 저는 이웃들에게 말했습니다. '여러분, 내 말을 믿으십시오. 그분은 변하지 않았습니다. 그분이 무엇을 찾고 있는지는 모르지만 어린 시절에 언제나 그랬듯이 집을 떠나 무언가를 찾고 있는 것은 확실합니다. 우리가 다음 번에 소식을 들을 때에는 그분은 오스트레일리아에서 그것을 열심히 찾고 있을 것입니다.' 저는 그렇게 말했습니다."

와일디치는 유감스럽게 대답했다.

"어쨌든간에 나는 그곳에서 전혀 찾지 않았습니다."

그는 자기가 목소리를 높인 것에 놀랐다.

"그런데 '세 개의 열쇠들' 여관은 아직도 있습니까?"

"아, 그대로 있습니다. 그러나 제 아저씨가 돌아가신 후에 양조업자들에게 팔렸지요. 그래서 이제 그곳은 전처럼 출입이 자유롭지 않습니다."

"그 사람들이 그 집을 많이 개조했나요?"

"파이프와 통 들이 있는 옛집으로 생각할 수는 없을 것입니다. 소위 압축된 공기를 넣어 기포가 없는 순수한 맥주를 마실 수는 없게 되었습니다. 제 아저씨는 통을 가지러 지하실로 내려가기를 좋아하셨지만 이제는 모두가 기계로 장치되어 있습니다."

"그들이 그 모든 것을 변경시킬 당시에, 당신은 지하실 밑의 터널에 관한 이야기를 듣지 못했나요?"

"또다시 터널이군요. 무엇이 터널이라는 생각을 갖게 했나요? 제가 알고 있는 유일한 터널은 북함에 있는 기차 터널인데 8킬로미터나 떨어진 곳에 있지요."

"글쎄요, 나는 이만 걸어야 되겠군요, 어니스트 씨. 그렇지 않으면 정원을 구경하기 전에 아침 식사 시간이 될 테니까요."

"저는 주인님이 또다시 영국으로 떠나리라 생각되는데요. 이번에는 어디입니까? 오스트레일리아?"

"이제 오스트레일리아는 너무 늦었습니다."

어니스트는 그 말을 진정 믿지 못하겠다는 태도로 그의 얼룩진 머리를 와일디치에게 흔들어보였다.

"제가 태어났을 당시 시간의 속도는 지금과는 달랐습니다."

그가 말했다.

손수레의 손잡이를 들어올리면서 어니스트가 새로운 철문 쪽을 향해 걸어가자, 와일디치는 이전에 재비트가 한 말을 그가 똑같이 사용하고 있다는 것을 깨달았다. 세상은 그가 알고 있던 바로 그 세상이었다.

2

어두운 산책길은 작은 길로, 그렇게 어둡지가 않았다. 월계수 나무들은 세월이 흐름에 따라 듬성듬성 자라고 있었으나, 거미집들은 그가 그곳을 지나칠 때 얼굴을 스치던 어린 시절과 다름없이 여기저기 널려 있었다. 산책길이 끝나는 곳에는 어린 시절 언제나 잠겨 있던 목재 출입문이 지금도 잔디밭을 향한 채 세워져 있었다. 그는 정원에서 빠져 나가는 그 길이 자기에겐 무슨 이유로 통행이 금지되었는지 결코 알아낼 수 없었지만, 반 페니짜리 동전으로 그 문을 여는 방법을 발견해냈다. 지금 그의 호주머니 속에는 반 페니짜리 동전은 들어 있지 않았다.

호수를 바라보면서 형 조지의 말이 아주 옳았다는 것을 깨달았다. 그것은 단지 조그마한 연못에 불과했고, 그곳 가장자리에서 몇 미터 떨어진 곳에는 그들이 어제 저녁 식사를 했던 그 방만 한 크기의 섬이 놓여 있었다. 그 섬에는 약간의 관목들과 크고 작은 몇 그루 나무들이 자리잡고 있었지만, 그것들은 W. W의 이야기 속의 보초

소나무도, 그의 기억 속의 커다란 참나무도 아니었다. 그는 연못 가 장자리에서 몇 걸음 뒤로 물러섰다가 섬을 향해 힘껏 뛰었다.

뛰어서 섬에 닿을 수는 없었지만, 그가 발을 디딘 곳의 물의 깊이 는 겨우 몇 센티미터에 불과했다. 이런 깊이의 물에 뗏목을 띄울 수 있었을까? 그는 의심스러웠다. 그는 물가에서 물을 철썩거려보았 지만 물은 신발을 넘어 들어오지도 못했다. 이처럼 조그마한 장소 에 '희망의 캠프'와 '프라이데이의 동굴'이 있었다니! 그는 과거에 자기를 이 섬까지 데려다주었을 거라는 반신반의의 가능성을 비 웃을 수 있는 비꼬는 버릇을 자신이 가지고 있기를 바랐다.

관목들은 겨우 그의 허리 근처에 닿았으며, 그는 관목들을 헤치 고 가장 큰 나무를 향해 쉽게 접근할 수 있었다. 아무리 작은 어린 아 이일지라도 이곳에서 숨어버릴 수 있었다는 것은 믿기 어려웠다. 그는 조지가 매일 보아온 세계에 실제로 들어와서 별로 주목할 만 한 가치가 없는 정원을 돌아보았다. 잠깐 동안이었지만 관목 숲을 헤쳐나갈 때 그는 한 사나이로서 여인에게 배신당한 후 마음속에서 모든 행복한 세월을 빼앗겨버리고 전 생애를 허송세월했다는 기분 에 사로잡혔다. 그가 터널과 턱수염의 사나이와 숨겨진 보물에 대 한 상상을 품지 않았더라면, 그는 과연 결혼하여 어린애들과 가정 을 지니고 생활했던 조지보다 침착하지 못한 인생을 영위할 수 있 었을까? 그는 상상의 중대성을 너무 과장하고 있었다고 자신을 설 득하려 했다. 그의 운명은 조지가 그에게 《오스트레일리아 탐험의 로맨스》를 읽어주었던 몇 달 전에 이미 결정된 것이었다. 만일 어떤 어린이의 경험이 진정으로 그의 장래를 결정한다면, 그의 장래는 틀림없이 재비트가 아닌 그레이와 버크에 의해서 형성되었을 것이다. 그가 여러 직업들을 진지하게 다루지 않았던 것은 자부심 때문이었다. 그는 어느 누구에게도 충실치 못했다. 아프리카의 그 소녀에게조차 그랬다(재비트는 그의 불충실을 인정했을 것이다).

지금 그는 뿌리가 있다면 그것이 동굴로 들어가는 출입구를 만들어주었을 볼품없는 나무 곁에 서 있었다. 그는 그곳에서 뒤돌아 집을 바라보았다. 집과의 거리는 아주 가까워서, 조지가 목욕탕 창가에서 비누칠을 하며 세수를 하는 것이 보였다. 얼마 있으면 아침 식사를 알리는 벨이 울릴 것이고, 그들은 식탁에 마주 앉아 대수롭지 않은 대화를 나누며 식사를 할 것이다.

10시 25분에 런던으로 돌아가는 알맞은 열차가 있다. 그는 자신이 이렇게 쉽사리 피로해지는 것은 그 질병의 영향일 것이라고 생각했다. 불면에서 오는 피로가 아닌 먼 여행의 종말에서 느끼는 마음 아픔의 피로였다.

관목 숲을 조금 더 헤치며 나아가자 참나무의 잔해들 앞에 올 수 있었다. 그 참나무 잔해는 번개 때문인지 몸통이 갈라져서, 지금은 톱으로 잘라 완전히 통나무로 쪼개어 놓았다. 그것은 쉽사리 그의 상상의 자료가 될 수도 있었을 것이다. 그는 숲속에 숨겨진 나무 뿌리에 걸려 넘어졌다. 그는 쪼그리고 앉아 땅 가까이에 귀를 대보았다. 그는 지하의 먼 곳으로부터 입술이 없는 마리아가 꽥꽥거리는 소리와 "우리는 하마, 코끼리, 인어들과 마찬가지로 털이 없다. 너는 인어가 무엇인지 모를 것이다. 우리는 가장 오래 생존하는 털이 없는 동물이지"라고 턱수염을 움직이며 말하는 재비트의 깊이 있고 우렁찬 목소리가 들려오길 바라는 터무니없는 소망을 갖고 있었다.

물론 빈 집에서 울리는 전화벨 소리의 공허함을 제외하곤 아무 소리도 들을 수 없었다. 뭔가 부스럭거리는 소리가 들려왔다. 그는 풀 밑에 그 동안 남아 있을지도 모를 세퀸을 발견할 수 있는 희망을 걸었으나, 그 소리는 먹을 것을 물고 자기 집으로 비틀거리며 기어가는 한 마리의 개미 소리에 불과했다.

와일디치는 자리에서 일어섰다. 손을 짚고 일어설 즈음, 그의 손이 땅 위에 있는 어떤 쇠붙이의 날카로운 테에 긁히는 것 같았다. 그것을 아무렇게나 차다가 그것이 오래된 통조림 깡통으로 만든 요강이라는 것을 알았다. 그 깡통 요강은 손잡이 안쪽에 노란 페인트 조각이 조금 붙은 것을 제외하곤 녹이 슬어 있었다.

3

그는 그 깡통을 무릎 사이에 끼고 얼마 동안을 앉아 있었는지 모른다. 그는 상상의 세계로 돌아갔다. 집이 눈앞에서 사라졌다. 그는 그 옛날처럼 작아졌다. 그리고 재비트의 시간 속에 들어와 있었다. 그는 요강을 계속 굴렸다. 그것은 분명 황금 요강은 아니었다. 아무것도 아니었다. 어린 소년이라면 갓 페인트칠 되어 노란색이 선명한 그것을 다른 무엇으로 잘못 생각할 수도 있었을 것이다. 그러면 그는 정말 그것을 탈출할 때 떨어뜨렸을까? 그것이 사실이라면, 그것은 아마 그가 앉아 있는 땅 밑 어딘가에 재비트가 현재 변기용 의자에 앉아 있고, 마리아가 캘러 가스 옆에서 꽥꽥거리고 있다는 것

을 의미하는 것일까……? 그 점에 관해서는 아무것도 확실하지 않
다. 아마 깡통의 페인트가 선명했던 몇십 년 전 그는 오늘처럼 깡통
을 발견했을 것이고, 그것을 중심으로 오후의 모든 전설을 만들었
을 것이다. 그렇다면 W.W는 무슨 이유로 그의 이야기에서 깡통 요
강에 대한 언급을 빠뜨렸을까?

와일디치는 깡통 요강 속의 흙을 흔들어 쏟았다. 깡통이 자갈에
부딪쳤다. 그것은 50년 전의 상상 속에서 그의 구두끈 쇠가 황금 요
강에 부딪쳤을 때와 같은 금속성 소리를 냈다. 그는 모든 것을 다시
한번 시작해야겠다고 결심했다. 호기심은 암처럼 그의 마음속 깊은
곳에서 자랐다. 연못 건너편에서 아침 식사를 알리는 종소리가 들
려왔다. 그는 무릎 위에 깡통 요강을 굴리면서 생각했다.

"불쌍한 어머니, 당신에게는 공포를 느낄 만한 충분한 이유가 있
었습니다."

작품 해설

그레이엄 그린(Graham Greene)은 1904년 영국 하트포드셔의 버크햄스테드라는 작은 마을에서 태어났다. 이곳은 인구 1만 정도의 작은 마을이긴 했지만, 고성(古城)이 있는 유서 깊은 고장이었다. 그는 이 마을의 전통 있는 공립학교를 나온 후 옥스퍼드대학에 진학했다. 그리고 옥스퍼드대학을 졸업하고 나서 불과 22세의 나이로 《런던타임스》지의 편집차장이 되었다. 소설가로서는 25세에 처녀작 《내부의 나 *The Man Within*》로 인정을 받기 시작해, 62세가 되던 1966년에는 영국에서 명예 훈위(勳位, a Companion of Honour)를 수여받는 데까지 이르렀다.

그린은 그의 자전적 작품 《도피 수단 *Ways of Escape*》에서 인간의 처지로서는 선천적인 광기, 우울증, 공포적 두려움을 모면할 수 없다고 기술한다. 그러나 그러한 고통에서 헤어나기 위해서 인간들은 글쓰기, 작곡, 그림 그리기, 기타 무슨 일이든 자기의 정신을 몰두할 수 있는 일을 찾아 움직인다고 생각한다. 그런 고통에서 헤어나오기 위해 그가 취한 것은 여러 방법 중 글쓰기였다. 글을 쓴다는 것은 인생을 보는 눈에서 시작된다. 삶의 모습을 보기 위하여 그는 세계의 여러 지역을 돌아다녔다. 사이공이나 아이티의 수도 포르토프랭스, 파라과이의 수도 아순시온의 왕복표를 샀을 때도 작가적 본능이 작용했기 때문이라고 그는 술회하고 있다. 아이티에 관한 글을 쓰고 나서《희극 배우들 The Comedians》이라는 작품을 구상해냈고, 또《숙모와의 여행 Travels with My Aunt》이라는 작품의 한 장(章)을 형성해준 파라과이에 관해 글을 썼던 것은 바로 그러한 이유라고 볼 수 있다. 그러나 말레이 반도에서는 위기 때문에, 케냐에서는 마우마우단의 반란으로 소설을 전혀 쓰지 못했다. 심지어 단 한 편의 단편도 내지 못했던 것은 미국인 당국자에 의해 푸에르토리코에서 추방 명령을 받았기 때문이며, 또 1948년 공산주의자들에 의한 프레이그의 인수를 직접 경험했기 때문이었다.

그린은 1932년에《스탬불 열차 Stamboul Train》를 세상에 내놓아 그 나름의 독자층을 형성하기에 이르렀으며, 그 이후로 순수 문학 작가와 스릴러 작가로서 세상에 알려지기 시작했다. 그러면서도 이들 두 장르 소설의 독자층에 똑같은 감명을 주었다. 다시 말하면 스릴러 작품의 독자에게는 흥분과 전율을 통한 인간의 현실적인 문제를 제시해주었고, 순수 문학 소설의 독자에게는 그린이 지닌 심원한 사상을 전해주었다. 여기에 소개된 두 작품 중〈제3의 사나이 The Third Man〉는 스릴러 형식을 취한 것이며, 〈정원 아래서 Under the

Garden〉는 강도 높은 정신 세계와 심오한 인간 영혼의 세계를 짚어 가는 순수 문학에 속한 것이다.

그린의 스릴러 작품 소재에는 일간 신문에서 취급하는 자료가 많이 사용되고 있다. 이 같은 현실 감각적인 소재를 다루기 위해 그린은 인간의 선과 악의 대립이 전형적으로 나타나는 지역들을 여행했고, 그 지역들을 작품의 배경으로 삼았다. 그의 작품 배경이 그가 직접 찾아가 현실로 확인한 말레이시아, 베트남, 오스트리아, 아이티, 멕시코, 파라과이 등 폭력이 난무하는 지역들인 것은 이러한 이유 때문이다.

〈제3의 사나이〉는 점령당한 빈 시에서 페니실린 암거래를 취급하는 해리 라임이라는 한 사나이에 얽힌 사연을 다룬다. 해리 라임의 세계는 기쁨, 아름다움, 신뢰, 성실성이 결여되어 있다. 그는 경찰 당국에 페니실린 암거래자로 지목된 후 교통사고에 의해 사망된 것으로 추정되고 있다. 이러한 사실을 전해 들은 해리의 친구 마틴스는 해리의 억울한 죽음의 누명을 벗기기 위해 쫓고 쫓기는 폭력의 세계로 뛰어든다. 마틴스의 우정은 순수하며 해리를 위해서라면 위험과 파멸도 감수할 수 있는 인간애로 구성되어 있기 때문이다. 삶에 대한 마틴스의 성실성 및 해리에 대한 우정은 정의에 입각해서만 생명을 바칠 만큼 강한 성격을 띠고 있다. 때문에 해리의 삶에 대한 목표가 자아와 자아의 욕구 충족, 그리고 자기 만족 그 자체뿐이라는 사실을 깨달으면서 마틴스는 해리를 체포하기로 결심한 것이다.

다음의 캘로웨이 대령과 마틴스 사이의 대화에서 우리는 마틴스의 마음속에 일고 있는 심적 변화를 읽을 수 있다.

"그는 학교 시절에도 결코 나를 구출해내지 않았습니다."

마틴스가 대답했다. 마틴스의 대답은 그가 지난 과거를 신중히 회상하고 결론적으로 판단한 것임에 틀림없어 보였다. 나는 말했다.

"이 일은 그렇게 심각한 어려움도 없고, 당신이 배반했다 해서 커다란 위험도 따르지 않습니다."

"나도 해리에게 나를 믿지 말라고 말했지만 그는 내 말을 듣지 못했습니다."

"이번 일에 찬동하십니까?"

마틴스가 나에게 어린애들의 사진을 돌려주었고, 나는 그것들을 내 책상 위에 올려놓았다. 그는 그것들을 오랫동안 바라보았다.

"알겠습니다. 찬성하겠습니다."

그가 대답했다.

그러나 마틴스가 해리를 추적하여 죽이고 그 사실로 인하여 캘로웨이 대령으로부터 치료를 받자 그는 오히려 인생의 깊은 공허감에 빠져들며 자신을 혐오한다.

마틴스는 캘로웨이 대령에게 이렇게 말하고 있다.

내 총에 맞았을 때 떨어뜨린 것이 분명했습니다. 그 순간 나는 그가 죽은 줄로 알았지만, 그는 고통스러운 신음 소리를 냈습니다. 나는 "해리"하고 불러보았습니다. 그는 혼신의 힘을 다해서 눈을 내 쪽으로 돌렸습니다. 그가 무슨 말인가 하고 싶어 하는 듯하여 나는 몸을 구부리고 귀를 기울였습니다. "지독한 바보야." 그가 한 말은 그게 전부였습니다. 나는 그의 말이 자기 자신을 두고 한 말(그는 가톨릭 신자였으므로 일종의 참회를 느꼈는지도 모릅니다)인지, 아니면 나를 두고 한 말(나의 연수입은 세금이 포함된 천 파운드였으며, 가축 도둑들의 이야기를 쓰면서도 실제로는 토끼 한 마리 제대로 죽이지 못하는 것이 나 자신입니다)인지 알 수 없었습니다. 해리는 다시 신음 소리를 내기 시작했습니다. 나는 더는 그 소리를 참고 들을 수가 없어서 한 방 더 쏘아 잠재우고 말았습니다.

해리가 숨을 거두기 전 "지독한 바보야"라고 한 말은 물론 자신의 죄를 뉘우친 데서 우러나온 말임에 틀림없다. 그는 자신을 꾸짖으며 눈을 감았던 것이다.

이렇듯 그린의 스릴러 소설에서는 주요 인물들이 선과 악의 문제에 깊이 관련되어 있다. 그들은 치명적인 결과를 초래할 수 있는 악의 유인과 선을 행하려는 열망 사이에서 방황하고 있다. 그러한 방황과 갈등 가운데서 그들은 인간 능력의 한계점에 부딪치면 신을 의지하고 구원의 손길에 매달린다. 그러나 거기에 이르기까지 그들이 걸어가는 길은 결코 순탄치 않다. 무서운 악 속에서 헤어나지 못하여 죄악을 저지르고, 그 때문에 극심한 고통과 고뇌를 느끼게 된다. 죄악과 범죄에 관련된 선악의 문제, 그 과정에서 회개를 해야만 구원을 받을 수 있다는 확신 속에서도 어쩔 수 없이 저지르는 갖가지의 죄악 행위 등 복잡한 모순들이 그린의 작품에 나타나 있다.

그린의 스릴러 작품은 단순한 간첩 행위, 탐정, 범죄 등의 흥미와

초조감만을 자극하는 종래의 진부한 방법을 탈피하여 심리적인 면을 깊숙이 파고든다. 그는 스릴러 형식을 빌려 그의 종교관을 피력하는 독특한 수법을 발휘한다. 그는 교리의 제도적인 면에서 야기되는 위선과 인간성 상실에서 교회에 대한 유리감을 더욱 강하게 느낀다. 종래의 교회 법칙, 교리를 다루는 경건한 신앙의 소재 대신 스릴러 형식에서 그가 자신의 종교관을 피력하는 점은 바로 이러한 이유 때문이다. 그러므로 그가 교회에 등을 돌린 것은 신앙에서의 이탈이라고 볼 수 없다. 그가 추구하는, 그러면서도 접근할 수 없다고 느끼는 궁극적인 도달점은 산 신앙인이 되는 것이다. 이같은 이유에서 그린은 타락한 인간들을 죄인으로 간주하지 않고 그들이 불완전한 인간이기 때문에 죄를 범할 수밖에 없다고 믿는다. 그리고 그러한 죄를 저지르는 나약한 의지 속에서 인간은 자신의 능력의 한계와 신의 능력의 무한함 및 위대성을 절감한다고 생각한다. 인간은 인간적인 무력함으로 야기된 악과 불행에서 몸부림치는 가운데 정신적인 과정으로 승화하고, 그 과정에서 신을 닮아가는 참다운 신앙인이 된다고 할 수 있다. 그러므로 그린은 체험을 통한 가톨릭 교인이라고 할 수 있다.

〈정원 아래서〉는 보편적이고 영구적인 인간 진리를 다룬 순수 문학 작품이다. 의식의 흐름 수법을 사용한 이 작품 전체엔 인생의 꿈결 같은 영상들이 어디에나 한결같이 스며 있다.

와일디치에게는 월계수 덤불길의 어두운 산책길이나 호수의 섬처럼 생각되는 연못과 연못 속의 작은 풀더미가 인생의 전부였다.

그는 그곳 정원 아래에서 재비트와 그의 부인을 보았고, 그들의 딸 람스게이트를 보았다. 람스게이트를 본 순간부터 그의 인생 목표는 지상의 어딘가에 살고 있을 그녀를 찾아 그녀와 결혼하는 것이었다. 와일디치는 그녀를 찾아 방황하며 50여 년을 보내게 된다. 그런 후에 그에게 남은 것은 늙은 육체와 병든 몸뿐이다. 그는 병원에서 의사의 진료를 받다 말고 어린 시절을 보냈던 고향을 찾아간다. 재비트와 그의 부인, 그리고 그들의 딸 람스게이트가 실재 인물이었는가를 확인하는 것이 우선이었기 때문이다. 그러나 모든 것은 어린 시절의 그것이 아니었다. 호수와 섬은 연못에 지나지 않았고, 마을과 정원 사이를 분리시켰던 붉은 벽돌 담장까지도 그가 기억했던 것보다 훨씬 낮은 1.5미터에 지나지 않은 것이었다. 재비트와 그의 부인, 람스게이트 양도 실재 인물이 아니었다. 그는 자신의 꿈이 헛된 것이었음을 뒤늦게 깨닫고 지난 모든 인생이 희생당했다는 허무감에 사로잡힌다. 그때서야 병원으로 돌아가 병을 치료한 후 새 인생을 시작하기로 결심하는 것이다.

그러나 그린은 와일디치가 다시 어린 시절로 돌아가 새 삶을 맞이한다 해도 그것 역시 헛된 꿈이라고 본다. 우리 인간은 저마다 이상과 목표를 지니고 산다. 그것은 권력일 수도, 영광이나 부귀일 수도 있다. 그러나 그것은 얻기 이전에나 대단한 것처럼 보일 뿐이지, 사실 얻고 난 후에는 극히 평범한 것이며 하찮은 것에 지나지 않는다. 우리는 평범하고 하찮은 것을 얻기 위하여 너무나 많은 것을 잃는다.

〈제3의 사나이〉에서 그랬듯, 그린은 〈정원 아래서〉에서도 우리 인간이 고통과 시련을 통한 경험에서 진실을 깨닫는다고 말한다. 다시 말하면 인간은 고뇌 속에서 신과 접촉할 수 있다고 보는 관점을 보여준다.

옮긴이

옮긴이 **안홍규**

전북 임실 출생으로 전북대학교, 우석대학교,
원광대학교에서 영문학 강의를 했다.
번역서로는 윌키 콜린즈의 《월석》, 서머싯 몸의 《달과 6펜스》,
그레이엄 그린의 《허상 속의 인간들》 등이 있고,
저서로는 《하디 소설의 비극적 성격》 등이 있다.

제3의 사나이

1판 1쇄 발행 1986년 11월 10일
2판 1쇄 발행 2006년 5월 25일
2판 재쇄 발행 2023년 4월 10일

지은이 그레이엄 그린 │ **옮긴이** 안홍규
펴낸곳 (주)문예출판사 │ **펴낸이** 전준배
출판등록 2004. 02. 12. 제 2013-000360호 (1966. 12. 2. 제 1-134호)
주소 04001 서울시 마포구 월드컵북로 21
전화 393-5681 │ **팩스** 393-5685
홈페이지 www.moonye.com │ **블로그** blog.naver.com/imoonye
페이스북 www.facebook.com/moonyepublishing │ **이메일** info@moonye.com

ISBN 978-89-310-0529-5 03840

♣문예출판사® 상표등록 제 40-0833187호, 제 41-0200044호

(뒷면 계속)